SUICIDE CLUB

绝望俱乐部

（新）王清佩 (Rachel Heng) —— 著

宋伟 —— 译

湖南文艺出版社
HUNAN LITERATURE AND ART PUBLISHING HOUSE

博集天卷
CS-BOOKY

著作权合同登记号：图字 18-2018-131

图书在版编目（CIP）数据

绝望俱乐部 /（新加坡）王清佩（Rachel Heng）著；宋伟译 . —长沙：湖南文艺出版社，2019.10
书名原文：Suicide Club
ISBN 978-7-5404-9273-1

Ⅰ . ①绝… Ⅱ . ①王… ②宋… Ⅲ . ①科学幻想小说—新加坡—现代 Ⅳ . ①I339.45

中国版本图书馆 CIP 数据核字（2019）第 099911 号

上架建议：畅销·外国文学

JUEWANG JULEBU
绝望俱乐部

作　　者：［新加坡］王清佩
译　　者：宋　伟
出 版 人：曾赛丰
责任编辑：薛　健　刘诗哲
监　　制：吴文娟
策划编辑：黄　琰
特约编辑：刘艳君
版权支持：辛　艳
营销编辑：徐　燧
封面设计：利　锐
版式设计：潘雪琴
出　　版：湖南文艺出版社
　　　　　（长沙市雨花区东二环一段 508 号　邮编：410014）
网　　址：www.hnwy.net
印　　刷：北京天宇万达印刷有限公司
经　　销：新华书店
开　　本：875mm×1270mm　1/32
字　　数：228 千字
印　　张：8.5
版　　次：2019 年 10 月第 1 版
印　　次：2019 年 10 月第 1 次印刷
书　　号：ISBN 978-7-5404-9273-1
定　　价：42.00 元

若有质量问题，请致电质量监督电话：010-59096394
团购电话：010-59320018

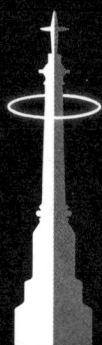
Suicide Club

献给我的父亲，杰弗里·王（1957—2017）

想要体会善良的真谛

就必须有所失去

感受未来溶在这一刻

就像盐溶在淡淡的肉汤里

你所珍视的和用心保存的

所有一切都要舍弃

这样你才能体会善良之外的土壤

是多么荒凉

——内奥米·谢哈布·奈伊《善良》

序　曲

　　男人站在一个没有窗户的房间里。他穿着一件燕尾服，乌黑色的，笔挺熨帖。房间里空空如也，只有他脚旁的一只玻璃瓶和一盒火柴。

　　那天晚上观看这段视频的人看到这里时，有些会以为是广告或垃圾邮件，就关上了视频。另外有些人会被他的正式着装或双眼中闪烁的冷峻目光吸引，继续看下去。这些人会听到他说出自己的名字和年龄，会听到他解释接下来所做事情的原因，做出这个决定用了多长时间，费了多少思量，他为什么不想再活两百年。他们听到他说自己的家人没有参与这件事，还说特意为了这个场合穿上盛装。

　　男人说完之后，从地上拿起瓶子，喝下了瓶里的东西。吞咽的时候，喉结在脖子肥厚的褶皱下起起伏伏。他喝完之后，安静而久久地看向他看不见的观众。

　　"他们害我们别无选择。"他终于开口说，"钻石皮肤™，强健肌肉™，替代器官。想想从前该多简单，那时只要拿一把菜刀往手腕上一割，就能看着生命从血管里淌出来。"

　　敏锐的观众会发现，他说话的时候，有一股透明液体从他一侧的嘴角往下淌。

"有些事情必须改变。当死的权利被剥夺，生的权利也不复存在。"

他点燃了一根火柴。火焰在冷冷的荧光灯下摇曳着。

"他们害我们别无选择。"

他伸出舌头，当舌头触碰到火柴头的那一刻，火焰似乎静止了一会儿，仿佛在思考该往哪里去。但这时他吸了一口气，火焰越来越旺，占据了他被酒精浸透过的口腔，蹿入喉咙，涌进鼻腔。男人再也没有说话。

第一章

这是一个巨大的分层蛋糕，裹着奶油霜，装饰着小小的红色花朵，放在一个玻璃基座上，摆在拥挤的房间中央。

没有人谈论这个蛋糕，甚至都没有人看它一眼。但时不时会有人在饮品桌前逗留，时间稍长，假装品评供应的各种绿色气泡饮品，其实眼角余光却偷偷瞥向那个蛋糕。

托德安守在莱亚身旁，手里端着细长的香槟杯，里面盛着淡白色的饮品。

"派对真不错，"他边说着边点头，好像有人问了他问题一般，他举起手中的酒杯向她示意，"饮品相当棒。我真的很喜欢这种螺旋藻鸡尾酒。"

莱亚心不在焉地莞尔一笑。她的目光掠过人群，扫视着深蓝的礼服、精致的银饰和不同灰色调的雅致西装。蛋糕上的花朵在这本来毫无血色的房间里十分突出，好似星星点点的血。就连那些头发光亮精致的古铜色面庞，在她眼中也变得昏暗无光。

但是不管从哪个方面讲，这都是一个成功的派对。

她不会忘记微笑。健康心智，健康身体。

"他们在这儿！我最喜欢的一对儿。"

"娜塔莉。"托德面露喜色，点了点头，向她致意。

娜塔莉对他们行贴面礼，举手投足都如名人屈尊等别人拍照般克制。先是和托德，然后和莱亚，小心翼翼地不碰到他们的脸颊。

"你看起来——哇——太棒了。"托德还在不停点头。莱亚强压着冲动，才没去抓住他的脑袋，让他不再晃了。

不过她看起来确实很棒。紧身礼服在烛光中闪动着靛蓝色的朦胧暗影。就好似娜塔莉在黑色光滑的礼服上倒上了一种乳状的液体。

莱亚莞尔一笑，心里也估量着自己的样子。她暗暗对比着自己的黑色直发与娜塔莉的棕色自然鬈发（娜塔莉的更成熟，更有生机），她那棕色的健康皮肤与娜塔莉长着雀斑的苍白面容（苍白面容容易受紫外线伤害，也容易沉淀黑色素，因此这一点莱亚有明显优势）。娜塔莉脸长，棱角分明，加之门牙大，面相有些像马。但是莱亚一直保持了一点儿婴儿肥，面颊饱满，圆乎乎的，缺少棱角。少女时，这样的面容时常令她烦恼，现在却为她所珍视。因为大多数年龄相近的长岁人，面容千差万别，身体却是相似的，身高和肌肤色调几乎一致。

"算了吧。"娜塔莉说，"别笑话我了。你看不见这些皱纹吗？"她指着自己那张化过妆的光滑面庞，"我知道你能看出来，不用客套了。过去一周最糟糕了，简直糟透了，至少要耗去我三个月的岁长。但是我不想再提那些事了。"

她的双唇抿在一起。显然她非常想说一说发生的事情，但是没有人接上话茬。

"莱亚！"她突然开口说，"讲讲你的近况吧！你个小淘气，总是把事情都藏在心里。"娜塔莉偷偷瞥了托德一眼。

"我确实喜欢保留一些秘密。但是对像你这样的朋友……"

她们不禁大笑起来。托德也笑了，笑的时机恰到好处。他们笑得恣意放浪，好似在宴会上展开了一条金色的缎带，引得人们扭头打量。那一刻之前，这些人在生活中都有各自完美的位置，但那一刻却忽然感觉似乎缺了些什么。

更多的朋友聚过来，大家继续轻浮地嬉笑着。莱亚马上就要得到一次很大的晋升，她故作漫不经心，抱怨着将要比以往承担多得多的工作。她感觉众人已经理解了她的话外之意，等着他们的反应。果然，贾丝明接话讲了一个警示故事，说晋升往往会导致同事与你对立；毕竟，作为他们公司里第一位百岁前就升任主任级别的长岁人，她就有过这样的遭遇。

升职的事情聊不下去了，他们环顾四周，搜寻着新话题。有些人拿出了自己的平板电脑。

"说起来，"娜塔莉压低声音神秘地说，"你看过吗？"她将了将头发，浓密的长鬈发散发出淡淡的椰香。她的脖颈紧致平滑。就像是赛马的腹部一般，莱亚想。

"看过什么？"

娜塔莉眼珠一转，挺直了肩膀。莱亚发现她的左肩比右肩稍微低一些，心下感到宽慰。莱亚也站直了身子，很高兴自己身上的无袖丝质上衣恰能凸显上臂的轮廓和锁骨的匀称。

"当然是那段视频。"娜塔莉说。

所有人都盯着自己的平板电脑在看，没有人抬头，莱亚还是感觉空气好似凝固了。她看过那个男人的眼睛，坚毅、闪亮、瞳孔完美，黑漆漆的，像鱼的眼睛。他的嘴里满是火焰，冒出热气，肉体熔化成棕色、黑色和红色的一团，在烟雾和火焰中消失。

"哦，天哪。"一个红褐色皮肤、毛孔清透的高个儿男人说。他小口抿着手中的维生素饮品，打了个寒战。"我们别说那个视频了行吗，娜塔莉？"

莱亚记得这个男人是娜塔莉的新未婚夫。她仔细打量着他，估摸着他的身高、体态和肌肉。她注意到那明亮聪慧的黑色眼睛、长睫毛、优雅饱满的天庭。

"什么？我们知道大家都在想那段视频。"娜塔莉说。

"不幸，不幸，大大的不幸。我们怎么能不想呢？"托德微鞠一躬表示赞同。

"就是！"娜塔莉欢呼着应道。

"他们真是有病。"有人插话说。

"恶心。"

"不洁。"

"要是孩子看到了该怎么是好！"

"要是我们看到了该怎么是好！要是看到这样的场景，谁知道会失去多少个月的岁长呢？"

"对！想想看过这样的场景，皮质醇指数会爆到多高呢！"

"肯定高得不得了。"

"别说做那样的事，单是想一想就让我感到恶心。"

莱亚突然感觉能闻到那股味道一样——肉体灼烧的刺鼻味道，辣眼睛的烟味。那个男人的眼中有一种陌生而坚定的信念，有无尽的悲伤。她胃里猛地翻腾。她对自己说着这是因为极度的厌恶。震惊。

"你还好吗，莱亚？"托德问，"你脸色不太好。"

所有人都看向她。

"哦，对呀，莱亚。"娜塔莉瞪大了眼睛，满满的关切，"正好托德提起。亲爱的，你的维生素D水平怎么样了？如果还不达标的话，我可以给你推荐一家诊所。"

"已经非常好了。"莱亚露出微笑，完全不在意娜塔莉明目张胆的侮辱，"不用你推荐了，谢谢。我不会离开现在的护理人的。杰西和我是老朋友了——我母亲升任高级副总裁的时候，她就开始负责我们家人的护理。"

"当然。"娜塔莉说。她紧闭上双唇，转回身继续和其他人聊起来。

　　对人好一点儿又不会要你命。至少试试看。

　　我已经试过了，莱亚想。我一直在尝试。她胸中涌起一阵恼火。她看到了母亲的脸，看到母亲眼角余光里透出的淡淡忧伤。然后她的脑中又回响起母亲的声音：皱纹是由皮肤失去弹性引起，这属于正常磨损，可以通过修复品™延后，但不能消除。

　　她的母亲总是很务实。在她去世三十多年之后，她的务实还在产生影响。直到生命最后，她的脊柱仍然笔挺，细细的毛发一如既往地乌黑，每月都去发廊，紧贴着头皮修剪得十分整洁。她的皮肤比一些更轻的同龄人还要有弹性，那些人比她早几十年就变得憔悴不堪。她的肌肉一直很紧致，双脚光滑，得到很好的保养，淡紫色的双唇一直很饱满。这就是作为全球智库首席执行官、享受第四级福利所带来的好处。

　　幽竹活到一百四十二岁——比现在的莱亚大四十二岁。这个年纪在她那一代人里算是很长寿的了，在她六十几岁的时候，第二波浪潮开始。然而，对莱亚来说，只活到一百四十二岁将是很失败的。如今要冲刺的年龄是三百岁。

　　不要浪费。我给了你一切。这一切你哥哥都得不到。此时她母亲的声音已经消失了，但是莱亚听出了声音里的痛楚，那痛楚总会让莱亚突然回过神来，怕要揭开那段数十年也无人能够抚平的伤痕。

　　她环顾房间，看着那些人光滑柔顺的秀发、平滑的前额和笔直的脊背。美丽、富有、热衷长寿的人轻声交谈着，礼貌地欢笑，时不时碰一碰杯。她喝下上等的维生素饮品，欣赏着水晶杯，高高的天花板，俯身望去是广阔的城市景色。她租下来办派对的地方通常只供公司活动用，但是她工作的健康之鳍信托基金允许个别员工预约，用于特殊活动。

　　不，她什么都没有浪费，莱亚想。她的母亲一定很自豪。

"祝你生日快乐，祝你生日快乐，祝你生日快乐，亲爱的莱亚！"

房间里爆发出雷鸣般的掌声。相机闪光灯亮起。莱亚微笑着，就像幽竹八十八年前教她的一样：你的眼睛，一定要有眼神交流，否则看起来会不真诚。

她拿起刀，切到蛋糕最下面一层。塑料刀刃切过泡沫塑料的时候发出刺耳的声音，但即使内心有些畏缩，莱亚脸上的笑容也一直没有消失。

第二章

人行道上是棕色和灰色的人流。身穿夹克的男女都朝着同一个方向走着——双肘都贴在身旁，低着头，目光落在身前通勤的人的脚跟上。

莱亚也不知道自己为什么会抬头看。或许是空气中的什么东西，由夏日入秋的味道，初秋的凉意抚过脸颊。或许是身前那个穿黑色网袜女人的精致脚踝。又或许是前夜生日派对的兴奋未了，想要望一望宽阔的街道和清晨浅蓝色的天空。

看到他的时候，莱亚感觉像要窒息了。他在她前面不远的地方穿过马路。他走得很慢，完全不在意自己对周围通勤人流的影响。莱亚能看到那些人被迫绕开平时不用思考的路线时的满脸不悦。她满耳朵都是抱怨声和不满的叹气。可是他却好似没有注意到，依然不慌不忙地踱着方步。

这个对周围的一切毫无知觉的年老男人不可能是她的父亲。但是莱亚还是忍不住看着他。她看到他以前的黑发变成了花白；头发有些稀疏，凌乱的发梢卷曲在满是皱纹的脖颈上。她仔细打量了他下巴的轮廓，以前比现在更饱满。她看着他的下巴碰到胸口，手触到鼻子，捏住鼻翼，好似要潜入水中一样。这个动作不会弄错的。

莱亚胸中一阵悸动，胸腔感到一阵压力，喉头一紧。八十八年前他不辞而别，而现在他又出现在这里。就在马路的另一侧，就好像从未离开一样。

随他去吧。幽竹对十二岁的莱亚说，我们只能随他去了。他做过那样的事情之后，离开反而更好。他不应该继续出现在你的生活中。

虽然那个男人的步子很慢，但还是被人群挤得越来越远。此时他已经在马路另一侧了，来到人行道尽头。很快他将在视野中消失。

她母亲当时的话是对的，此刻，尤其是此刻，她差不多可以肯定。莱亚数十年来的努力就要得到回报了。她取得这样的成就当然少不了母亲的支持和教导，但也靠自己克服了父亲为人和所作所为的影响。

莱亚紧咬后槽牙，嘎着牙花子，张开胳膊在人群中挤过。

"当心！"人群中不知谁的肩膀撞到她的胸口。

他离得越来越远。只因为他的速度比较慢，才没有从她的视线中消失；他就好像水流中的一颗卵石，在人群中激起阵阵涟漪。此时莱亚只能看到他的花白头顶，在湍急的人流中起起伏伏。

人行路口太远。莱亚抻长脖子，在人群中向前挤着，但是这时他已经在马路对面准备转过街角，很快就会消失在视野之外。她猛地向右转了弯。

抱歉。借过。抱歉，抱歉。不好意思。抱歉。

她发现自己来到了人行道的边缘。车子呼啸而过，贴上防晒膜的车窗遮住了那些早高峰能够使用公用汽车的权势人物的真容。马路另一侧，她的父亲正要转过街角，即将再次消失。八十八年来第二次消失，她就要失去他了。

车流中露出一段空隙。莱亚闯到路上。

她醒来时，身上挂着熟悉的冰凉电极。

"桐野莱亚，一百岁。"

　　说话的是一位身穿褐红色护理人衣服的女人，站在莱亚的床头。她正读着一台平板电脑上的内容。她的目光离开屏幕，莱亚看到她的眼睛是潮湿苔藓般的深绿色。

　　"生日快乐，迟到的祝福。能告诉我发生了什么吗？"护理人问。

　　"我步行上班。就要迟到了——"莱亚顿了顿。工作。马斯克家族账户的展示。她僵住了，想要坐起来，但是头昏昏涨涨的，脑子一团乱。"几点了？"

　　护理人伸出一只手，搭在莱亚肩膀上。她的手很温柔，却异常有力。莱亚又仰面躺下，头枕到枕头上。

　　"发生了什么？"护理人又问了一遍，"你为什么会像那样走到马路中间？"

　　人群中她父亲的面容——下垂的双颊，消瘦的脖颈。莱亚想到每隔几个月就会从门缝塞到家里的白色信封，想到自己的宣誓书，宣称自己不知道他在哪里。他们依然在寻找他，虽然已经过了几十年。他在城里做什么？

　　"我上班就要迟到了。"莱亚又说了一遍，脑袋还有些晕，"我打算抄个近路。那些车——也没有停。"

　　护理人双眉紧锁，看着她。莱亚想告诉她不要皱眉头，想要提醒她自然的表情对保持皮肤弹性的重要性。但是她从护理人的皮肤状况能看出她很水润，酸碱值也很平衡。

　　"有多严重？需要更换什么身体部件吗？"莱亚踌躇地问。她的四肢一直都是天然的，这对一个上百岁的人来说是很了不起的。护理人没有回应，这时莱亚才注意到她那褐红色衣袖上的白色条纹。

　　"这是什么部门？"她问。

　　护理人默默地在平板电脑里输入了一条记录。平板电脑的红色记录灯闪烁着。

　　"你说上班要迟到了。"

"是的。这有什么关系吗？"虽然嘴里这么说，但是莱亚问这个问题的时候，心底一沉。训令109A：非指定区域危险通行行为。

"听我说，我知道那是非指定区域。"莱亚说，"但是，你只要查查看就知道了，我的记录毫无瑕疵。这只不过是个小错误，肯定没有什么问题吧？"

此时护理人很认真地听着，头歪向一侧。"你刚才说在哪里穿过马路的？"她冰冷的目光直视着莱亚。

"百老汇大街上的某个地方。与三十二街的交叉路口。也可能是三十四街。"

护理人的指甲轻巧地敲击着平板电脑的磨光玻璃屏。

"你在哪里工作？"

"一区西。这些有什么关系吗？你还没回答我的问题——受伤有多重？我还好吗？"莱亚在被单下伸了伸手，感觉到手指间的皮肤展开。她又动了动脚趾，弯了弯膝盖。她身体周围的电极接线就像满床的杂草，沙沙作响。她感觉身体如常，但是她也听说过，如今替代器官安装手术后感觉也一如平常。

墙上张贴着海报，框在薄薄的金属框架中，熟悉而令人安心。一条肥大的动脉，延展成袜子的形状（"吃肉害命"）；一个受伤撕裂的关节（"今天就改做低冲击运动"）；无处不在的发光红眼球（"水果——糖尿病失明的罪魁祸首"）。嵌入式的吊灯投下温暖而明亮的光，房间里没有一点儿暗处。莱亚听出来隐形扬声器里播放的是《大海和曼陀林》，被誉为十年来最舒缓的唱片之一。然而，她还是感觉自己的皮质醇指数不断上升。这个护理人在做什么？显然不是她的工作。莱亚环视房间，寻找意见箱，但是除了一张床，房间里没有任何家具或设施。

"一区西。"护理人重复道，"那么为什么要在那个地方穿过马路？"

"什么？"莱亚问。因为我看到了他，她心想。因为我不能再丢掉他。但是她不能那么说。

"你穿过马路的地方。只会往东去。"

"这真是无理取闹。我得去工作。"莱亚坐了起来。

护理人看着她，但什么都没有说。过了几秒钟，她又在平板电脑里输入了一条记录。平板电脑里悄声吐出一张纸。

"你的理疗计划。"她说，"你没有受伤，只是晕倒时有一点儿擦伤。受了惊吓。车几乎没有碰到你，它的感应装置运转良好。"

那张纸在莱亚的手指间显得很薄，半透明的样子好似一碰就会化掉。纸上是深红色的花体字，优雅地卷着，露出"枕部弯曲指数"和"腹内侧前额皮质"等词。

"你需要做一些后续治疗。"

莱亚又读了读纸上的字，扫视着上面的内容，但并不理解其中的意思。这和她以前的理疗计划完全不同。每周治疗的诊所也和平常不同，没有开补充剂，没有复健练习。

"这是什么？"莱亚的目光从纸上挪开，抬头问。

但是护理人已经离开了。

莱亚翻过纸页，心底感到一阵害怕。她成为受观察的人。但这样毫无道理，像她这样的人不会被列入观察名单。这个名单是给别人准备的——当然没有她认识的人——她想象中那些连续离婚、失业或认知受损的人。那些不爱生命的人，不洁的人。莱亚是一个良好的长岁人。她在健康之鳍工作。她特别热爱生命，内阁里肯定是知道的啊？

这时她忽然意识到：他们以为她是故意站到车前。

莱亚愤怒地哼了一声，一边把电极从身上拔掉，一边摇着头。白色的圆形垫片粘得不牢，很轻松地就从她那光滑的深色皮肤上扯掉。她把电极整齐地堆在床头，电线排得整整齐齐，白色的粘头好似一束枯萎的白色玫瑰聚在一起。

她的衣服叠好放在床边。莱亚穿内衣的时候，看到刷着上光剂的光滑墙面上自己的倒影。她本能地挺直了身子，收腹，提臀。她就是长岁人的典范。受观察——她很快就能消除误会。

她挺直腰板，肺部扩张开，呼吸也恢复了正常。她会找杰西说明情况。预约的身体护理在周六，都不用做特别预约。到时她可以把一切告诉杰西。杰西会向他们展示莱亚完美的医疗和积极性记录，说明这一切不过是个误会。他们立刻就会把她从观察名单中剔除。或许她还可以要求一封正式的道歉信。

莱亚的办公室在一区中央地段的一座玻璃高楼里。八十层的办公楼，里面有各种办公桌，人流穿梭，长期核心合伙人在顶层办公。这座大教堂般的建筑在拥堵、混乱的街道上拔地而起，走进大楼宽阔的大堂总会令莱亚一阵激动。抬头能看到锃亮鞋子的鞋底、加了衬垫的办公桌腿、观赏植物花盆的光滑底座。这一切都毫无修饰，充满生机，所有这些物件和人自然而然地悬在她的头顶，底面暴露在外，那么脆弱。她经常提早来办公室，在大堂里徘徊一阵，但今天却没有时间。

电梯飞快地向上奔，莱亚在电梯里听着姜狂乱的语音邮件。电梯一侧是人、屏幕和工位闪过，变成模糊的一团；另一侧是城市景色，金属和玻璃建筑森林呼啸而起，直冲云霄。

地面离莱亚越来越远，她想起今早那个护理人看她的眼神。她游移的眼神、苍白的纯种人面容都令莱亚感到一些不安。就连平时令莱亚感到畅快的电梯移动也不能抚平她不安的情绪。

她来到办公室的时候，姜已经在那里了。从他紧锁的眉头看，莱亚就知道事情比她想象的还要糟。姜一向很注意保养自己的皮肤。

"真的非常非常抱歉。"没等姜说话，莱亚就开口说道，"一小时内，展示内容就会呈到你的桌上，我保证。基本完成了。我只需要更新一下实时数据。"她不会把事故的事情告诉姜，这件事可能会给她今年的晋升带来负面影响。不，最好还是模糊处理。

姜仍然皱着眉头。他不是那种会发火的人——他们都不会。他们知道愤怒会造成多么严重的氧化退化。她有些犹豫，不知道该不该建议姜做一些呼吸训练。

姜指着她办公室外的什么东西。"他们在这里做什么？"

一切看起来都很正常：衣着考究的同事看着终端上的绿色数字变化，坐在安静港湾中闭目养神，在玻璃门会议室里卓有成效地探讨问题。在这阳光充足的明亮空间里，洋溢着高效的气氛。

"谁？"莱亚问。

这时她看到了他们。两个穿西装的男人，一个白皙瘦削，梳着大背头，头发都贴到了衬衫的后领；另外一个皮肤黝黑，鼻子扁平，体格健美。他们的西装是炭灰色的——莱亚注意到他们的西装很雅致，但并不是她的客户所穿的那种昂贵布料做的。两个人右手都扣着一台平板电脑，像拿着《圣经》一般。他们直视着莱亚。

"他们整个早晨都在这里，不停地问问题，手里拿着内阁给的某种许可证？他们那个部门我甚至都没听说过。客户不喜欢这样。陌生人已经够糟糕了，如果客户知道他们是内阁派来的——那就完了。"

他们在这里做什么，而且他们怎么会这么快就来到这里？她刚刚才从诊所出来。

"怎么了？你做了什么？你记得自己宣誓忠诚于公司的吧？是不是……"他又把声音压得更低了些，"……延寿欺诈？如果是这样的问题，我认识一个人。当然不是我自己认识的。不过你应该了解的，我人脉一直很广。"

"不是！"莱亚说，"当然不是欺诈。是因为——我今早发生一起事故。"

"事故？你身体上有什么器官被替代了吗？"

姜语气中的某种东西让莱亚不舒服。他的声音有些尖，有些发颤。那是兴奋吗？但是他的表情并没有变，依然像是戴着严肃的面具，此刻又多了些关切。

"没有！我身体非常好，看看我就知道了。这真是毫无道理。"她说，脸上露出礼貌却坚定的笑容，就像面对无法达到他们预期寿命净值指数标准的客户时露出的笑容。她大步走出办公室，来到大厅。

"早上好，先生们。有什么能帮你们的吗？"莱亚说。

那个梳着背头，体态不太好的人张嘴好像准备说话，却被同事的一声咳嗽打断了。他闭上了嘴。

"你收到了一份理疗计划。"插话的人说。他的皮肤水润清透，焕发着不真实的光泽，只有接受大量抗氧化理疗的人才能有这样的皮肤。他在内阁的地位一定很高。

莱亚忍不住盯着他的皮肤看。那皮肤真的好像在发光，完美无瑕好似上过清漆的胡桃，引得莱亚心里一阵冲动，想要伸手去扇一巴掌，在上面留下一个火辣辣的掌印。

"你们在这里做什么？"

那两个人又看了看对方。更多的人开始注意他们——礼貌的同事，假装沉浸在交易工作中，但他们太安静，实际什么都没有做。

"我的名字是AJ。"有完美皮肤的那个人说，"这是我的同事，GK。"

GK正忙着在平板电脑里输入内容，听到介绍自己，抬头看了一眼。

"我们来这儿是做观察的。"AJ继续说。GK又无精打采地面向自己的平板电脑。莱亚忍住了没去纠正他的体态——他的脊背那样，在内阁的地位显然很低。

"这是商业场所。你们知道我们的客户都是什么人吗？你们不能留在这儿。"

听到这些话，两个人同时抽出几张纸，上面是一些红字，和早上她收到的那份计划一样。这些纸更小一些，只够写上四个字：授权观察。中央盖着一个心形的金色印章。就如姜说的一样，他们有许可证。

"你们属于哪个部门？"莱亚问，"我要提反馈意见。"

AJ眨了眨眼。莱亚吸引了他的注意力。但之后他微笑起来，露出小巧整齐的牙齿。"反馈什么？"他问。

"非法闯入。"莱亚开口说，却想起那些许可证，"故意刺激皮质醇产生。"她继续说道。他们会因此丢掉工作。

此时她的同事已经堂而皇之地聚到周围。莱亚眼角余光瞥见姜，他正敲打着同事的肩膀，拉扯着他们的胳膊，驱散围观的人群。

GK敲击的速度更快了。每输入一个句子都会抬头看看莱亚，先是看向一侧，然后看向另一侧，好像艺术家在捕捉她的神态。

"如果你们不马上离开，我们就要叫安保部门了。"莱亚继续说道。

这时GK也笑了，从平板电脑上挪开目光，抬头看向莱亚，嘴唇在那张肥胖、苍白的脸上拉得长长的。"我们已经联系过安保部门了。这一点你不用担心。"他抽出一张橘色方形小塑料卡，四角折了起来，和莱亚挂在钥匙上的通行证一模一样，"我们有完全访问权限。"

莱亚做了深呼吸，压住了心头涌起的惊慌。"好吧。你们爱怎样就怎样吧。"

她转身回到自己的办公室。姜也跟她走进了办公室，关上了身后的玻璃门。

"不能让他们待在这儿，会吓跑客户的。"姜指了指休息区，那里有几位客户正在填写表格，阅读最新报告。其中有几位用装饰了鲜亮图案的丝巾包住了下半张脸。有一对夫妇甚至还戴了墨镜。他们很谨慎，没有直接看过来，但是莱亚能够感觉到他们的目光投在自己身上。

"我也没有办法。你也听到他们说的话了。我正在接受观察。"

她在桌下抓扯着手指上的倒刺，以前这样做会让她感到内疚，此刻却令她感到极大的宽慰。一瞬间倒刺伤口涌出鲜血，但很快就凝结成光滑的小血块，愈合了。

"哦，"姜的语气变得略微低沉，好似承受着某种隐形的重压，"观察。好吧，我明白了。我明白了。刚才没听见。"

他的目光从莱亚脸上挪开，越过莱亚的办公室，落在远处墙上的一点。他双手扣在一起，松开，然后又扣到一起。

他又瞥向屋外，看向AJ和GK站着的地方。AJ正在和接待员聊天，他双手揣在口袋里，身子靠在桌上，姿势有些扭曲。接待员低声咯咯地笑起来。她刻意向前探过身子，红色的双唇几乎没有动过。GK的手指不停地轻轻敲击着屏幕。

"姜，"莱亚说，"你不会真的以为——"

"没有，没有，当然没有。"他张开粉红的双手在她眼前摆了摆，"但——可是。"

"可是什么？"

"小心些总归不是坏事，你懂的。作为雇主，我们只是希望你能好。健康心智，健康身体。或许，"他边说着，边检查自己的左手，好像以前从未仔细看过那只手一般，"或许你是工作太累了。"

"什么？"莱亚提高了声调。

"我们可以让娜塔莉帮你完成马斯克家族账户。像那样的大项目有两个人一起完成总归是好的。"

想到娜塔莉那自鸣得意的天然面容，莱亚的声音就不自觉地高了八度："不行。是我引入马斯克家族的。你不能把项目转给别人。"

阳光从四面照进来。姜的脸好像月球，圆圆的，布满肉眼可见的毛孔，有几个毛孔很大，还有黑头。尽管屋里的空调冰冷，他的脑门上还是裹着一层细细的汗水。

"他们下周就会离开，我保证。"莱亚极力控制着自己的语调，"周六我预约了理疗。他们会把一切理清。这不过是一个误会。"

"好的，"他终于开口说，"但是你保证如果——如果有什么事情发生，一定要告诉我。任何能产生皮质醇或不利于休息的事情。"

　　姜离开之后，莱亚在人体工程学座椅上向后仰去。除了提醒坐姿时间的闹铃之外，电脑屏幕完全是黑的。定时器按固定的秒数设置好了，到了时间就会自动响起，提醒她完成每小时的拉伸运动。数字悄无声息地消失了，绿色一次又一次地变成黑色。莱亚盯着屏幕看得越久，就越觉得这一切毫无意义。她的目光越过电脑屏幕，看向GK和AJ，此时他们正在绕休息区踱步。

　　她意识到自己可以让一切消失。她可以告诉他们自己看到了什么，为什么自己要突然闯入马路中央。她可以告诉他们自己不想再让他离开。而且这样说在一定程度上也是真的。

　　可是之后呢？如果他们找到他了呢？虽然已经过去了八十八年，但是内阁不会忘记，而且不会饶恕。

第三章

安雅把羊毛围巾紧紧地围在瘦削的双肩上，下巴缩到围巾里，呼吸着母亲的气息。那气息越来越淡，是法国薰衣草和大海的味道，混杂成一股刺鼻的味道。

时间由她母亲的机械心脏跳动来记录。怦，怦，怦。空间，靠步数丈量，穿过房间取用定时送来的脱水饭食。

她母亲的心脏是防破裂的，现在透过一层透明的薄膜就能看到，而那层薄膜以前是她的皮肤，包裹在一堆骨头上。安雅能不差分毫地判断心房和心室的每次跳动。每一次心跳都和上一次一模一样。她看着心脏膨胀、收缩，看着阀门开开合合，水墨色的智慧血液™平稳地汩汩流淌。

怦，怦，怦。好像某人在一座巨大空旷的房子的走廊里来回踱步的声音。心脏是最后衰竭的。它的工作年限最长，采用了最新、最高端的科技。最先衰败的是皮肤。安雅眼见着皮肤颜色渐渐斑驳，在骨头上慢慢萎缩，茶棕色的斑点逐渐蔓延全身。

他们将其称作钻石皮肤™，可自我修复，极为强韧。一直坚持到她母亲达到预期的延长寿命，诊所一尘不染的玻璃门永远向她关上。就这样安雅陪她等待着，在这个充满腐水味的昏暗房间里，无处可去。

　　她母亲最初卧床的时候还没有太糟，因为至少她们还可以聊天。那时，虽然她母亲在绣花被子下面躺着，肌肉萎缩，肺也渐渐衰竭，但她还可以假装一切如常。她们靠闲聊打发时间，什么都聊——音乐、瑞典，还有安雅的父亲。

　　有时安雅会为她演奏小提琴，琴弦冰冷无情地勒入她僵硬的手指。她已经很久没有练习，演奏的效果很不好，但是她的母亲也不再指摘她的错误。她似乎听不出来跑音，只是安静地微笑，眼睛盯着天花板，双手紧扣在空空的肚子上。

　　安雅渴望严厉的批评，希望母亲能指出自己拉错的地方，批评她偷懒、自满；想要母亲抽凉气、跺脚，像以前一样使劲敲打她的指关节。于是安雅故意胡乱地拉，走音、跑音很厉害，节奏混乱，安静地盼望着母亲脸上能露出一丝的不悦。但是不悦的表情终究没有出现。那张脸上一直毫无表情。安雅把小提琴装进黑色的天鹅绒琴盒中，闪亮的金属扣合上的时候发出枪击一般的咔嗒声。

　　安雅还是个女孩的时候——那时她还是个普通女孩，细长的四肢，满脸的粉刺——母亲经常带她去波罗的海游泳。她们黎明便起，云彩还在睡，空中还飘浮着潮湿的雾气。她们身上裹着厚厚的浴袍，骑自行车在昏暗的光里穿过两旁列着灌木的道路，预先知道前面每一个颠簸处，及时转弯绕过去。那世外桃源般的清晨路好似永远也走不完，就好似在梦里。突然间，正当她们穿着凉鞋的脚在风中有些发麻的时候，道路豁然开朗，眼前便是外海，闪着金属般的粼粼波光，浪花轻轻拍岸。她们迅速脱掉衣服，把浴袍堆在一起，轻快地穿过粗糙的沙地和刺刺拉拉的小植物，来到海浪的边上。最好快一点儿行动，她们总是径直跳进海里，拨开从四面八方涌来的令人窒息的寒意，直到脚下不再有沙，只能游泳。她母亲的四肢在粉色的晨光照耀下好似象牙一般，无所畏惧地在寒冷中破浪前进。那时她们每天早上都要这样去游泳，但是后来来到纽约，就没有游泳的地方了。

母亲最后一次说话的那天，她们聊起了那片海滩。谈论着沙子摩擦刺痛了双脚，幽冷的海水与天一色。谈论起每次刺骨的海水总能出其不意地没过她们的身体。母亲经常想，不知道邻居安德森先生是否还如当年承诺的那样一直帮她们给植物浇水，等待着她们重归海边的白色小屋。安雅提醒她说安德森先生早就过世了，至少已经五十年了，那时瑞典还没有引入延寿理念。当然，现在他们已经接纳了这种理念，但和美国还有很大的差距。

正在回忆间，安雅母亲的喉头坏掉了，肌肉紧缩，声音模糊不清，最后还是没用。最初，安雅继续说着话，把她想象中母亲要说的话也说了出来。这让母亲的双目仍然有神，与她对视的时候仍然充满生机。但双目最终也渐渐黯淡。接着皮肤开始退化，失去了血色，变得透明。这种只有一人说话的对话越来越难维系。

此时安雅安静地坐在母亲床边的一张硬木椅子里，听着她的机械心脏跳动的声音。

她告诉自己，母亲早已仙去，灵魂就像无氧房间里的火焰，已经熄灭了。她告诉自己，母亲已经不在了，留下的那具躯体是个幌子，是个空壳，是具牢笼。

但有时她会看到母亲半透明的眼睑抽搐，就会不禁遐想。还有那外来的心脏永不停歇的怦怦的跳动声，睡梦中都在困扰着她。她极力尝试过，还是无法摆脱母亲仍在那具躯体里的想法，深陷黑暗中，不能说，不能看。

这样的日子已经过了多久了？她也说不清。所有的日子都交织在一起，模糊了。

母亲的眼睛现在变成了乳白色，以前是大海的颜色，清澈、清冷的灰色，刚刚冻住的湖冰的颜色。现在安雅看向镜子，只能看到母亲在盯着自己。她母亲的双眼，母亲的尖鼻子，母亲淡粉橙色的嘴。

就去看看，能有什么坏处呢？她们刚来到纽约，路过那家诊所时，她母亲就是这么说的。于是她们做了测试。结果显示她们的基因都很好，极好，足够好，有资格接受所有种类的补贴理疗。她们一笑而过。她们来纽约又不是为了这个，不是的，她们来这儿是为了音乐。母亲唱歌，安雅拉小提琴。

但是永生的念头是一种逐步蔓延的疾病，从接受测试起，她就患上了这种病。她母亲开始像美国人一样生活，不再吃肉，甚至不吃鱼，健壮的身体逐渐失水，变成在健身房练就的那种精干体形。她不再跑步，因为跑步对膝盖不好。最后她越来越少唱歌，因为她被告知心脏有些不足，在她完美的基因组成中，心脏是最弱的一环。而且做音乐家会造成皮质醇产生过量。他们将其称作"职业危害"。

她母亲沉迷于身体强化，随之又沉迷于身体修复。最初是皮肤，每十五个月就做一次重新移植，然后是血液，加入智慧微粒子、纳米机器人，帮助清理、修复和再生，从而增强效用。他们给她安装了高性能合成泵替代心脏的那一天，安雅练了很久的小提琴，直到手指磨伤发紫。在诊所里，她观察着母亲的表情，想要看出这样的日子什么时候才是个头。

当然现在她已经知道了。结局就是这样。她们两个人在空荡荡的潮湿房间里，只有几件器具属于她们。补贴理疗只能持续到一定时候，离预期寿命越近，理疗费用就越高，直到最后她们变得身无分文。现在唯一能做的就是等待。

她的平板电脑响了起来，但是安雅全然不顾，站起身，走到窗前。她把手放到光滑的油漆木头上，向上推起。最开始没有推动，于是她又推了一次，这一次更用力，围在脖子上的围巾掉到了地上。窗户落满灰尘的缝隙吱吱呀呀地响起，窗户打开了。

城市闻起来冷硬而酸臭，像盐水一般冲击着她的鼻腔，呛得她双眼泪盈盈的。窗外的街上空空如也，大多数的窗户都暗幽幽的。还有多少这样的人，将死又不得死？至少她的母亲还有她在身边。

平板电脑尖厉的响声响彻空旷的街道。

安雅从窗前离开，一只手伸进口袋。她的手指摸到一张名片，从母亲卧床开始她就随身携带的一张名片，已经很长时间了。她的拇指抚摸着那个早已烂熟于心的号码，号码上面是粗体的红字：自杀俱乐部。

第四章

和大多数事情一样，一切都在于心思集中在哪里。于是莱亚集中了心思，把一切杂念从脑中赶走，迫使自己放松、呼吸。她把心思集中到托德肩膀起伏的曲线上，随着他头部的运动，一会儿模糊，一会儿清晰。她把心思集中在托德肋骨挤压她的小腿时的温热。托德的脸颊，胡子拉碴，夹在她的大腿间。她的手指一直温柔地搭在托德的头上，这时抓住一把头发。托德开始加速，但是莱亚却合上了腿，坐了起来。

"怎么了？"托德问，粉色的嘴唇在一缕光中亮晶晶的。

莱亚溜下了床。

她先检查了客厅。一切如常。抱枕整整齐齐地摆放在中世纪风格的沙发上，羊绒沙发罩垂到灰色的人字形花纹沙发面上。白色的储物柜靠墙摆着，在晨光中泛着橙色。挂在房间四处的纸灯笼散发出柔和的淡粉色光，据说这种色调能让人精力旺盛，有提神的作用。一尘不染的亚麻窗帘静静地垂着，家具都是柔和的色调，互相搭配，相映成趣。脚下的大理石地面冰凉。

莱亚在房里走了两圈，检查了厨房、浴室和客房。

她回到床上时，托德看了她一眼。

"我好像听到了什么声音。"她说。

托德支起胳膊，撑住头，眉头担忧地皱了起来。"你不能这样了。不要瞎猜疑了——这样对你不好。"

"你不懂。你知道他们到那儿了吗？到我的办公室？问各种问题，和前台谈。而且——"她没有说下去。

我看见他了。我的父亲。但是这些话都停在了她的嘴边。托德了解她的家庭，他当然了解，但对他来说这些不过是些背景故事，是莱亚生命的悲剧章节，早已成为过去。他关心的只是莱亚已经克服了这些过往。

托德温暖的脚趾触到她的尾椎骨。然后他的手指向上揉捏着莱亚的身体，扣住她脊柱周围紧实的肌肉。托德的手移到莱亚的脖子上时，手指包裹住她修长光滑的脖颈，大拇指灵活地抚摩着。莱亚突然僵住了。

"怎么了？"托德问。

莱亚把托德的手指从脖子上拨开，向前倾了倾身子躲开了他。

"我还能做些什么？我怎样才能说服他们？"

"如我之前所说，你不需要说服他们。"托德说，"这整件事都很荒唐，莱亚。他们迟早会明白这不过是场误会。内阁会弄清楚的。没有必要生气，也没有必要在这上面浪费时间。"

莱亚从床上起来，转向穿衣镜。即使看裸体，说她不到五十岁也不算夸张。当然这并非她所独有，大多数近百岁的长岁人都和四五十岁时没有太大差别。但是活到第二个世纪时才是真正的考验。尽管如此，看着她那笔直的脊柱、大腿根部恰到好处的缝隙、凹凸精妙的臀部，很难想象她竟然会在被观察之列。

"越担心就越糟。"托德继续说，"健康心智，健康身体。你难道不能不理会他们吗？"

"我们就要因为他们失去马斯克家族账户了。这样会把我打回到几年前的状态。"莱亚说。

"你还没丢掉呢，"托德说，"他们说项目暂停而已。为什么要做最坏的打算？或许你只要——"

"只要怎样？"

托德扭头看向别处，理平了床单上的一处褶痕。

莱亚在他身旁跪下，一双手掌抚摩着他的大腿。他的皮肤柔软，长满了金色的绒毛，好似一颗外星的表面，在柔软的皮肤之下是坚实的肉体，总能令莱亚着迷。未来某一天，将只剩下那块肉体，莱亚想着，忽然悲从中来。智慧血液^{TM}、钻石皮肤^{TM}、强健肌肉^{TM}，获得永生。她赶走头脑中父亲那张脸，暗沉的脸色，长着色斑，布满皱纹。

托德握住莱亚的双手。"我知道这样可行。我只想说，你是我认识的长岁人里最棒的，最有热情的。"

"但是如果不行呢？如果——"

"我会亲自去内阁告诉他们。我会告诉他们你是第一个放弃跑步的长岁人，早在高冲击咨询报告公布之前就已经行动了。我会告诉他们你将营养餐分成半小时的分量，确保每日营养能够得到最好的释放。我会告诉他们你每天晚上花两小时冥想，每日清晨的拉伸从来没有忘记过，还有——"

"好啦，好啦，我知道了。"莱亚说。

她露出了笑容，但内心仍然很紧张。此时托德脸上的表情恰恰表现了他的问题。或许这正是他们订婚近八年却一直没有定下婚期的原因。托德，基因完美、天性善良、坚信内阁公正、通情理。托德，出身"健康之鳍"家庭，名下有信托基金，可以整日无所事事沉溺于无聊的自我保养中。托德生活中从未出现过预期寿命不足一百岁的人，身边全是天生有好基因的人。

但是她不就是因为这些原因才和他生活到一起的吗？她不就是把托德当成创可贴，当作铠甲，抵御自己乱作一团的过往吗？托德不正是她的无上荣光吗？不正是她的梦想生活，也是幽竹希望她能过上的生活的最后一片拼图吗？他们的孩子基本上可以断定会是长岁人，而且据他们了解，很可能会成为第一个突破极限的人。永生人。有了托德和莱亚的基因，他们的机会比任何人都多。

莱亚猛地站起身。"跟我来。"她说。

她拉住托德的手，引他来到公寓里最小的一个房间。他们最初设想把这个房间做成衣帽间。现在这个房间里堆满了油画，从地面一直堆到天花板。占了一面墙的大镜子上沾满了条条点点的颜料。

托德从未独自走进这个房间。他一直很体贴，尊重莱亚古怪、私密的爱好。此刻他尽可能礼貌地盯着画布，却充满疑惑，皱着眉头，好似在解一道数学题。

"你觉得怎么样？"莱亚拉着他转过身，面对着房间中央的巨大画架。"画的是这座城。"她指着棋盘式的街道、摩天大楼和颜色渐变的天空。

"我懂了。"托德慢慢地点着头说。莱亚能看出来他并不懂。但她还是拿起画布，递给了他。

"给你。我要把这幅画给你。"

"我不能收。"托德说。但是莱亚依然没有动，他只能从莱亚手中接过画，小心翼翼地不要碰到发光的表面。"很漂亮。"他语气中有些毅然决然的味道，"谢谢你。"

莱亚像平常一样吻了他，双唇张开，好似要从吸管里啜饮，舌头羞怯地伸在齿间。双手轻抚他那健壮结实的脖颈，心下提醒自己这样才对，这样就是成功的。健康心智，健康身体。

他们在地板上做的，冷冷的大理石挤压着她的大腿，周围都是画布，弥漫着液体颜料的化学药剂味道。外面的天空阴云密布。

第五章

　　每个人一生下来就有了一个数字。一出生他们就会接受测试。孩子还在号啕大哭，只需在喉咙里用棉签一抹，父母等待着，双手紧张地扣在一起，等待着这个将要定义孩子一生的时刻。有时测试做完，母亲才能第一次抱上孩子，凝视着孩子还没有完全睁开的清澈眼睛。

　　莱亚的故事便是这样的开头。这个故事她已经听了无数遍——她母亲要他们重复一遍，然后听到他们说出了同样的话时，要求他们再做一次测试。他们很傲慢地宣称不会犯错，医生感觉被深深冒犯，气得小胡子不停地抽动。她依然不敢相信，但还是激动地哭了起来，泪水从她的下巴流下，落在莱亚完美的、圆乎乎的脸颊上。莱亚张开小小的粉色双唇，人生第一次尝到咸味。

　　当然，塞缪尔的故事完全不同。他比莱亚早出生四十年。那时莱亚母亲就一直面无表情，好像有所预感一样，接受了那个消息。

　　先是塞缪尔，然后是莱亚。幽竹和垣内给孩子起了他们认为很好的美国名字，可以象征家庭新起点的名字。

　　医生说发生这种情况的概率只有百万分之一。这种情况非常罕见。兄弟姐妹的数字差别通常不会超过一百年；再多十年的差距都极不可能。一个是长岁人，而另外一个不是——简直不可想象。

有时莱亚会想基因池是有限的，兄弟姐妹每人分得的基因数只有那么多。她是不是偷走了塞缪尔的基因？但是她从不让自己朝那个方向想太多。

"早上好，莱亚！"她身后的诊所门关上的同时，接待员兴奋地开口说，"我告诉杰西你来了。稍等一会儿。"

其他顾客大多数是穿着铅笔裙的女性，坐在明亮的接待区，敲击着各自的平板电脑。有几位端着杯子，里面盛着卡其色的液体，刚从诊所的素食吧低温榨出来的。素食吧的松木吧台、白色的禅意画和纸灯笼，所有设计都为了使人平静。

莱亚向一位帅气的咖啡吧员点了一杯姜茶。吧员把姜块切成极薄的薄片，莱亚则看着他小臂上显出的血管轮廓。或许他正在受训成为一名外科医生。他肯定不到五十岁，很可能在读医学院，即将完成第三十个年头的学业。她听说，如今诊所的每一项工作都很抢手，学生都渴望获取经验，不管什么样的经验都可以，甚至连调制冰沙和刷厕所也可以。

她突然记起，塞缪尔想成为一名儿科医生。他一直很擅长和孩子打交道，以前还在她身上练习过。莱亚回想起他的模样，四肢修长，关节突出，长发及地，眼镜推到脑门上，教她在中岛式厨房里倒立。莱亚欢笑着一阵乱踢，直到后来她妈妈拦住了她。

当然，他根本没有机会。非长岁人的寿命太短，连最普通的医生要进行的四十年资格培训都无法完成。

"莱亚。"

每次听到杰西的声音，莱亚心里都感觉暖暖的。杰西总能给人带来这样的体验，大多数做身体修复的护理人都是这样。她有一副金嗓子，声音美妙。杰西就如家人。在莱亚之前，她还护理过塞缪尔，莱亚母亲在世的时候也由她护理。她父亲消失之前也是。

她们来到理疗室，房间干净整洁，感觉比真实的空间要更宽阔一些。所有的设备——调节器、传感器、称具——都整齐地藏在白色的面板后面，只有生物茧舱在外面，安静地摆在一个角落。远处的墙上是一片垂直的花园，一排排的闪亮瓷罐，大多数种着多肉植物，带刺的粗壮枝干互相争夺着空间。

"哦，杰西，"莱亚说，"看过我的数据，你一定会很震惊。单单昨天我可能就失去了一个月的生命。"

杰西戴上天然橡胶手套，乳白色的。

"好吧，我们来看看有什么损伤吧？"杰西伸出一根手指，滑过屏幕。房间角落里的生物舱嗡嗡地亮了起来。仪器投射出淡绿色的光，然后归于平静。

莱亚迅速脱掉衣服，整齐地摆在杰西的桌子上。她的皮肤因寒冷感到一阵刺痛。

"哎呀。"杰西戴着手套的指头碰到莱亚臀部暗紫色的瘀青，"在地上做瑜伽了？"

有那么一会儿，莱亚陷入一种奇怪的想法中，感觉她和杰西两人是姐妹，在卧室里比量着各自的身子。她很好奇有个姐妹该是怎样的情形，和有一位兄弟会有多大的不同。

她又看到了塞缪尔。坐在房间角落里。他沉浸在一本旧书中，可能是关于弦理论或鸟类学的，这是他最喜欢的两样。他一边读书，一边咬着食指，鼻子攒作一团。莱亚盯着他，希望他能抬头看看自己。但是他没有。

你的鼻子和他的一直都很像，她母亲说。那是莱亚的母亲唯一一次允许她沉溺于平时被看作荒废时光的事情里。幽竹总会为塞缪尔开特例。

生物舱已经准备好了。舱门悄无声息地打开了，显出里面的一张狭窄的床。

莱亚扶住杰西伸出的手，走进生物舱里。她裸露的皮肤贴在消过毒的粗糙床单上，出声地呼了一口长长的气。生物舱两侧都是透明的，可以看到外面，但依然不舒服。她的心在胸腔里怦怦地跳。

杰西又点了点屏幕，狭小的空间里传来平静的洋流声音。然后是一阵清新凉爽的盐水味道。莱亚闭上了眼睛。

舱盖在她的身体上关上，她听到咔嗒一声，知道气锁阀密封上了。生物舱两侧变成不透明的，她置身于一片漆黑中。她张开手指，压在空气垫粗糙的表面上，然后握紧拳头，接着又张开，不断给自己打气。她紧紧地闭上双眼。

她又看到了塞缪尔，那一天他不停地咳嗽，那一天他盯着从嘴上拿开的手看了很久。莱亚的父母冲到塞缪尔身旁，她则悄无声息地躲在客厅的角落里。现在回想起来，当时一定非常奇怪，塞缪尔脸上布满了鱼尾纹，眼袋很重，头发比年长他七十六岁的老父亲的还要稀疏灰白。

生物舱里一阵低频振动。莱亚很熟悉流程：放气，绿灯，然后又是振动。她缓慢地呼吸，小心翼翼地，空气在她的气管里进进出出。很快就结束了。

第二次振动开始了。这时，是她父亲的脸，毫无预兆地出现在眼前。不是她在街角看到的那个男人，而是她父亲过去的样子。他的皮肤紧致有生机，黑色的双眼闪着光，和她的眼睛一样的形状和颜色。

她的父亲粗暴地抱住塞缪尔的腰，她看到哥哥矫正镜片下的脸部肌肉都抽搐了。她的父亲怔怔地盯着塞缪尔的手掌，好似从他的掌纹中看出了厄运。后来莱亚发现父亲不是在看塞缪尔的掌纹。手掌上有血，浓稠起泡的血，混杂着痰液。

但她记得最清楚的不是血，也不是后来的咳嗽发作、癌症、医院和葬礼。她一直知道塞缪尔终会死去。她记住的是第一天父亲脸上的表情，就是塞缪尔咳嗽不停的那一天。他盯着塞缪尔的手掌时扭曲的面容，嘴紧闭成一条细线。父亲的双眼茫然无神，在她看来突然那么冷漠，那么陌生。她记住的是之后父亲脸上痛苦、悲伤的表情。

生物舱的舱门终于打开的时候，莱亚的双眼还紧紧闭着。

"都好啦。"杰西轻快地说，"嘿，你还好吧？"

她深呼吸了三下，数着肺部的胀缩。

"莱亚？"

莱亚睁开眼，坐了起来。一阵寒意袭来，刺痛了莱亚的皮肤。

"还好。"她说，"我——"莱亚停了下来。她该怎么跟杰西说呢？"我一向不太习惯这些仪器。"

莱亚穿着衣服，杰西则来到工作台旁隐隐闪烁的三块大屏幕前。每一块屏幕上的线条都开始优雅地弯曲，生成一些条形，连接起一些圆形和三角形。屏幕上的形状组成相似的图案，但莱亚却完全看不懂。只有护理人才能读懂这些图。

杰西看了看其中一块屏幕，又看了看另一块，转头又看向第一块。莱亚盯着她的表情看，想要读出些什么内容，但是杰西的表情毫无变化。她那古铜色的皮肤上只有鼻尖上有一点点暗黑的雀斑。

"没有什么可担心的。"她终于开口说，"也不知道你昨天受过什么惊吓，不过对你的数据几乎没有影响。只需要再做几次净化，几个月的深度冥想，很快就能弥补这些损失。"

但是数字开始出现时，屏幕上挤满了小巧的绿色三角形，杰西顿了顿。"昨天发生了什么？"她问。

莱亚向她讲述昨天发生的事情时，尽量保持语调轻快，就好像在讲一段笑话：两个穿着亮眼西装的男人，一个明显业务不精需要重新学习如何营造舒缓环境的护理人（莱亚还恭维说杰西是这方面的大师），令人费解的"理疗计划"。她没有提自己为什么会闯入马路中央。

"今天你会和他们谈谈吧？"莱亚讲完昨天的经历之后问。

杰西离开屏幕，从桌子下面拿出一个小洒水壶，什么话都没有说，一直给植物洒着水。直到最后，大多数植物叶片都洒上了厚厚的一层水珠，她才转身面向莱亚。莱亚注意到，洒水壶和杰西穿的长袍是一样的褐红色。

"莱亚，"杰西轻声说，"我这里是保养部。监视部——他们和我们是各自独立的。完全不同的部门。"

"你这话是什么意思？"

"并不是我不想帮忙。"杰西说着，躲闪着莱亚的目光。在她温暖的嗓音下是冷酷的职业语气，莱亚早就注意到了，但在这之前从未多想。

"哦。"莱亚看了一眼搭在腿上的双手，"那好吧。我们还要继续吗？我要——十分钟后我有个会。"她谎称。

"当然。"杰西又转身面向屏幕，向电脑里输入了一些内容，均匀的键盘敲击声好似雨水滴答地落下。这次治疗余下的时间里，她再也没有提到莱亚臀部的瘀青和观察人。就好像莱亚什么都没有说过一样。

一系列的刮削处理，关节松动，后续做一些脊髓液适配，就完成了。杰西办公桌旁边的传送管响了一声，吐出一个小玻璃瓶。杰西拿出一支针头很细的注射器，熟练地吸出小瓶里的液体。莱亚自动伸出胳膊。

"我给你额外注射一些修复品™。里面是常用的抗氧化剂，外加了一些促进剂，帮助缓解过度的压力。哦，深夜游泳做得不错，对你的肌腱有好处。"杰西说。

针刺进胳膊只有一点点痒，然后是熟悉的化学药剂涌入身体的畅快。杰西矫正她的脊柱时，莱亚感觉每一小块骨头、每一处肌腱都扭动拉伸到恰当的地方。她感觉到皮肤下纤细的毛细血管充满了成熟血红蛋白和新注射的修复品™。她的皮肤刺痛，好像能感觉到表面细小的裂纹正在修复，干裂的细胞被蜕去，像一条蛇一样。她的肌肉紧致有力，像柔韧的弹簧圈一样。她的身体精力充沛，意识更加敏锐，这既令她喜悦，又带来些不安。莱亚猛地从椅子上站起身来。

"我送你出去。"杰西说。

她们默默地走过通向大厅的一小段走廊。莱亚感觉到杰西有些不自在，但她也没有去缓和这种尴尬的气氛。全是杰西自己的错，莱亚想，她连帮忙的想法都没有。她不可能什么都做不了。她是一名护理人。

诊所桃色的墙面上挂着一套人像，是一些男男女女穿着医院工作服的高画质照片，用漂亮的衬线字标上了头衔和日期。莱亚盯着头像中他们的眼睛——刻意放大、高清的眼睛，看着来来往往的客户——心中默念着他们的名字：皮莱、布莱克韦尔、占、克鲁索夫、莫尔。她想，如果第一波浪潮的先驱看到今日处于后第二波浪潮、即将迈入第三波浪潮的纽约会怎么想。第一批永生人已经生活在他们中间。这句话经常被提起，俨然成了一句没有意义的咒语，但此时却突然触动了她。她想到了塞缪尔。

莱亚停下脚步，转向杰西，抓住她的胳膊。

"你可以调查一下情况，是吧，杰西？可以帮我查查吗？"莱亚说，她很讨厌自己竟然用哀求的语调说话，"第三波浪潮。我听说会比预想来得更早。我不能让这段事留在记录里。我这么努力，现在不行。"

杰西四下环顾了大厅，闪过莱亚的目光。她眨了眨眼，长长的睫毛在脸颊上落下蛛网一般的影子。

"我们下周见。"她轻快地说，把莱亚的手指从胳膊上拉开。

"我会来的，是的，可是你就不能——"莱亚没有再说下去。杰西已经不在听她说话。她正观察着莱亚身后的一阵骚动，前台的声音压过一个低沉、急切的男中音。

莱亚转过身，一时间也没有明白眼前的情景。乍一看，和她走进杰西的诊室做护理时并没有两样。禅意画、纸灯笼、素食吧台前的咖啡吧员。她离开大厅前，每一张豪华的沙发上都坐着顾客。但和之前不同的是，他们都没有低头看自己的平板电脑或手机，也没有看了无生气地耷在腿上的图片杂志。

相反，他们都看着一个站在大厅中央的男人。诊所的灯光对他的形象没有丝毫加分，稀疏灰白的头发下的头皮照得比平时更亮，眼睛和嘴巴上都投下阴影，暴露出脖颈上过多的褶皱。

"先生，我们的接待区仅供会员使用，我只能请您到外面等待。"接待员正在说话，语调越来越高。

"我只想问她有没有在这里注册。"他的声音浑厚悦耳，威严有力，和衰老的面庞极不匹配。

"我已经说过了，我们不能向陌生人泄露顾客的保密信息。"接待员继续说道，话语间已经明显有些厌烦。她自己可能就是一名医学实习生，对诊所高端客户之外的人显然还不太习惯。

"我也已经说过了，我不是第一次来。"那个男人说。

"先生。"杰西走向前。

莱亚的父亲转过身，八十八年来他们的目光第一次相遇。

杰西已经来到他身旁，一只手抓住他的胳膊。"你现在必须离开，先生。"她说。她向吧员点了点头，后者立刻过来，抓住了莱亚父亲的另一只胳膊。他扭动身子，挣脱束缚，抽出了胳膊。他动身，像要迈步走向莱亚，但吧员又抓住了他，这一次死死地挡住他的身体。他踉跄了一下，尖叫起来。

"嘿！"莱亚走向前，厉声喝止，"停手。"

吧员惊讶地抬起头。"可是夫人，他是预期寿命一百岁以下的人。"

"他不是。"莱亚应道，走到他们身前。

"你在说什么呢，莱亚？"杰西好奇地问。她父亲甩开吧员，理了理颜色鲜艳的破旧运动上衣。莱亚看着那熟悉的动作，心头一紧。

"他找的就是你。"接待员说。此时她已经回到服务台后，不用再负责，但看起来还很想继续参与争论。其他客户也都看着，急切地想要听听故事。

"你认识他？你是谁？"杰西问道，转身面向那个男人，打量着他的面庞。她的眼中闪过了一丝什么。她盯着他看，好像见了鬼。他到底是不是鬼？

第六章

没等父亲反应，莱亚就抓住他的胳膊，拉着他向出口走去。

"我们下周见，杰西。"她欢悦地对杰西说，身后诊所的门应声关上了。

这一次她很庆幸周六早上的交通拥堵。他们很快就淹没在人流中，诊所也很快从视野中消失。周末出来吃早午饭的人都拥上了街，吃着风味蛋白混合食品，吸着氧气，好像生命完全靠此维系。

莱亚选了距离诊所几个街区、最拥挤的一家果汁吧，挤到三个带着哭闹孩子的居家父亲中间。如今出生率直线下降，很少能看到婴儿，所以路过的人都会在婴儿车旁停一会儿，逗弄孩子，摸摸他们的小脸颊，闹得孩子哭得比原来还大声，几位父亲则纵容着在旁边看着。

果汁吧里惨淡的光隐去了他脸上最难看的部分，但是他们坐得很近，莱亚还是能看到他那双污浊的眼睛下面的一串粟丘疹。

"我的小莱亚，已经长大了。"垣内说。他端起眼前的大玻璃杯，呷了一口里面惨绿色的黄瓜泥，露出一脸苦相。"嘿，真是难喝死了。怎么会有人愿意喝这种东西？"他向服务员招了招手，"嘿，打扰一下。能给我来一杯香草奶昔吗？"

"一杯什么？"

"会堵塞动脉，富含低密度脂蛋白，含大量甘油三酯，混合糖、人造香草冰淇淋和全脂奶的东西。"垣内继续说。

"他在开玩笑，"莱亚打断说，"特别爱开玩笑。"她大声笑着，挥手让服务员走开了。

"最好别吸引太多注意力。"她低声说。

垣内叹了口气，低头看了看眼前的冰沙，搅了搅绿色的沙泥。勺子碰撞着玻璃杯壁，叮当声震天响。

"你听起来和你母亲一样。"他的目光从不太诱人的饮品上挪开，抬头说。他的双眼慵懒，好似脸上一双明亮的星，和以前一样明亮、狡黠。他嘴角的弧度依然透着戏谑，带着一点点嘲讽。"和你母亲一模一样。"

这时莱亚耳边又传来母亲反对的声音。他可能会被认出来。你可能被人看到和他在一起。训令28B：帮助并唆使不洁人。

"反正，已经快九十年了。我猜他们都不记得我是谁了。"

莱亚摇摇头。她知道现实不可能如此，但并没有多说，只是说："你回来了。"

她父亲不再搅拌。"你怎么样？"他问。这时脸上的笑容已经消失了。他是很严肃地在问。

"我——"那个词堵在她的喉头，痒痒的，堵住呼吸，但她咳嗽了一声，迫使自己说了出来。"我还好。"她说。她的声音沉着冷静，就像平时工作中讨论化合物增长率和肾脏远期曲线时一样。但是莱亚的双眼感觉有些紧，渐渐延伸到鼻梁上，一直到喉咙。过了几秒钟，莱亚才真正理清内心的感受。

莱亚已经有几十年没哭过了，此刻她也不想哭。她转头背向父亲，看向外面的街道，街上来往的拥挤人流使她内心感到些宽慰。街上的人交谈、拥挤、行走着，所有人都是同样光滑的面庞，同样昂首走路。一片棕色、灰色和黑色组成的拼盘。好像所有人都穿上了秋装。莱亚突然渴望夏天到来，一年中只有夏天，街上才会色彩斑斓，汗水淋漓。

"我当时吓坏了，看到你要那样冲过马路。当然最开始我没有意识到是你。怎么会那么巧啊？但是当我看到你——即使周围有那么多人，我也能认出是你。不管在哪儿我都能认出我的莱亚来。"

她的喉头越来越紧。就像我能一眼认出你一样，她想。

他的目光默默地扫过莱亚的脸，鼻眼一样一样地看过。"我还不太习惯你长大的样子。"她的父亲咧开嘴笑了笑，露出微微发黄的牙齿，牙尖有些缺口磨损。她已经几十年没有见过这样的牙齿了。过去人们的牙齿就是这样的吗？"小莱亚，我还莫名其妙地期望你依然是那个小女孩，有大大、圆圆的眼睛。总是很安静，总是观察着，筹划着统治世界，吓坏了学校里的其他孩子。"

她的心口一紧，眼泪忍回去了。她眼前闪过一个男孩苍白恐惧的面庞。同学呆在当场，哭着。一只毛茸茸的兔子，松软如白云。

"那是很久以前了，"她突然说，"我都记不得了。"

垣内向后靠到椅子上。他歪了歪头，好似在打量她。莱亚读不懂他的表情。"我想也是。八十八年了。差不多一个世纪前了。"他说。

莱亚害怕他还会接着说些别的，但是他停了下来，低头看着自己的饮品。

"你——他们还在找你吗？"莱亚压低声音说。她很庆幸周围有喧闹的对话，大喊点单的声音，还有大型榨汁机不断的研磨声。

"能见到你真好。"她父亲说，完全没有理会她的问题，"我本希望和你见面时情况没有那么糟糕，不用害你在早高峰的时候跑进百老汇的车流里。不过，见到你依然很好。我能看出来你生活得很好。非常好。"

"确实。"莱亚说。有那么一会儿，她假想自己是刚完成一次长途旅行回来，再次见到自己的父亲。假想她刚离开不久到某处工作，只离开了几周、一个月。假想他们一直很亲近，每天都打电话，经常一起吃营养餐，一起在公园散步。"我就要升职了。"她说。虽然父亲都不知道她是做什么的，对过去八十八年里她的生活也一无所知。

垣内咧嘴笑了笑。"你当然会升职啦。我猜其他人肯定没机会。你肯定很轻松地就把他们比下去了。"

莱亚眨了眨眼。他以为这样好笑吗，这样说笑？

"你为什么出现在这里？"这时她的语气变得坚定了些，也不再有要哭或叫喊的冲动。

莱亚从父亲明亮的瞳孔里看到街上的人来车往，心里猛地意识到父亲就在里面。在那萎缩了的身体里，在那具躯壳里，还是她的父亲。还是那个每次出差都会给她带回一件塑料恐龙玩具的男人；那个在救护车堵在路上时，背着塞缪尔跑过三十个街区去医院的男人；那个哥哥永远闭上眼睛时哭泣的男人。莱亚见过的第一个哭泣的男人。

终于他开口说话了。

"我变老了，莱亚。"他又露出一丝略带嘲讽的笑容。

莱亚突然想到父亲只比母亲小十岁。也就是说，他已经一百七十岁了，对他那一代人来说已经是很了不起的年龄了。当然他们一直都知道他会比幽竹活得更久。他的数字一直比幽竹高，这是遗传优势，他出生在日本本州岛中部的一个小山村，多年前来到美国。

"还有，我想你了。"他说。

莱亚心底五味杂陈。我也想你了，她心想。可是现在又能怎样？他以为现在能怎样？他们的家已经没了。他们的家在很久以前就破碎了。她现在有了不同的生活，不同的人生目标。

"我——我得走了。"莱亚说。在吧台下，她用拇指指甲迅速扯掉一块毛糙的角质层，没等皮肤重新长好，血就很快流了出来。

垣内叹了一口气，莱亚能看到整个叹气的动作，气从他的胸腔上涌到脸部。他眼角辐射的鱼尾纹和嘴边流露的每一个表情，莱亚都能看到。她意识到几乎所有那些笑容、愁眉和叹气都不再是她生活中应有的，而是父亲自我放逐的那个地方才有的表情。想到这些，此时不带感情地对父亲点点头也没有那么内疚了。

账单出来了，莱亚拿出钱包。父亲没有抢着付账，只是看着她递给服务员一张卡。服务员离开后，莱亚匆忙穿上外套，收好钱包。

"听我说，"她父亲低声说，"好多次我都想过给你打电话、发信息，或是和你见面。相信我，我真的很想。但那样只会把一切搞得更糟糕。我知道幽竹做得很好，各方面都很好。你过得幸福、健康。有健康之鳍的工作。有托德。你一直都过得很顺利。我都了解，我真的了解。你不这样做又能怎样？无所事事地思念你那落魄、不洁、失联的父亲？"

莱亚从高脚凳上滑下来。"我得走了。"她又嘟囔了一声。

"特别是学校里发生了那样的事情之后，你懂的——"他停了下来，双手捂住脸颊。

莱亚注意到旁边一群人很不自然的响亮声音，在一些好似编排好的笑声中不时有人向他们瞥几眼。

"我真的、真的要走了。爸，再见。"她说。

但是叫出爸之后，莱亚感觉内心不禁颤动，她看到父亲眨眼的样子，知道他也有同样的感受。

"等等。"他从颜色鲜艳的运动上衣里掏出一支笔，在一张湿乎乎的餐巾纸上写下了些什么。他写完后，塞给了莱亚。"万一你想——我也不知道，聊聊，或者别的什么。"他向前探了探身，把餐巾纸塞进了莱亚的钱包里。

莱亚挤过人群，头也没有回。当她走出果汁吧，站在人行道上时，才回头看了看。她父亲并没有要离开的打算。他低头坐在那里，盯着双手紧扣着的那半杯奶昔。

他身边的年轻男子正四处传着手里的孩子，那孩子紧握着小拳头，挥舞着。成年人的脸上满是喜悦，所有人的注意力都像激光一样投到孩子身上，眼睛和双手随着孩子的每一个动作动着。玻璃窗后面的孩子开始闹腾地哭了起来。他的脸像团紫色的肉，渴求人的照料，泛着丑陋的光。

第七章

八十八年前，莱亚的父亲消失时还是个大块头的男人。一点儿也不像此时这般瘦削笨拙——当年他肩背宽厚，双臂如街灯一般粗壮，双腿如结实的树干。莱亚记得小时候搂住父亲的脖子，伸直双臂也就将将能环抱住。当然，父亲离开的时候她还小，比现在身材娇小得多。才十二岁，但是她还清晰地记得那些日子，宛如昨日。

莱亚记得垣内是个大块头的男人，但是他在三四十岁，甚至五十岁时的照片里，却是身材颀长，结实强壮，和今天最优秀的长岁人一样的身形。有一张照片里，他穿着白色的网球服，黑色的长发用粉色的毛巾布头带束在脑后，网球拍拍头挂在红土地上，支撑着身体，整个人显得温文尔雅。另外还有一些照片，他和幽竹肩并肩站在秘鲁的一处瀑布旁，两人都背着高过自己身子的背包，戴着令人尴尬的太阳帽，咧开嘴笑着。莱亚最喜欢的一张照片里，父亲在一艘帆船上，古铜色的皮肤与透蓝的天空交相辉映。他靠在船头，怀里抱着一个小婴孩——塞缪尔。

她真希望自己能认识这个男人，他爱好体育，穿着颜色鲜艳的挺括运动服，胳膊自然随意地搭在妻子肩上。莱亚从他身上根本看不出所谓的玩世不恭的踪迹，她一直觉得他是这样一个人。照片里的男人体魄强健，热爱生活。

第二波浪潮之后就开始出问题了。家族里的长辈就是这么跟后辈说的，幽竹也是这么告诉莱亚的。再早的几十年前，塞缪尔出生的时候，他们就已经开始了预期寿命测试，也做一些理疗，但是第二波浪潮有着本质的不同。它伴随着一整套新的医疗技术的大规模应用而兴起：第一代的智慧血液™，后来钻石皮肤™的早期原型，第一批真正能够使用的替代器官。伴随着新科技，也出现了一系列的新训令，旨在保护内阁的最大投资——长岁人——安全健康。这是第二波浪潮。第三波浪潮时将出现永生人。

"或许你的孩子，"幽竹以前经常对莱亚说，语气中难掩兴奋和忌妒，"甚至是你。"

"听起来糟透了。"垣内总是摇着头应道，"谁想永生啊？特别是现在他们还不让吃牛排。"

第二波浪潮开始后不久，垣内的腰开始变粗了，手腕和脚腕生出赘肉，好像故意在抵制新施行的月度保养要求和杂货店里出现的营养体脂秤。他会绕远路去寻找汉堡和炸鸡店，这些店一家家地陆续倒闭。他不再打网球，每年的徒步旅行也成为历史。

幽竹刚刚升职，享受着内阁下属机构高级官员的福利，此时调任全球智库的公司健康计划部门任首席执行官。她变得越来越苗条、结实、修长，垣内的身材则完全向相反的方向发展。他的腰部变得虚软，还长出了双下巴。他买了合身的新衬衫，全身心地投入药品销售工作中，经常有跨越全境的差要出，途中要停数站，乘坐夜间航班，离家一连数周，非常辛苦。

这就是莱亚记忆中的垣内。她从未见过照片中那个活力四射的男人，那个可以在"每日四十分钟"活动中做主角人物的男人。她儿时记忆里的父亲，讲庸俗的笑话，因营养餐和幽竹吵架，叫嚷着要吃汉堡和牛排；如今人们将那些食物叫作传统食物。

　　莱亚的母亲一直说垣内是很难缠的人，但是在塞缪尔去世之前，两人之间从来没有什么大的冲突。莱亚记得母亲玩笑般猛地把父亲的手从带回家的炸鸡上扇开，父亲则哈哈大笑，把母亲压在沙发上，假装要把一块炸鸡强行塞进她嘴里。她记得在"带女儿工作日"里随母亲来到她的办公室，记得幽竹的同事兴奋、愉快地问起关于垣内的问题。他现在在做什么？之后他怎么说？哦，他不可能这么说的吧！她记得当别人说她和父亲长得很像的时候，自己还很自豪。她给他们讲了更多父亲的故事，这位不同寻常、独立、具有反叛精神的父亲。幽竹也很自豪。

　　莱亚逐渐长大，她记得以前完全不是这样。她记得是何时发生的改变。

　　塞缪尔去世之后的那个夏天，幽竹把三居室公寓的窗户都密封上了，依照的是训令7077A：高层建筑保护法案。他们住在五区的一座老房的低层，所以严格意义上讲他们不需要密封窗户。至少当时还没有要求，二十年之后，训令7077C将二至五层的公寓也纳入规定中。反正幽竹想要积极主动一些。她说这是"要预先适应即将出现的发展"，就好像他们的家庭是一个新成立的公司，响应着即将施行的新政策，而不是一个曾经的四口之家，破碎、悲伤的一家。

　　那个夏天极为混乱。一会儿是泪水和暴怒的疾风骤雨，转眼又风平浪静，一家余下的三人好似凝固在时空中。街上热流汹涌，他们的公寓里却空气凝滞，带着刻意的冷漠，好似要保存什么就要消逝的东西。可能未来的某一天，塞缪尔的魂魄将不再困扰他们，不会在每一张桌椅间游荡。但那一天还没有到来。此时他们把自己密封起来，躲开人行道上涌起、盘旋聚集在楼宇间的热浪。

　　空调似乎是点燃矛盾的导火索。莱亚记得那是个周六，她和垣内一整天都待在家里。幽竹又去了办公室，已经连续加班三周了。莱亚盘着腿坐在地上，数学作业摆在咖啡桌上。她的作业做得不是很顺利，一方面是因为她在医院陪塞缪尔误了两个月的课程，另一方面是因为垣内的烦躁不安。他四仰八叉地躺在她身旁的三座沙发上，庞大的身子铺展在刺绣沙发罩上。他翻开一本书，悬在脸上方，但是莱亚特别注意到他一小时也没有翻过一页。他叹着气，辗转反侧，使劲地挠着脑袋，一会儿交叉起双腿，一会儿展开。

"你能听到吗？"他突然问，"你能听到，对吧？"

"什么？"莱亚很不耐烦地应道。我能听到你的声音，她暗自自言自语。

"嗡嗡声。要震聋耳朵了。"

莱亚竖起耳朵，然后摇了摇头。

"我什么都没有听见。"她说。

"你怎么会听不到呢？"垣内撑起身子，怒气冲冲地坐起来，拖曳着几片沙发垫放到沙发边上。

就连他呼吸的声音都很大，莱亚心底很厌烦地想着。

"我在做作业呢，爸爸。"她尽可能语气平和地说。

"但是有那个声音你做不下去了，当然啦，是的，能理解。不要担心，我们马上就能找出原因。"他站起身，走到窗户旁。

莱亚继续做着作业。x^2 的导数是 $2x$。x 的导数是 1。

垣内大声拍着手。"空调。就是它。"他正双手叉着腰，盯着窗户上方的通风口。

"我真的什么都没有听到。"莱亚嘟囔着。

"到这儿来，莱亚。在这儿就能听到了。"

莱亚把笔记本电脑的屏幕压低了些："我很忙，爸爸，我真的得完成这些作业。"

垣内脸上闪过一丝奇怪的表情。这个表情莱亚在最近几个月里看到过好几次，下巴绷紧，目光冷酷。她不喜欢这样的表情，令她感觉空虚、不安、孤单。导数：曲线斜率、变化率。

　　于是她合上笔记本电脑，走到垣内身旁。她扬起脖子，看着天花板上的灰色格栅，竭尽全力去看垣内在看的东西，去听他听到的声音。她仰着头，竖起耳朵，但还是没有听到什么奇怪的声音。她只隐约听到窗外车子开过的声音，垣内起起伏伏的呼吸声，楼上邻居微弱的脚步声。

　　她转身面向垣内，却看到他一脸的期待，于是她不由自主地点了点头。

　　"是的，"她说，"是空调。"

　　"我就跟你说嘛！"他得意扬扬地喊道，"给我拿把椅子来。我要关上空调。"

　　"什么？"她说，"你不能关上空调。外面太热了。"

　　但是垣内已经拖了一把餐椅，放在窗户前，踩到椅子上去够空调。

　　"他们把事情弄得太复杂了。"他嘟囔着，"想关上一样东西都这么难。气候智能型，智能通风，顶尖技术，顶尖技术个屁啊。"他双手摸索着灰色的金属盒子，寻找着手动控制按钮。

　　"哈！"他关上一个莱亚看不见的开关，终于开口说。空调果然慢慢停下来了。公寓里的空气也静止了。

　　"我们会热死的。"莱亚大喊。

　　"别傻了。我们不会死的。"垣内说。

　　他顿了顿。奇怪的表情又出现在他的脸上。他慢慢地从椅子上爬下来。莱亚看着他小心翼翼地把椅子放回到角落里，他的动作缓慢、刻意，一脸冷漠，毫无表情。

　　莱亚叹了口气，回到咖啡桌前坐下，又打开了笔记本电脑。

　　阳光裹挟着热浪冲进窗内，没过十分钟她的额头便涌起一层汗珠。她的腋下又热又潮，腿弯处滑腻腻的，轻质棉料的上衣袖子贴在胳膊上。垣内回到沙发上原来的位置，再次沉浸到书中。他不再坐立不安，好像也没有注意到高温。莱亚什么都没有说，只是在咖啡桌下伸展着双腿，不让小腿碰到大腿，强迫自己不去在意令人窒息的高温。但当她听到钥匙开门的声音时，心下一沉。幽竹。莱亚慌乱地环顾房间，傻傻地想着自己能不能及时打开空调。

"哈喽。"幽竹打开门，朝着屋里打招呼，声音短促而清亮，像是外面世界的声音，满满的都是工作中让她忙碌不堪的事情，和家中那种莫名的心不在焉格格不入。

"我的天哪。"她走进房间，喘了口气，"空调坏了吗？你们找人来修了吗？为什么没人来修？垣内，你在做什么？我现在就给大楼物业打电话。"

"嘿，"沙发上的垣内说，"哦。是的，我想应该可以找个人来看看。空调发出可怕的声音，很吵的嗡嗡声，快把我搞疯了。"

"奇怪。然后空调就这样不转了？"

莱亚屏住呼吸，专心盯住笔记本屏幕，双手僵在键盘上。突然之间，她无比怀念塞缪尔。这股情绪直冲胸口，重重的一击令她呼吸困难，心口空空的。塞缪尔会知道该怎么办。塞缪尔会讲个笑话，问问幽竹一天的工作，把她的注意力从闷热的房间上转移开。塞缪尔一开始就不会让垣内关上空调。

"不是，"垣内开心地说，"是我关上了。"

莱亚头也没有转，用眼角余光瞥了一眼幽竹。幽竹站在玄关处，左肩背着电脑包，有些向下倾。她穿着浅灰色的套装，西装下是一件洁白的衬衫。她右手里的钥匙在阳光下闪着光，像一串小刀。

"你关上了空调，"她又低声重复了一遍，"不好意思，我没听懂。"

垣内朝她的方向挥了挥手。"有什么听不懂的？空调有噪声，我关上了。嘿，如果你不把窗户给密封了，我们就能打开窗户，像正常人一样透透新鲜空气，也不用一直开着这破空调。"

幽竹把包重重地摔在地板上。"我简直不敢相信你说出这样的话。"她说，"我不能——你是想气疯我吗？"

"我们可以再把空调打开，妈妈。"莱亚说。

"不，莱亚。"幽竹说，"你父亲想要我们和正常人一样生活，他说他希望我从未把窗户密封上。"

莱亚看着屏幕上的符号和公式，突然想到三是个不稳定的数字。四是偶数，四是平衡的，四是安全的。现在他们就三个人，他们会一直处于不断的变化中，不停地向不同的方向动，莱亚夹在两人中间，直到——直到最后会怎样？

垣内从沙发上站起来。"这不公平，幽竹。你知道我不是那个意思。"

"那你是什么意思？"

垣内沉默了。他的手指按住胃部，眼睛盯着双手看。

幽竹爆发了。"你为什么要这样？贬低我做的每一件事？你知道根本就不只是窗户的问题。先是食物，你对那些食物从来都不满意——"

"你一周能吃几次那种破烂泥？那就是烂泥！没有味道，没有灵魂，烂泥，根本不是人吃的——"

"哦，那么你宁愿女儿吃动物肉了，全然不管最新的饮食训令——"

"训令。总是拿训令说事。我只想女儿能有正常的生活。活得像个正常人类就那么难吗？"

"那是营养餐。是经过优化的，最适合正常人类摄入，我不知道你怎么对什么都要挑刺——"

"你以前从不这么挑。你以前不像这样。"

"哦？你以前也不像这样。我说，你看看自己，看看自己！整天躺着，往肚子里塞些垃圾食品，从来不锻炼，熬夜不睡觉。你想证明什么？你想恶心谁？"

垣内顿了顿。然后他用恶狠狠的语气低声说："这样也不能救活他。"

幽竹沉默了，双唇抿成惨白的一条线。

　　垣内继续说道，声音大了一些："这样做也没什么用。所有这一切。密封窗户，营养餐，每天都带莱亚做他妈的水下瑜伽。你可以把她改造成世界上最他妈好的长岁人，但是也不能救活塞缪尔。我就是这个意思。"

　　热浪在房间里扩散，占据了每一寸空间，最后他们都喘不过气来了。莱亚能听到父亲大口喘着气。她的耳朵轰鸣，脑袋里一片空白。她暗暗盘算，加减乘除，但满脑子只有数字三，比四少一。这时她看出来了，三个也不能保险，三角中的一点可以轻易跑开，离开另外两点，永远地逃离。

第八章

　　有时寂静如此深沉，安雅都以为自己耳聋了。于是她又开始拉小提琴——很久以前学习的音阶、练习曲、协奏曲片段，任何能够打破这寂静的声音都可以。那一片寂静中，只有她母亲身体中的机械转动的咔嗒声和呼呼声。现在安雅为自己演奏。

　　她翻出一个有些破损的旧节拍器，上面沾满了灰尘。节拍器还能用，她在演奏时用来计时，晚上睡觉时帮助她忘记时间。

　　有一天早上她醒来时，感觉冰冷的风迎面吹来。她起身来到窗前。街上星星点点的雪，在清晨的阳光下闪着洁净的光。那天早上，她第一次不用节拍器演奏。音符匆匆忙忙地挤着出来，好像懒散的杂技演员失控地旋转着。音符好像有了自己的思想——一会儿把她的手指拉向这一边，一会儿又拉向另一边。它们神出鬼没、含含糊糊、磕磕绊绊。不知不觉中安雅演奏起了一首自己以为再也不会演奏的曲子。

　　她还记得面试的时候，前一天母女两人一起逛街买的那条连衣裙标牌磨痛了她的脖颈根部。她还记得那个穿套头衫的严肃男人问她有没有准备好演奏的声音，直到现在还在脑中回荡。一排又一排的褐红色丝绒座位空着。母亲没来。她点头说准备好了，喉头有些紧。她换脚的时候，鞋子踩在抛光的木质舞台上吱吱响。她左肩熟悉的痛感又来了，意识渐渐松弛。

那是她拉得最好的一次。安雅一直闭着眼，最开始想象着母亲坐在那里，后来彻底忘了一切，忘记了母亲。直到曲终，颤抖的音符从小提琴里飘出，她才意识到自己一直屏着呼吸。

安雅冲进房门的时候，满心想着要把好消息带回家，母亲没有出现，她都忘记觉得奇怪了。直到那时，正当她要告诉母亲自己做到了——终于能追随母亲去上朱利亚德学院了——的时候，她才记起来。

安雅在地上发现了母亲，她已经穿戴整齐，化好了妆，装扮完美，只少了一枚耳环。母亲就是从那一天开始卧床的，她的肌肉已经无法撑起身体。那之后她再也没有离开床，所以当朱利亚德学院的通知书送来的时候，安雅轻而易举就藏了起来。

现在都回想起来了。音乐轻巧地由她手中播散到冰冷的房间里，安雅感觉自己在颤抖，只能停了下来。一个未完成的音符在空气中久久回荡。恰在这时电话铃声响起，好似在等着她完成演奏一样。安雅拿起一条毯子披在肩头，稳了稳双手，拿起了听筒。

"哈喽，安雅。"

安雅的母亲身上盖着花草图案的羊毛围巾，她的心脏跳动着。

"她十分钟就到。"电话对面的声音说。

她母亲的颧骨，在透明的皮肤下显得特别白。

"你在听吗？安雅？"

安雅口干舌燥。"我在听。"

"你还想做吗？可以不用勉强自己的。"

她母亲的气管，通过碳纤维强化过，比钢铁还要强韧。

"是的，"安雅说，"是我的主意。我想做。"

挂断电话之后，安雅放下小提琴，拿出摄像机。

安雅告诉过他们，自己会录制第二段视频。但是等到有人来敲门，活生生的一个人，一个有着跟自己相似的淡金色头发的女人站在门口时，她的心底还是发生了些变化。有一阵犹疑深入她的心底。安雅打量着女人圆圆的、柔软的面庞，水润饱满，有些绒毛，好像桃子一样。她端详着女人瞳孔周围的轮圈，看出是雨云灰色的。她观察着女人右前额上一条浅浅的纹路，在额头中央突然断了，想象着有什么事情会让这个女人只皱一侧的眉头，想象着会让这个女人站在跟前的所有事情。

"哈喽，"女人说，"你一定是安雅吧。他们说你在等我。"她打破了沉默，世界又变得喧嚣起来，突然间，安雅只能听到母亲心脏的声音。怦，怦，怦。

"我是，"安雅说着迈出房间，手里拿着摄像机，"我们走。"

她们来到房顶，女人惊奇地看着安雅架起摄像机。三脚架又笨又重，安雅费了很大力气才平衡住摄像机。她专注于手头的事，女人想要闲聊一番她也没顾及。终于女人沉默了。直到要告诉女人站到何处才能出现在镜头中央的时候，安雅才意识到自己不知道对方叫什么名字。

女人站到了恰当的位置，伸出两根手指，把头发理到耳后。这个很女孩子气的动作直击安雅的内心。她迫使自己去想母亲，躺在二十层楼下的床上，智慧血液™汩汩地流过她的血管。

但是这次不一样，她内心的声音在呼喊。看看这个女人！看看她那闪亮柔顺的头发，会自然地滑落到耳前，看看她那笔挺的后背，她那健壮的双腿，她那明亮锐利的双眼。这个女人活生生的。这个女人根本不像安雅的母亲。这个女人不需要死。

"准备好啦？"女人说。此时她的声音和之前有些不同。当她看着安雅的时候，目光也有些异样。

安雅点点头，打开了摄像机。

女人开始说话。她说，人们或许不知道这个俱乐部并非一直很活跃。很久以前，他们不过是一群幻想破灭的长岁人，受够了保养治疗、比谁的高密度脂蛋白指数更高和自我否定。他们组织了受禁的现场音乐表演，吃着最糟糕、最容易引起动脉血栓的"传统食物"，不顾后果地放纵一把。他们戏谑地称自己为"自杀俱乐部"。

但是内阁开始担心了。尽管新举措不断，但是人口还是在减少。他们不允许人们突然决定不想永生。那将带来灾难，在他们看来，美国的全球统治地位将因此终结。由此诽谤行动开始了。

"这与我们何干？"女人说，她的头发被风吹起，娇小的身子落在八十层楼下的城市背景里，"与那些无法用惯常惩罚措施——扣减数字，剥夺延寿理疗——惩戒的人又有何干？"

她从地上拿起一个瓶子，开始喝起来。再次开口说话的时候，瓶子里已经空了。

"加速。快速进入第三波浪潮，永生试验豚鼠。特殊的替代器官，比上一代更坚不可摧。你们知道最新的智慧血液™不足一毫秒就能凝固吗？钻石皮肤™不仅能和你们的皮肤一样承受汽车撞击，而且能够承受从八十层楼摔落的冲击。"

女人身后是炽烈的阳光，她的双眼在脸的阴影下，如两汪黑色的深潭。她在身后做了个手势。

"我现在就可以跳下去，但是他们还能再把我组装回去。"

女人点燃一根火柴。

"他们害我们别无选择。"她把火柴贴到面前，吸了一口气。眼前燃烧的不再只有太阳。

第九章

　　第一次诊疗安排在周日上午，在外城。城里的这片区域，莱亚以前从未来过。那里的建筑是砖石结构的，矮小，沾满尘土。建筑的窗户都是些大豁口，不太透明。

　　她穿过古旧的褐色砖石房子，瞥见各个屋子里挤满了家具和房主。她以前听说过这样的民居，但从来没有亲眼见过；她听说过这里的房间会打上很多隔断，人们就在光线不好的地方拉个窗帘隔开住下。大多数预期寿命不足一百岁的人都生活在这里。如果不是父母，塞缪尔原本也要生活在这样的地方。莱亚努力赶走了头脑中的这些想法。

　　街道异常冷清，一股寒意蹿入衣底，透到两肘之间，蹿过脊背。这条路好像永无尽头，她穿过一座又一座一模一样的褐色石房子，终于来到了目的地。这座房子和周围破旧的房子没有什么区别，一样的泥土色，一样的冷冷清清。诊所怎么会开在这种地方？莱亚按了门铃，一阵响亮的电铃声吓了她一跳。几秒钟之后，对讲喇叭里传来一个很中性的声音。

　　"上楼，右手边第二个门。"

　　楼门吱呀一声开了。走进大楼前，莱亚最后一次核对了一下地址。

地址是对的。就是这里。

　　楼里铺着芥末黄色的地毯，已经磨掉了毛。莱亚踮着脚爬上嘎吱嘎吱响的楼梯，脚尽可能少着地。等她爬上楼，眼前现出一条狭长的楼道。她在右手边第二个门前停了下来。忘掉大楼的样子，她一边心想着，一边整理了一下外套，抚平了头发。她修正个人记录的机会，在此一举了。

　　观察人几乎每天都会来他们办公室。情况非常糟糕，姜甚至要求她在家工作，当然她拒绝了。弹性工作制和远程办公根本不能得到晋升。不管有没有观察人，她都要待在办公室。

　　其实大部分时间里，他们也没有做什么，只是观察她。这也是她准备今天向护理人反映的一个情况，护理人肯定会对她这段经历感兴趣的。最好先表现出一丝疑惑——他们到底又在那儿观察什么？——不能表现得像个苦大仇深、情绪消极的人。要表达出这整件事的可笑，这一点很重要，像她这样一位社会精英竟然要来这样一个地方，经历这般不必要的身体氧化退化。

　　她打量了楼道。在头顶微弱的灯光下，墙面显出蜡黄色，就像熟过头的南瓜一样。或许墙面本身就粉刷成了南瓜的颜色。根本说不清楚。没有一点儿自然光，因为楼道里没有窗户。莱亚深呼吸，恢复了一下情绪，然后用力敲了敲房门。

　　开门的是个矮胖的男人，就像这座大楼一样脏兮兮的。他是方脸，四角的皮肤都下垂了，两条深深的笑纹从鼻底一直延伸到唇角。双眼下方的毛孔凹陷进去，泛着光，身上散发出淡淡的加工食品味道。

　　"桐野莱亚，"他说，"是吧。你迟到了。"

　　莱亚的嘴唇不自觉地撇了撇，然后迅速地放松下来，迫使自己露出笑容，向那个男人点了点头。

　　莱亚环视房间，搜寻着领导这个团体的护理人。尽管对面墙上有一扇小窗户，房间里比外面的楼道并没有更明亮。房间里头顶上也是橙色的灯光，屋里坐了一圈人，也看不清脸色，都被灯光照得泛出橙色。她数了数一共六人，都坐在塑料椅子里。

想来这里应该是候诊室。还有其他人在这里做理疗。他们模样各异，但表情都一样——一种混杂着希望和焦虑的奇怪表情。她迅速扫视房间后，心里更不舒服了。莱亚不应该来这种地方。那个女人穿着上了浆的混纺纤维宽松上衣，有一个男人的下唇有红色裂口，都咬烂了，脚上的鞋子很破，双脚不自觉地抖着。

但随后她又高兴起来。这样一起来她的案子在护理人那儿就更显而易见了。她一句话都不用说。

只有两把椅子还空着，莱亚走到其中一把椅子前，坐了下来。她转向身旁的一个女人，尝试着不去在意所有人公然审视的眼光。

"哈喽，"她说着伸出一只手，"我是莱亚。"

那个女人抬起头。"安雅。"

一群人都坐立不安，扭动着身子，晃着腿，只有安雅一动不动。她坐姿优雅，双臂搭在两侧，肩膀放松，臀部坐得稳稳的。

"我们要等多久啊？"莱亚挺了挺背，尖声说，"另外诊疗室在哪里？"

她猜想，应该就在走廊里的某个门里。应该和杰西的诊室一样，明亮整洁，有整齐摆放的小册子。

安雅歪了歪头。没等她说话，对面坐着的一个大块头女人轻蔑地哼了一声。

"诊疗室。"她说，"啊！还想要什么，传统自助餐吗？"

"够了，索菲亚。"

在门口迎接莱亚的男人走到围坐一圈的人中间。向上拉了拉褪色的细条纹裤子，坐在最后一把空椅子上。

"莱亚，欢迎来到吾康互助组。考虑到这是你第一次来这里治疗，我们先做一下简要的自我介绍。我叫乔治，以前就和你一样。"他故作夸张地说。

　　莱亚眨了眨眼，努力地保持着脸上礼貌的笑容。他们现在也可能正观察着她，一定要显得平静、淡定。所以，虽然她根本不认为乔治和自己有任何共同点，但还是带着鼓励的眼光向他点了点头。

　　"我知道你在想什么。"他说着，把眼镜往鼻梁上扶了扶。他向前探过身，目光越过眼镜的上沿投向莱亚，"你以为，这是个天大的错误。一定是有人弄错了，是个误会。我说的对吧？"他一副语重心长的样子。当然他这么严肃肯定会刺激产生大量的皮质醇。"我只是想让你知道——你碰到可靠的人了。我们是三州地区最成功的互助组之一，当然要感谢这些无畏的勇者。成立七年，仍在不断前行。"

　　他伸出一只胖手，朝一面斑驳的墙上挥了挥，墙上光秃秃的，只挂了一排沾满灰尘的木牌匾，遍布刮痕的金质表面闪着暗沉的光。

　　除了安雅，所有人都在点头。为什么他们都要取悦他？莱亚瞥了一眼手表。护理人在哪儿？

　　"好啦。"他拍了拍手。莱亚眼角的余光看到安雅脸上抽搐了一下。

　　"我们开始吧。向我们的新成员做个自我介绍。索菲亚，你来。"

　　早先说过话的那个女人清了清嗓子，发出引擎一样的噪声。

　　"嘿，我是索菲亚。"她说，"本周我试过在公共泳池里淹死自己。也不是认真的，只是稍微试了试，肯定比以前要好一些了。那里有个水下瑜伽班在上课，就在三米外。我知道如果有情况的话，他们能看见我。"

　　"好，索菲亚，很好。有克制。利用其他人。继续这样做，很好。"乔治又拍了拍大腿，"安布罗斯？"

　　索菲亚身旁那个瘫坐在椅子上的人伸展了一下身子。他就好像一个摆脱了身体的影子。

　　"我，呃，我。嘿，哈喽。"他斜着脑袋，一面脸倾向莱亚，"我努力试过，乔治。我，呃，发誓。没有用。或许没有用。不是每个人都有用？或许这些法子没有用——"

"安布罗斯。嘿，兄弟，嘿。"乔治打了个响指。

安布罗斯抬起头，双眼好像两团火花。

乔治长长地叹了口气。他双手搭在大腿上，展开两肘，探身向前。莱亚注意到，他的指甲竟然打理得很好。闪亮的指甲令她有些不安。

"安布罗斯。你得努力尝试，兄弟。你知道这个项目只对那些努力尝试的人才有效，明白吗？你不想之前的一切都白费了，是不是，是不是？"

安布罗斯又往椅子里挤了挤。他摇了摇头。

"很好。好吧，我再给你一周的时间。做一些训练，多吃些十字花科的蔬菜，不要，我再重复一遍，不要吃碳水化合物。好吗？"

乔治转向下一个人的时候，莱亚尝试着理清眼前的状况。或许这是某种测试。她搜寻着房间里可能藏着摄像机的地方。或者也可能这是对乔治理疗的一部分。或许是为了帮助他这个可怜人，让他能感受一丝生活的意义。

直到莱亚注意到乔治指点各人介绍自己的时候，还不停地在平板电脑里记着笔记，脸上显出自命不凡的神态，这时莱亚才惊慌起来。

这时莱亚对面的一个女人正在用恳求的语气向互助组讲述自己的故事，她在为丈夫做晚餐切胡萝卜的时候，切掉了小手指指尖。

"切口很浅。"她说，"几乎都没出血。只是想看看我还会不会流血。有时你会想知道，你懂的，他们往你身体里放了那么多东西。你们不这样吗？不会这么想吗？"

乔治出奇地示以同情心。莱亚总结出来了，苏珊已经取得了很大的进步，是证明这个项目有效的极好案例。她是吾康互助组的骄傲，是组内受人喜爱的女郎。乔治向她保证这种故态复萌只不过是她在个人改造征程上的一些小波澜。他暗指某个命运之日，提醒她当时血是怎样流出来的，是如何流到厨房墙砖的缝隙里的。处理这件事对她丈夫来说是很大一笔开支——可怜的格雷格，拼命工作才赚到足够的钱清理干净，把血重新输回她的血管里。

与此同时，莱亚长长地呼了一口气，在脑中数到五。她感觉一阵眩晕，虽然不算特别难受，但心脏跳动还是加速了。

坐在椅子里流着汗的乔治，决定着她何时才能从名单里走出来，决定她的生活何时能回归正常。她需要说服的是乔治，不能让乔治知道她是去追马路对面的父亲的事情。

莱亚努力思考的时候屏住了一口气。

"莱亚，该你了，简要介绍。不要担心，我们不咬人！"乔治哄笑起来。

他们都看着莱亚。乔治满脸放光，露出充满期待的神色。荧光灯无情地暴露了他的模样——每一点老年斑和内生的毛发都清清楚楚。

"我没有想要自杀。"她最后开口说。

乔治脸上闪过一阵雀跃的表情。他甚至可能在摩拳擦掌。其他人则转头看向别处。

"别怕，莱亚。"乔治品味着每一个字，就好似在品尝蛋白质变性的炭烤动物肉一样，想来他平日很可能经常吃这一类有毒害作用的食品。"第一阶段都会否认。但是没有问题，我们可以应对。"

"应对什么？"

"当然是你的结束生命的倾向啦。顺便说一句，注意在我们吾康互助组，不用'自杀'这个词。不管怎样，有你这样的感受是很正常的。这件事很难接受，但是相信我，接受是最难的一步。你信任我吗，莱亚？"

"我真的觉得他们搞错了。"莱亚尽可能礼貌地说，"恕我直言，你看我像是那种想要自杀的人吗？"

安布罗斯听着她说话，脸部抽搐着，身子蜷缩得更厉害了。

"请不要这样说。"乔治的笑容变得僵硬了，"这种倾向根深蒂固，莱亚你必须深挖。你准备好往深处挖掘了吗？"

这比和观察人的对话还要糟糕。莱亚感觉皮质醇指数又升高了。

"我对这种——治疗，有些疑问。"她强忍着才没做引号手势，"你有资格做这个吗？"

乔治太阳穴上的血管都鼓了起来。

"你以为自己不需要接受这种治疗。"他说着，一只胳膊甩向墙上的牌匾，"我在健康之鳍信托基金工作，女士。我有你全部的生理和案底记录。你以为来这里是做什么？"

莱亚张开嘴。"你怎么能——"她开始说。

"我的天哪，乔治，别惹她了。"说话的是她身边的那个女人，安雅。

"安雅，别多话。我只不过在做本职工作。"乔治说，但他的语气明显与之前有些不同。

"本职工作？欺负毫无经验的新组员怎么就成你的工作了？"

"我没有欺负……我——"

安雅摆弄着指甲。"我们能继续吗？"

乔治瞥了莱亚一眼，但是没有再多说话。他转移到莱亚身旁那个跃跃欲试的男人，那个男人把过去一周的点点滴滴的想法和感受都说出来与大家分享。他描述了周二早餐时仅仅看到一个水煮鸡蛋就让他绝望得哑口无言。

莱亚看向安雅，想要捕捉到她的目光，向她点头致谢，但是安雅坚定地盯着远处看。她是谁？

乔治最后拍了拍手，宣告本次吾康互助组会议结束。莱亚眨巴眨巴眼睛，好似从恍惚中醒来。突然她又回想起刚才的一切——芥末黄色的地毯、人造灯光、通风不良。所有人都微笑着，十分轻快，就连安布罗斯也不例外，他在会议时把灰色的长发绑成很有活力的马尾辫。他们从房间里鱼贯而出，从她身旁经过时向她点头致意，咧开嘴笑。就连乔治也不情愿地向她笑了笑。

只有安雅没有。莱亚看着她把一条围巾围到脖子上。她从容淡定，还有几分莫名的细致，就好像外套这样穿有特别重要的意义。

"你为什么会来这里？"安雅问。

"是一项理疗计划的一部分。"莱亚说，"我只不过想回归正常。"

"回归正常。嗯哼。"安雅说。她好像在思考这件事，手指用力拉着围巾。"你隐瞒了什么？"

"什么？"莱亚的脸突然红了。

"没有道理啊。像你这样的人不应该来这里。你有什么没告诉他们的？"

她父亲，她那年轻、强壮的父亲，穿着室内拖鞋，背着塞缪尔跑过三十个街区。她父亲穿过街道，驼着背，缓慢地走。她父亲在诊所，被错认成预期寿命不足一百岁的人。

"我不明白你在说什么。"莱亚说。

她父亲把一张写着电话号码的餐巾纸塞进她的钱包里。

安雅盯着她看了很长时间，最后耸了耸肩。"好吧。下周见。"她说。

第十章

莱亚坐在硬木长椅上，双手塞在腿下，赤裸的手掌压在磨得光滑的木头上，以前有无数人在这个地方坐过。风吹着头发，披散到脸上。最开始她还尝试把头发拨到一旁，但过了一会儿，她就任发丝拂过眼鼻。

正是天气要变冷的时节。树似团团火焰，天空是明亮清爽的蓝色。冷空气吹着她的双眼，眼泪也流了出来。如果她父亲此刻到来，可能会以为她正在哭，那样就尴尬了，而且会完全误导对方。

她的双手已经麻了。他迟到了。她平时很讨厌别人迟到，但今天她却不在意。此刻她闲适恬淡，体味着冷冷的空气和哈得孙河上的灰色波浪。这就是那种"悬置时刻"，时间宛如凝固了。

"莱亚。"

他站在莱亚身后，穿着和之前一样的米黄色外套，但是多围了一条厚围巾，围巾在双肩上落下很多黑色羊绒。他紧紧地抱住身子，就好像忘记了该如何在寒冷中生活一样。从见到他起，莱亚现在才开始好奇他这些年都去了哪里。

"嘿。""爸爸"这个词就在嘴边，却被她生生咽了下去。

莱亚从座位上刚要起身，父亲则弯腰准备坐下。两人笑了起来。她又坐回到椅子上，父亲坐到她身旁。

"我真高兴你给我打电话。"他说。

莱亚从吾康互助组离开时给父亲打了电话。她站在褐色砖石房子外，远远地看着安雅，她身上灰色的衣服随风摆动。安雅的话在莱亚脑中不停回荡，好似困在露台的苍蝇，嗡嗡地乱飞。你隐瞒了什么？

她看着安雅远去的身影越来越小，最终消失在一个转角处。此时莱亚独自一人在街上。她拿出平板电脑，准备电话约一辆共享车，却不由自主地从钱包里翻出父亲塞进去的那张餐巾纸。

两人都如死寂般地沉默，比之前在挤满人的果汁吧里更是无言。莱亚在椅子上动了动身子。

她父亲转身面向她。"你现在在做什么？做什么工作？"

"哦，很无聊的。"她机械地回答着，"没人愿意听担保责任和到期率之类的事情。"

"给我讲讲。"他说。

突然之间，她记起那些明亮快乐的日子，那是将近一百年前的一个夏天，塞缪尔终于找到了第一份工作。他在一家进口滚珠轴承和传送带的公司里做办事员，负责登记发货延误报告。多年之后她意识到那是一份单调枯燥的工作。但在当时，她父亲使劲拍打着塞缪尔的肩膀，塞缪尔的眼镜都滑落下来，就好像那是世界上最好的工作一样。她记得垣内一直对塞缪尔的工作非常感兴趣；每当塞缪尔回家就会详细地询问一天工作的细节。沙罗纳怎么处理W8-E11B表格的？不会吧！不过她肯定知道那是一份W8-E11F表格吧！她记得父亲问出塞缪尔一天的工作细节时，脸上洋溢的爱意，记得他是如何细致热情地润色每一条平平无奇的信息，把它包装成一段闪光美妙的成功故事。

于是莱亚给他讲起自己的工作。她给父亲讲了商品市场和随之发展起来的衍生品，讲了供需的根本驱动力；给他讲了他们用于交易的算法，讲了他们服务的客户；给他讲了交易员从未见过却存在于某处的肾脏、心脏和肺，有一个针对这些实体器官的巨大清算所；给他讲了器官的不同等级分类；给他讲了姜和娜塔莉，还有她在城里高楼上的办公室；给他讲了尽管最近麻烦缠身，她依然非常喜欢坐在办公桌前，因为那里能给她带来别处难得的平静。

莱亚盯着哈得孙河对面的灰色建筑，讲述着自己的工作，偶尔偷眼看看父亲。他时不时会问个问题。问题都合乎情理，是经过细致思考的，说明他在认真倾听。莱亚讲啊讲，直到最后无话可讲。

他们又陷入沉默。但这一次很自然。他们看着零星几个慢跑的人和遛狗的人经过。莱亚想，这应该就是父亲会和女儿一起做的事情吧。

"嘿，"他说，"我们一起走走好吗？"

公园是靠在中心区边上的一长条绿地，包围整个中心城区，从一区一直延伸到五区。莱亚和父亲沿着水泥路走过，栏杆另一侧的河水暗沉浑浊，缓慢地流着。

官方认定的高冲击运动每隔几年就会发生变化，因为不同公司和内阁附属单位的科学家都竞相发表文章和研究结果。但是最新的指导报告不建议跑步，所以整个跑道上除了莱亚和父亲之外几乎没有别人。偶尔有几个固执的城市跑者从他们身边经过，因为冷风吹加之高强度运动，他们的脸都红扑扑的。莱亚早在十年前就放弃跑步了，她认识的人大多也和她一样，因为科学圈子不断变化的建议搅得他们对此心神不宁。

尽管如此，莱亚对经过的跑者还是有些难言的忌妒，他们的嘴呈圆形，贪婪地喘着气，双眼紧盯前方某处。跑者的身体或紧绷或松弛，全凭个人习惯，但是每个跑者的步伐都伴着专注而有力的节奏。她很怀念，怀念风吹过头发，耳边的血流涌动声，还有那种飞驰的感受。

　　她父亲走得很慢。最开始父亲缓慢的步伐令她有些沮丧，只能把他甩在身后。但后来她故意放慢了脚步，配合他蹒跚的步子，他停下来的时候就跟着停下来，看周围的建筑或人。

　　"很了不起，是吧？"他抬起一只手，挥向公园一边密密麻麻的建筑说，等着她评价。

　　莱亚点点头。她几乎从未这样想过这座城市，但确实很了不起。

　　"还有你也很了不起。你在那边工作，就在那边的某座高楼里！"他继续说道。莱亚从他骄傲的声音中感到温暖。"世界上最高端的金融系统。肾脏。心脏。肺。"他继续说着。但这时莱亚注意到他的话有些苦涩，有点儿熟悉的嘲讽味道。

　　"如果你这么恨这个体系——如果你这么恨所有这一切——那么为什么还要回来呢？"她爆发了，"我现在有了自己的生活，多年经营起来的生活，你根本就不了解我的生活。你那么恨这个体系，我不明白你为什么还要回到这里。"

　　他沉默了。他们继续走着。尽管天有些冷，但是莱亚的脸颊却是燥热的。她已经开始后悔刚才说的话了，所以当父亲终于又开口说话，评论起被人牵着走过的一条超白贵宾犬时，她的回应超乎寻常地热情。

　　"你喜欢狗啊？"他问道，嘴角露出一丝困惑的笑容。

　　她以前从未想过这个问题，但还是点了点头表示肯定。

　　"我以前有一条狗，你知道吗？在你出生之前；天哪，那时候塞缪尔都没出生。"他轻声笑了笑，"你妈妈和我搬进我们的第一套房子时养的。那时候靠一个人的收入还买得起中心区的房子。小狗叫皮皮。它是最乖的小狗。我们的朋友家有个小孩，四五岁。他们经常周六来吃晚饭。皮皮就让那个孩子坐在它的背上，像骑马一样。你敢信吗？孩子非常喜欢皮皮，总是拉着它的耳朵。它长着长长的松软的耳朵，是条混种金毛猎犬。"

　　"对人有好处的，我是说养狗。"莱亚说，"有研究讲过。利于降低皮质醇。但是只有某些品种有用，有一个清单。"

她父亲哈哈笑起来。"那么其他品种的呢？会提高皮质醇？"

"我猜是吧。"她有些生气，因为父亲在笑话她，但是她马上就发现自己刚才说的那些话多么奇怪。于是她也笑了。

皮皮的故事是他讲的第一个故事。这个故事使他的内心得到某种释放，他们就这样走着，他开始给她讲起别的故事。

"我们最初相见的时候，你妈妈正在和别人交往。她有个很好的尼日利亚男友，是她父母朋友的孩子，很结实的一个小伙子。和她一样是在顶级学校学工程的，注定要成为了不起的人。两人很般配，你懂吧？他们的家人互相熟悉。那天晚上，她陪他一起参加派对，她穿着一件黄色的礼服，我记得是露肩的款式，有一边的袖子不停地往下掉。她把袖子拉回原处，动作那么自然，仿佛是外套本来就有的，毫不做作，一点儿也不忸怩。她是个很漂亮的女人，但真正吸引我的还不是她的美貌。是她掌控派对的仪态，是她倾听时的样子，是引导他人讲出心里话的本领，是她讲的故事。她可以让你感觉自己能够变得更好，让你感觉世间还有那么多东西值得去追求。她是那种谁都喜欢伴在身旁的人，是我见过的女人中最有才气的。"

他们走着，故事越讲越快，两人间的沉默也慢慢缩短为偶尔的换气声。并没有什么特别的纽带连接二人——莱亚的父亲思维不断变换着时空，讲完一个故事，马上就开始了一个新的故事。

过了一会儿，莱亚注意到父亲讲的都是他离家出走前的故事，都是莱亚童年或出生前的故事。之后的事情一点儿也没有讲，也没有提及他离家出走之后都去过哪里。

突然之间，垣内停下了脚步。"哦。"他说。

"怎么了？"莱亚转身看向他。

她父亲正看着不远处的人行道。"不见了。"他说。

莱亚眨了眨眼，环顾四周。他们停下的地方没有一丁点儿异样。

她父亲摇着头，还在端量着眼前的一片空地。他慢慢地把手从下巴上挪开，揣进口袋里。莱亚第一次注意到父亲的双耳变得那么大，耳垂快要耷拉到脖子上的围巾处了。她自己的耳朵在寒冷的天气里感觉小小的，很紧致。

"当然不见了。"他说，"我怎么这么傻。"

"什么不见了？"莱亚问。

"你不记得了。好吧，你当然不记得了，那时候你才几岁，大概九岁吧？我们以前周日下午经常来，你妈妈去读书俱乐部的时候。我们每个人买一个，一个给你，一个给我，一个给塞缪尔。"

突然之间，她一下子想了起来——甜筒一侧淌下来黏糊糊的冰淇淋，漏到她的手指间。她以最快的速度舔干净，父亲和塞缪尔在一旁给她加油。巧克力的味道，甘甜、冰爽、完美。

当你活过一百岁时，记忆的方式就会很奇特。往往是童年时发生的事情能够长存在记忆里。那些经历固定在记忆里，牢牢地安放在头脑里，紧紧地拴在大脑皮质。

因此莱亚记得她在橡木餐桌下面发现的那一团干口香糖，记得自己的手指搠到口香糖里面的感受。记得用舌头舔肥皂泡的甜味。记得塞缪尔总是闻起来像树，妈妈闻起来像雨。

她记得干咳时的感觉，喉咙里痒得难以忍受，害她整夜都没能睡。她记得那一次在印度尼西亚的海滩上被火蚁咬了——当年还没有任何指导性建议，劝诫人们不要去不遵从"生命圣洁法案"的国家旅行——双手肿得像脚掌，脸上长出一个火辣辣又疼又痒的包。记得穿着太小的鞋子跑步，挤坏了大脚趾时的痛感。

她忘记的是在漫长成年期的那些事情。年龄越大，日子过得就越快，经历的事情也就越容易淡忘。成年后的生活记忆只有大概的轮廓，没有任何细节。她记得过去七十年里自己在哪里工作过，和谁约会过，做过哪些事情。但是她只记得个梗概，并不记得爱人呼吸的味道，也不记得第一次失去客户时的屈辱痛苦。她还有一次彻底忘记了一位朋友，她在大学就认识了对方，而且之后二十年一直关系紧密。

有时她很害怕，竟然会失去那么多记忆，但是她知道这很正常，她认识的大多数人都会忘记大部分过往的生活经历。但是她的童年一直都在那里，安安稳稳的。一年一年的记忆，她完完整整地记得。她童年的记忆有数不清的细节。所以此时发现有些童年的事情已经淡忘了，令她感到奇怪，心里有些不安。巧克力的味道——冷丝丝的美味。相伴的还有树木沙沙作响，清风拂过她的脸颊，一只光滑骨感的手抓住她的手。还有她哥哥的眼睛。

莱亚和父亲继续走着，一直走到公园的南端，整整八十个街区。等他们到了公园南端的时候，太阳正落山，也该是她回家的时候了。

"你住在哪里？"莱亚问。他们聊了一整天，但是父亲还是没有告诉她任何关于自己的事情。

"你没有……"他顿了顿，向四处张望了一番，好似在看有没有人偷听，"告诉别人了吗？我回来的事情？"

莱亚摇了摇头。托德今天早上问她要去哪儿，因为她很少周日出门，但是她支支吾吾说了些别的事情，没等他追问就关上了门。

"我以为你不在乎呢。"莱亚忍不住说，"毕竟你去诊所的时候几乎一点儿都没有掩饰。"

垣内咧嘴一笑。"我那时或许是有一些——鲁莽。我特别想和你聊聊。希望他们就把我当作预期寿命低于一百岁的流浪汉，渴望延寿理疗吧。天晓得，反正他们总是这样看待预期寿命不足一百岁的人。"

他紧闭双唇，好似在思考。

莱亚拖着步子。她能感觉到左脚大脚趾外缘磨出了水泡，但是这种痛感感觉很好，就像脸颊上冰冰的感觉，就像后背的酸胀，就像她脑中不断涌出的故事。太阳已经偏西，哈得孙河上密布着艳丽的橙色云彩。

"我在十九区租了住处。"垣内最后说，他似乎难以启齿，但还是开口了，"你为什么——为什么不来坐坐？或许下周末？"

他抬头瞥了一眼莱亚。莱亚看到他满脸犹豫，感觉内心有些触动，最初见到父亲时心中那个参差不齐的裂口又变大了，微微变大了。

"当然。我很愿意去。"

第十一章

观察人已经连续三天没有出现了。一天没出现是普通的反常事件。或许他们有紧急的全内阁会议，要探讨最新的人口政策；她听说尽管采取了各种手段，但是人口数量还是在不断减少。昨天又没有出现，也算不上特别的事情，莱亚继续平静地工作，反复评估着客户的投资组合，这个月已经是第十一次了。但是今天还没出现就一定有问题了。连续三天。

"你看起来很高兴。找到新客户替代马斯克家族了吗？"

莱亚转过身。此时她心情甚好，即使看到姜端着清晨花草茶僵硬地站在身前，水汽像酸雾一样从杯中飘起，也坏不掉她的好心情。

"姜，如果这一切……"她压低声音，"所有这一切过去了，我会给你拉来十个新客户。你等着瞧吧。"

姜醉心于树立积极热爱生活的好榜样。所以他微微一笑，呼出胸腔里的气。莱亚差不多能听到他在脑中大声说：健康心智，健康身体。

"当然，"他说，"我对你最有信心。到那时——第四级福利等着你。"他试着眨了眨眼。这样的小动作不适合他——他一定是看见某些更年轻一些的人这样做过。他眨眼的时候，整张脸就像痉挛了一样抽动起来。

　　一般她听到第四级福利就会兴高采烈。更大的公寓、享受公司的补贴、非强制性的再生理疗。或许还能有共享车用。但是和父亲共度了那一天之后，她感觉有些东西发生了变化。她的办公室、她的办公桌、姜和他的合同，所有这一切都有些不真实。

　　尽管如此，她还是机械地笑了笑。"哎呀，快别这么说，"她说，"买船的事情怎么样了？"

　　姜正在买一艘帆船。他还没到可以买船的高管级别，但是有人说他的新情妇来自一个有权有势的内阁家庭。

　　"还好。"他说着，佯装擦了擦眉头，"不真正去买一艘船，你根本就无法想象会有多少问题。听起来令人神往，但是我要告诉你，可真的不容易。不是什么人都能干的事，真不是。"

　　"啊哈。肯定啦。好啦，我最好还是回去继续工作吧。"她说。

　　莱亚一早上的工作很饱和，只有电脑嘟嘟声响起，提醒她做拉伸的时候才会停下来。她头朝下悬在椅子上，哼着曲子，享受着头部的压力，眼后的重量和脊柱的松动。莱亚决定今晚做传统晚餐，和托德在家好好过一夜。过去几周，可怜的托德在她身边都蹑手蹑脚的，一言一行都小心翼翼。她决定，就做普罗旺斯杂烩，配精致的小扁豆沙拉。

　　在杂货店里，莱亚把西柚举到灯光下，小时候她看母亲就是这么做过一次，当年第一批训令还在起草中。她斜着眼，尝试着像母亲当年一样去看，辨别西柚的品质。但是背对着头顶刺眼的灯光，西柚就是一团黑乎乎的球，像月食时的月亮。

　　莱亚根本不知道该怎么挑选水果。当然，除非极为特殊的场合，她从来不吃水果。今天，观察人从她的办公室消失已经三天了，她才考虑要不要吃水果。

　　她把西柚放在鼻子上，闻了闻像空气清新剂一样的奇怪味道。没有任何刺激；没有流口水，也没有心跳加速。她回想多年前和父亲还有塞缪尔在公园里一起吃过的巧克力冰淇淋。西柚根本没有像冰凉香甜的甜品那般诱人的味道。

莱亚把西柚放回到货架上。西柚堆在商店中央的低层货架上，摆在豆奶和营养棒之间。这样你就得弯腰去取，别人也能知道你在做什么。训令477B：促进健康消费。

蔬菜通道里的灯光更温暖，更温和。芸薹属和其他十字花科植物摆了一面墙，裙带般的叶子整齐地塞在透气纸袋里。旁边还有菊科植物：洋蓟、菊苣、莴苣、红花。葱属植物是多合一包装的，非常有帮助，因为你不可能只买一包大蒜头。葫芦科的蔬菜挂在篮子里，从天花板顺下来，小小的门把手模样，是均匀的日落颜色。

莱亚在一堆芦笋里挑来拣去，芦笋绿色的表皮柔滑结实。她拿起一个肥满的茄子放在掌心，掂了掂重量，把一根香芹凑到鼻子边，弄得鼻腔痒痒的。她和大多数人一样，几乎不做饭，因此一旦要做饭的时候，她会花时间用心挑选食材。

莱亚正在一堆摆得特别整齐、形状完美的萝卜里精心挑选着，这时看到了他。站在商店的远端，在一大捆菠菜旁。那个男人并没有看她，但也没有挑选菠菜。他右手拿着平板电脑。没有任何证据显示他是他们中的一员，但是莱亚还是心跳加速了。并不是所有身穿西装、手拿平板电脑的都是观察人，她自言自语道。别傻了。

那个男人穿着深棕色的西服，腰围可观，身材和天花板上悬下来的篮子里那些稍微长一些的葫芦特别像。莱亚看着那个男人挑了一棵菠菜，粗壮的手指转动着菠菜茎。打量了一番，放了下去，拿起另一棵，又重复了一遍刚才的动作。

她对自己说，他只不过是个富有的商人，准备一场传统晚宴。想要用自己的文化背景取悦某个客户。不管怎样，内阁不可能允许有这样身高体重比的人四处游荡。

莱亚又拿起刚才放下的萝卜，努力地集中注意力，思量着脆脆的萝卜搭配莴苣和苤蓝哪个更好。她眼角的余光扫见那个男人放下了菠菜，走出了商店。

她顿感宽慰。她怎么这么疑神疑鬼，这样对她的数据肯定不好。她准备晚饭时就把一切告诉托德，托德会笑话她，她也会一笑而过。

已经没有购物的乐趣了。于是她迅速挑出需要的食材，来到收银台前。光亮的屏幕上显示了购买商品的总营养成分——远远低于糖分限量，但也比她平时的摄入量要高。主要是胡萝卜比较高。不过是托德和她两个人分，那样就不算太过放纵。她脑中还闪过那个西柚，圆圆的形状，放在手上的重量，成熟的气味。或许等她晋升到第四级再说吧。是的，或许那时她会放纵自己吃一个西柚。

莱亚还没有开门就听到了房里的声音。托德又在翻看她收藏的唱片。他觉得这样很有趣。有时他会严肃地告诫她，说听这些令人兴奋的咏叹调对她不好。训令708A：艺术、音乐和电影指导意见。训令中建议听一些海滨和雨林声音的轻音乐。之前有一次他用扬声器大声放起了音乐，自己躺在沙发上咯咯地嘲笑着这一切的荒诞。

"你能调小声点儿吗？"莱亚大喊着，径直走进厨房，招呼也没打。托德没有回应。尽管这么说，但她还是不由自主地跟着哼起来。《马太受难曲》，由在世的极少的现场音乐大师之一演奏。当然是欧洲的——美国已经没有音乐家了。

阿尔玛，蒂尔达，还是什么的——令人浮想起漫漫的寒冬，腌鱼和冻霜覆盖的窗户。莱亚在新闻里听过她的悲剧故事。错位——替代器官和强化器官的失效期不同——是很痛苦的死亡方式。房间里传来的音乐声越来越尖，令她脊背一颤。音乐好似直透她的内心，钻入她灵魂的裂缝中。她闭上双眼，双手仍然放在冰凉的自来水下。她眼前浮现出一个面庞，一张结实、棱角分明的脸，像树皮一样皱纹密布，浓密的灰色眉毛，无神的双眼。如果不是听说那个歌剧歌唱家的经历，她根本就不会认识那张脸。

"莱亚？"

音乐突然停了下来，余音在空气中回荡，就像画出了一个问号。莱亚眨巴眨巴眼睛。托德的声音有些奇怪。他靠在厨房门上，双手背在身后。

"维尔玛。就是这个。维尔玛·尼尔松。真不敢相信我竟然忘记了。"

莱亚轻吻了托德的脸颊，靠在他身旁，闻着他的味道。有丝丝的甜味，汗液的味道被古龙水掩盖。但是在那人造的森林气息下，能闻出他身上人类的味道。这正是莱亚爱托德的原因之一。他身上的气味让她有家的感觉，尽管他有金发，模特的面容，穿时髦的服装，但是身上的气味显露出一丝软弱。她把下巴靠到他的肩膀上。

这时她才看到他们。并排坐在客厅的高级沙发上，每个人手里捧着一个马克杯。马克杯上面写着"真命天子"和"永远的真命天女"，是姜在交换办公室秘密圣诞礼物时给的。他们的平板电脑放在咖啡桌上——她的咖啡桌。托德没有给他们杯垫，油面再生木上已经留下了两个淡淡的圆形湿痕。他们还穿着鞋子。

"哈喽。"AJ向她打招呼。

GK点头致意，又喝了一大口茶。

"我回家时他们就在门口。就把他们留在那儿有些太不礼貌了。"托德说。

莱亚拉他来到厨房，躲开观察人的视线。

"太不礼貌。"莱亚重复道。

"他们看起来也不是很坏。让你说得好像他们都和盖世太保一样。阿吉特甚至还说他喜欢你的音乐。"

"阿吉特？"

"是啊。就是说话的那位。我还没怎么听到格雷格说话。"

莱亚揉捏着眉毛内侧,捋平了紧皱的眉头,感觉耳朵里一阵血气涌起。

"他们在这儿多久了?"她问。

她要正常呼吸,保持镇定,着眼眼下的问题。肯定是有个解释的。他们来这儿是为了祝贺她脱离观察名单,亲自为造成的麻烦道歉,给她提供内阁特供的服务作为补偿。这些服务的费用将从AJ——阿吉特——的私人账户里出。或许他真的没有那么坏。他喜欢音乐。莱亚停下了揉着前额的手。

"你给他们看了我的收藏品?"

"不是全部,只展示了你最喜欢的一些。阿吉特很感兴趣。这些内阁里的人比你想象的有教养得多。很意外,对吧?"

莱亚的目光从他身上挪开。她的右手隐隐地有些痛感。提回精心挑选的蔬菜时压的,塑料袋的提手勒得她手指头上血流不畅。

她耳朵里还有血液涌动的感觉,但是她的动作轻快又镇定。她小心翼翼地收拾每一样蔬菜,放在滤器里等着冲洗。她把各种蔬菜整齐地摆放在案台最上面,把塑料袋折好。

"另外,"托德说,"对他们好点儿也无妨。他们看起来还是挺讲理的。"

莱亚盛了一碗水,往里面放了一些小扁豆。大多数豆子都沉到了水底,有几颗浮在水面,像小小的睡莲叶子。她把双手浸到碗里,开始洗豆子。扁豆像鹅卵石一样硬,水冰凉得很舒服。

莱亚没有应他,托德只能悄声离开房间。

"心境……高压工作……诱发皮质醇产生。"他低声嘟囔着,但是这时音乐已经关上了,零星的对话飘进了厨房。

莱亚洗完了扁豆,又开始剥洋葱。洋葱暴露在外的表皮绷得紧紧的,里面紧实的肉质像是要破皮而出。她用刀从中间切下去。刀刃嘎吱嘎吱地轻轻切进葱肉，给人莫名的快感。她把洋葱切得像纸一样薄薄的，近乎透明，洋葱辣得她眼睛有些刺痛。

洋葱是很奇怪的东西，切开后闻起来不像是蔬菜，而像是动物的汗液，辛辣又清甜，莫名地抚慰人心。莱亚就要切好第一个洋葱的时候，从客厅里传来托德很低的说话声，搅扰了她。

突然之间，她感觉饿了。她切得更快了些，洋葱片切得稍厚了一些，也不像之前那么均匀。切完洋葱时，她已经下定了决心，先洗手，用水槽旁松软的白毛巾擦干，到外面的客厅里，镇定地与他们握手。要保持微笑，热情而镇定的笑容，没有愤怒，没有歇斯底里。甚至不因他们出现在自家客厅而表现出一丝恼火，他们的鞋子肯定在乳白色的地毯上留下了污渍。不，这些情绪都不能表现出来。

她甚至还会问问他们觉得《马太受难曲》怎么样，赞许托德挑出了这一张唱片。唱片是尼尔松的，一位瑞典歌唱家，她会带着晚宴女主人的仪态万方告诉他们。对的，就是错位的那一位。当然这些都是私下说的话，谈论这种事情的时候大家都这样。她会说，这种音乐能缓和我的紧张情绪。当然，我也有曼陀林专辑，有一整套海洋音乐系列。就在这儿，看。她会装作漫不经心地拿出平板电脑，向他们展示自己的播放列表，让他们看到自己听的轻音乐要比经典音乐多很多。

她的手指闪烁着辛辣而黏糊糊的汁液。莱亚惊奇它们竟然长得如此完美，比例极好，纤细修长，修剪整洁的指甲都弯成完美的笑容。手指在案板上，粉嘟嘟的似有生命，像有关节的胡萝卜一般。莱亚注意到另一只手上刀的重量。那是一把陶瓷刀，刚刚磨过，刀锋乳白色，极为锋利。将她那清秀柔软的无名指和干净利落的刀锋贴合到一起，好似有内在的逻辑。她调整了刀刃的角度，刚刚贴着指甲尖，小心翼翼地、充满好奇地切了下去。刀特别锋利，她都没有感觉到肉分开，只见薄薄的一片湿漉漉鲜红的肉落在粗陋的雪白案板上。

这时疼痛袭来，热辣辣的、无可救药的、彻骨的痛。一时间她失了神。所有的思想和感觉都冲到那根抽痛的手指上，一门心思想着让血流停下来。她急促地喘了口气。刀从手中摔落。

血只流了几秒钟。莱亚逐渐意识到自己又可以正常呼吸了。痛感慢慢缓和。她用一条茶巾擦掉指尖的血，看到新长出来的皮肤光滑柔嫩，只比周围的皮肤颜色稍浅一些。她把双手伸到眼前，就像在查看新做的美甲一样。血已凝结，皮肤长好，受伤的手指比原来稍微短了一点点，指尖是扁平的。没有人会注意到。这件事真的发生过吗？

托德还在和观察人交谈。观察人——她突然感到紧迫。莱亚悄悄地、迅速地处理掉证据。她冲洗了刀和案板，把茶巾包进一个塑料袋中，扔到垃圾压实机里。很快，厨房里又变得一尘不染。

她把一碗切好的洋葱放进冰箱的时候才发现，洋葱染上了粉红。血渗入洋葱带孔的脉络中，晶莹剔透，好似人的血管。

第十二章

有人带它来学校做展示演讲。它比莱亚的眼白还要白，比云彩还要软，它的鼻子是倒三角，湿乎乎的，粉粉的。他们传递着它，一双双小手都小心翼翼，他们吐着小舌头，眼睛都不敢眨一下。它的名字叫多米诺。

传到莱亚手里的时候，她把多米诺贴到脸上。它在莱亚手里蠕动着，温暖、活生生的小生灵。莱亚摸着它的肉和皮，感受着里面纤柔的肋骨，纤细的骨头像拼图一样扣在一起，保护着里面蠕动的内脏。

莱亚的手指沿着它的脊骨滑过，尾椎、骶骨、腰椎、胸椎、颈椎，她一样一样地默念着。人类脊椎上有三十三块骨头，兔子脊椎上有多少块？

他们在生物课上已经学过神经、软骨和骨骼，但是手中的小东西不一样。她感受着兔子绷紧的后肢上骨头和肌腱的连接，柔软下垂的肚子。她用手指捏着它像叶子一样折叠的耳朵，然后用拇指和食指捏住一只耳朵，轻轻地拉了拉。

"快点儿，呆鱼，"有人抱怨道，"赶紧的。你已经玩得够久了。"

莱亚把多米诺交了出去，软绵绵的一团从她手中递出去那一刻，心中涌起一阵怅然若失的刺痛感。她看着同学轻声逗弄、抚摩着、搂抱着小兔子，心底涌起一阵无名的妒火。

　　休息的时候，莱亚偷偷回到空空的教室。她从摆满各色书包的走廊里小心翼翼地走过，座椅都从桌下胡乱地拖在外面，羊毛开衫和围巾丢得满地都是。

　　她悄无声息地打开笼子门。她又一次怀抱到多米诺，感受着它的肋骨那么柔软。童话般模样的笼子，用纤细的暗淡的金子锻造，优雅地环绕着一件隐形的宝物。

　　她感觉到小小的手指上的力量，于是捏了起来。最开始轻柔地，好似在试橘子的软硬。多米诺蠕动着，她内心的火焰蹿了起来，激动而热烈，她捏得越来越紧。

　　骨头咯咯作响的时候，它还在挣扎，黑色的眼珠像蝌蚪一样凸了出来。她热血沸腾，一团激动的情绪在胸中蔓延起来。她捏得越来越紧，即使多米诺身子已经软了，骨头裂了，已经僵硬了，即使指甲里已经沾上了红色，她也没有松手。

　　终于心底的燥热消退了。莱亚能够听到自己的呼吸声，耳中血液涌动的声音。她听到从楼道里传来的同学的叫喊和欢笑声，此刻他们正坐在餐厅里，碗里盛着富含铁的菠菜和鸡蛋。莱亚眼前突然闪现贝蒂哭的样子，她抱着冰冷、僵硬的一团小毛球，班上其他同学惊恐地看着，或许也有一些会哭起来。

　　她在脑中想起要坦白。扬起淡红色的指甲，在贝蒂精致的雀斑脸前晃一晃。贝蒂会停止哭泣，瓷器一般的眼睛恐惧地圆睁着。他们就不会再叫她呆鱼，呆鱼、鱼鱼鱼。班上其他人都暗暗忌妒贝蒂浓密的金色鬈发和很多毛茸茸的小动物，他们这时会欢呼，背叛贝蒂，拥莱亚为他们的女王。

　　大楼里某处有一扇门砰地关上了。重重的关门声惊得莱亚心跳又快了起来。

不会有人欢呼。她会被打上"潜在威胁"的标签，就像黑眼丹尼斯·张，他有一天玩捉迷藏的时候推倒了一个男孩。尽管有强制安装的护垫，男孩还是刮伤了胫骨，他的父母威胁要告上法庭。丹尼斯·张消失了。有流言说他转入一所为预期寿命不足一百岁的孩子设立的学校，在外城的某个地方。

莱亚抚摩着多米诺乱糟糟的皮毛，尝试着理解自己所做的事情。它死了，她又自言自语地说。是我干的，是我把它变成这一团冰冷、黏糊糊的东西。她等了等，但是内心毫无波澜。

吊扇像猛禽一样盘旋着。莱亚关上多米诺的笼子门，走回到自己的课桌前，从背包里掏出一个叠得整整齐齐的棕色纸袋，把里面的羽衣甘蓝脆片和营养棒拿出来，把多米诺塞了进去，从头开始往里面塞。

走廊里还没有人。在空荡荡的走廊里，她的心跳声好似有回声一样。她感觉随时都会有躲起来的老师或同学突然跳出来，指着她责难起来，说话声音足以引起别人的警觉。她那汗津津的手把纸袋抓得更紧。

她像个鬼魂一样溜过走廊，膝盖后窝里都积了汗，刘海聚集成丛。大垃圾箱已经被清空送回来了。莱亚掀开垃圾箱的盖子，嘎吱作响，心里还想着是不是应该说些什么，就像电影里看到的谋杀犯那样。它是一只很好的兔子，总喜欢被人抱着。但是想到它咻咻喘气的嘴巴和丝绒一般的毛皮，莱亚就有了像之前一样的感受，一种诡异的燥热郁结于胸，引得她想要踢腿尖叫。她把纸袋举过头顶，扔进了垃圾箱。

她没有关笼子门，所有人都以为多米诺逃走了。整个下午他们都在走廊和橱柜里四处搜寻，趴在地上翻看课桌下面，喊着它的名字，就好像兔子听到声音会响应似的。

莱亚也跟着他们一起寻找，最开始很紧张，因为认定别人从她的脸色就能看出她有所隐瞒。但是后来莱亚意识到谁都没有怀疑她，都认为是可怜的贝蒂太粗心大意了，于是她很大胆地做起了戏，比所有人呼唤兔子的声音都要响亮，仔仔细细搜寻了教室后面，膝盖上都沾满了黑色的尘土。

　　那天母亲接她放学的时候，莱亚兴高采烈的。她给母亲讲了多米诺的事情，讲了它是怎么离奇失踪的，讲了它是多么毛茸茸、多么温驯。她说希望它不要被车撞了，希望它能找到一个美好的花园生活，里面长满莴苣和西红柿。她问母亲兔子是否会像狗一样入天堂。在走向车子的途中她不停地说，直到经过大垃圾箱时才停了下来。

第十三章

丝质的袖子和半身裙如水般在安雅的手指尖滑过。衣服的颜色叫水貂灰、冰山粉、极光蓝——单从这一点看就知道这家店里、这个商场里的东西根本不是她负担得起的。

女店员头顶梳着一个优雅的圆髻，跟在安雅身后，待安雅的手指离开衣服，紧跟着便整理起来。女店员的双唇紧抿成一条线，冒冒失失的，就连呼吸都透着不满意。

安雅没有从衣架上摘下衣服，她在店里四处看看，手掌拂过柔顺的丝绸就很满意了。这样做能令她放松，甚至有冥想的效果。即便是跟在身后紧张兮兮的女店员也没有扰了她的宁静。

"你想试试哪件衣服吗？"她的语气根本不是在邀请人试衣服。不过，她还是保持了少许的礼貌，是出于职业素养，但更多的是因为安雅闪亮的头发和紧致的皮肤而产生的尊重。虽然安雅长发及腰，没有打理，穿着旧风衣，还丢了一颗扣子，但一眼就能看出她是长岁人。

"当然，为什么不呢？"安雅转身正面对着女孩。

女店员顿了顿，好似在等待什么，一侧修过的眉毛翘了翘。

"你想试哪件？"她终于开口说。

"哦，"安雅又转身面向衣架，"这一件怎么样？"

她随意拎出一件衣服。女店员看到衣服的花边拖在高级地毯上，脸部不禁抽搐了一下。

"我们这里卖得最好的一款。"她说着迅速从安雅手里接过礼服，像抱孩子一样抱住了长长的裙摆。"牡丹香槟色。"她语调低沉地说。

女店员伸长胳膊抱着衣服，走进了试衣间。她拉开一条很重的门帘，显出一间带镜子的房间，把衣服挂到墙上的一个镀金挂钩上，轻轻拍了拍那件衣服，好像在拍一只宠物。

"如果有什么需要，随时叫我。"她对安雅说，然后拉上了门帘。

安雅慢慢地脱掉衣服，衣服在地上堆成一堆。她的手指抚摩着光滑冰凉的面料，心想母亲应该会喜欢这件礼服。衣服在温暖的灯光下闪着光。不太适合安雅。衣服太过华美。

不过，她还是穿上了礼服。她的手指触碰时感觉很柔软，因此想让皮肤也感受一下。泛着红色的布料包裹在她身上，柔软如波，如牛奶般流动。安雅转身面向镜子，一条腿向前伸去，模仿着母亲以前上台表演前的样子。

但是当她看到镜子中的自己时，心底某种莫名的情绪涌了起来。安雅发现自己不自觉地用冰凉的手指抚平布料上的褶皱，临时把头发盘到头顶。几缕头发落在脸上，在精心设计的试衣间的柔和灯光下显出暗金色。

她先在镜子里看到眼泪，然后才感觉到泪水流过脸颊。热泪汩汩涌出。安雅没有瘫倒在地上，没有哭出声，也没有用双手捂住脸。她站在那里，把头发举起来，默默两行泪。

"你还好吧？"女店员呆板的声音如一把刀切开试衣间沉重的空气。

安雅放下头发。

"还好，"她说，"很漂亮。能给我拿一件不同颜色的吗？蓝色的，或者是灰色的？"

"当然。"

过了一会儿，女店员的胳膊从门帘另一侧伸了进来，手里拿着一个衣架。新递进来的衣服剪裁相似，天蓝色的。"拂晓青。"她说。

安雅擦干眼泪，换上蓝色的礼服。这一次她带着品评的目光看着，考虑礼服是否适合商业场合。这将是她第一次公开亮相。她知道消息已经传出去了，但是即将公布的是官方公告，异常盛大的社交聚会。会有很多人参加，很多重要的人物。会有乐队。她也可能会表演。

这件礼服也不行。她的皮肤在蓝色的衬托下很没精神，看起来显得病恹恹的。她不必漂亮，但必须上得了台面，她需要赢得尊重。毕竟，她要扮演的角色很重要。

"不，"她大声喊道，"能给我再拿几件吗？"

"当然。"她能听出女店员的嘴唇抿得更紧了。

安雅试了无数件礼服，最后目光还是落在试的第一件上，那件衣服挂在挂钩上，没有扔在地上各色的衣服堆里。那件礼服领口宽松、包臀、露背，好似另一件衣服的幻影，安雅还是个孩子的时候看到母亲每次表演前，都小心翼翼地抖开那件衣服。

试衣间外传来一阵喧闹的声音，低声细语、喘息声和咯咯笑声。能听到衣服沙沙响的声音，女店员又说了一些别的颜色（"黎明海雾色""玫瑰银"）。

安雅把金色的礼服从衣架上拿下来，塞进背包里。包成球，好像只是装了一团布料而已。把背包挂在一侧肩膀上，把其他衣服胡乱地团成一团，挡住脸，快步走出试衣间，来到店里。

女店员周围是一群发型考究、喷着香水的女士，窃窃笑着。她转身看着安雅，眼神里透着烦躁，但又好像解脱了一般。

"试好了？有喜欢的吗？没有？遗憾。"她向前台方向挥了挥手，"能帮忙把衣服放在那里吗？太好了，谢谢，欢迎下次光临。"

然后她转向那群女人，脸上的笑容比刚才对安雅时要开心得多，招呼她们走向试衣间。

"黎明海雾色，最近最流行的伴娘礼服……"

安雅工作的餐馆里明亮而喧闹，里面穿着各色衣装的人攒动着，到处弥漫着陈腐的食用油味道。她和其他工作人员保持着距离，心满意足地沉浸在端碟送盘和拖地擦桌的工作里。在那里工作的人都很敬佩安雅能一直安安静静的，自动把她排除在每日的八卦和玩笑之外，每次和她说话就自动转入冷漠的工作状态。

只有布兰科不是这样。布兰科是土生土长的外城人，小臂肌肉结实，青筋暴起，冬天也只穿一件背心。他似乎认为安雅这么沉默是针对自己，于是不遗余力地要引导她说话。他编了关于安雅的歌曲，连续三天猜测她从哪里来，给她买了枯萎的花。

通常安雅都受得了，只是一笑而过。但是头天晚上她在想俱乐部的事，一夜没睡。金色的礼服挂在公寓的门后，泛着街上路过的车灯反射过来的光。

所以那天早上在餐馆里，布兰科叫她"宝贝"，让她翘班和他单独开派对的时候，她突然被惹恼了。"我愿意去，"她说，"不过垂死的母亲在家要我照顾。"

"我们不都这样吗，宝贝。"他结结巴巴地说，"这就是生活，不是吗？"但是他的脸涨得发紫。他转身走到餐厅另一头，一只手垂在身旁，握着一把用过的刀叉。

一整天他在安雅身旁都小心翼翼的，不再开下流的玩笑，什么玩笑都不开了。她感觉餐馆里的气氛变了，变得沉重了。其他员工躲闪着她的目光，默默地招呼着来吃午饭的客人。

安雅十二岁的时候，父亲去世了。邻居、老师和杂货铺的人有无数的问题。她和父亲一起最美好的记忆是什么？他们有没有经常一起旅行？他早餐喝黑咖啡还是白咖啡？这些问题害得她哭起来。她记得有一次在公共场所情绪崩溃，很尴尬地哭到抽搐。她感觉很委屈，甚至感觉受到了人身攻击。对一个刚失去父亲的十二岁女孩来说，这一切似乎很残酷。

但是在这个国家里，人们提到死亡的时候只有沉默，安雅终于理解了那些问题的意义。在家乡，人们会问她母亲的状况，善意而直接。他们会询问她的病情、褥疮、兄弟姐妹、最喜欢的食物，所有问题都直截了当。或许他们会弄哭安雅，但是至少感觉母亲还是存在的，又像是个真实的人。她不会像现在这样，只是一具难以处理的躯体，一个警示黑市延寿危险性的案例，成为安雅的责任、安雅的负担、安雅的生活。

一天结束的时候，安雅问布兰科能不能开车带她去轮渡码头。

"当然可以。"他嘟囔着，还是不敢直视她。

她上了车。布兰科发动了引擎，粗拉地挂上了挡。

"你从哪里弄的这辆车？"她环顾四周问道。她已经不记得上一次看到有驾驶员操控的汽车是什么时候了。如今，只有古怪的车辆爱好者或布兰科这样的男人才会有这样的车子。它们是另外一个时代的残骸，多年来被小心翼翼地保养着。

"从我十几岁时就有了。"他粗声粗气地说，"现在再有钱也买不到了。"

"那时候很贵吗？"她疑惑地看着磨秃的座椅和刮花了的风挡玻璃。

"谁知道呢。或许在市场就有卖的，那时候有很大一片汽车销售区。但是谁会买呢？你喜欢蓝调音乐吗？"他问。他按下身前控制台上的一个按钮，音乐从扬声器里传了出来。

"不，不太喜欢。"安雅说。

"那你喜欢什么音乐？"他不停地换台。大多数都在播放现代人称作音乐的糟糕曼陀林和尤克里里琴曲子。

"我母亲换了替代心脏，勉强活着，心脏还要五十年才能停止跳动。"安雅说。

布兰科的手指停了下来，一首昂扬的流行音乐传了出来。

"我记得你说她快死了。"

"是的。我的意思是说她应该快死了。"

他摆弄着控制台。"那么你母亲就不是真的快要去世了。"他说。

"当然是快要去世了。"安雅的眼睛闪起了光。

"我弟弟五年前发了心脏病，他当时四十三岁，我都没来得及和他道别。他八岁的女儿现在和我一起过，长得和他一模一样。"

"哦，"安雅说，"抱歉。"

她以前从来没有想过布兰科，很可能餐馆里工作的每个人都是美国人所谓的预期寿命不足一百岁的人。她以前从未想过这意味着什么，在这样一个地方生活是什么样子。她想告诉他，在她的家乡根本没有预期寿命不足一百岁的说法，但是她不知道该怎么开口才能听起来不像是在怜悯他。

"他喜欢什么音乐？"安雅问。

他顿了顿，然后伸手关上了电台。

"旧音乐。蓝调、嘻哈、架子鼓和贝斯之类的。"

安雅礼貌地微笑着。

"你不知道我在说什么对吧？"布兰科说，"朋友，要是米兰现在在这里的话，肯定会疯掉的。他会一连说上五小时，让你的耳朵听出老茧来。他会把教育你当成自己的责任，当成使命。相信我，他不在这儿算你走运。"

"那是他的名字吗？米兰？"

"是的。米兰。"

她看着黑暗的街道从身旁闪过。在整齐的公寓楼小区之间散落着低矮的房子，房子两侧都是高耸的混凝土。她听说，以前史泰登岛上全是这样的房子。她想，如果被水包围，感觉应该和家乡没有太大不同。

"话说，你母亲是怎样一个人？"

"她是一位歌剧演唱家。我们也是因此才搬到这里。她在卡内基音乐厅演出过。"

布兰科的眉毛突然翘了起来。

"卡内基音乐厅？那可了不得，对吧？那么说她是个名人啦。"

"算是吧。"

他又打开收音机。宝贝你应该过来，一个深沉的声音满怀柔情地唱着。

"那么一位著名歌剧演唱家的女儿怎么会在纽约最好的小餐馆做服务员呢？"布兰科咧嘴笑笑。

"她已经不唱了。"

他的笑容消失了。"噢，是吗？抱歉。"他嘟囔着，"她出什么事了？"

"她安装了几件替代器官。现在她差不多一百五十岁了，有些身体部件已经不行了，但是她还不能，你懂的，死。"

"你是长岁人。"他说着转头看向她，好像彼此第一次见面一样，他在暗处偷偷瞥了一眼，好似要努力读懂她那泄密的表情，"你现在多少岁？"

"刚过一百岁。"

"天哪。"

"是吧。我也总觉得很吃惊。"

"为什么？我是说，这很奇怪。我见过的所有长岁人都，你懂的，认为我们是破落户。不是他们。我们是劣质商品。"

安雅大笑起来。"在我们老家，所有人都是劣质商品。"

"你老家在哪里？"他问，语气里已经没有丝毫的戏谑了。

"瑞典。"这个词从她嘴里说出来好似一声叹息。

"瑞典啊。寒冬。薄煎饼。全民医疗。你为什么要离开？"

"我也不知道。"安雅说。

宝贝你不过来吗？布兰科停下车。"好啦，我们到了。"他说。

他们在码头停了下来。前方曼哈顿和布鲁克林的灯光好似野火一般闪烁，暗沉沉的水面上有点点的金色波光荡漾。在那一片大楼里，有一间屋子是她和母亲住的，潮湿、寂静的一间屋子。即使她和布兰科坐在那里，眼前的星空无比美丽，她也能感觉到公寓的四墙压了过来。

第十四章

拜访父亲对莱亚来说有个问题，就是要坐地铁去。

"不能使用共享车。"他们分别的时候父亲说，"任何人都能追踪到你去过哪里。"

"有谁会追踪我呢？"莱亚笑起来，但之后就想起了观察人。这些事情她都还没有告诉父亲，观察人的事情没说，吾康互助组的事情也没有说。她怕这样会吓走父亲，害怕他会再次消失，因为他好像很在意内阁会发现他。于是她同意坐地铁。

莱亚已经几十年没坐过地铁了。一方面是因为财富和地位的提升——她的职位不断提升，去哪儿都坐共享车了。另一方面是因为政府建议大家不要久坐，所有她和大多数长岁人都尽可能步行。另外还有一部分原因是她没有真正注意过的，这么多年来她的生活圈越来越小，基本都局限于中心区，所以大多数时候她靠步行就能到达目的地。

莱亚下地铁站的时候，看着楼梯上拥挤的人群，好奇他们都要去往哪里。她仔细打量着一个下巴轮廓分明、胡子刮得干干净净的男人，背着一个比他的躯干还要大的行李袋；一个皮肤如深色皱纹纸、有朦胧珊瑚色眼睛的老年妇女；一个用短粗的手指抓住平板电脑的商人。她想，他们是不是也有秘密，他们是不是也不想被人追踪。

地铁站比她想象中要更明亮一些，荧光灯照耀着。莱亚从一台很老的机器上买了票，那台机器上还有已经废弃的插入现金的槽口。

突然之间，她的脖颈有些刺痒。莱亚从机器前转过身，慌乱地四处看着。

"女士，你买完了吗？提醒你一下，你已经占着机器很久了。"她身后的男人说。

莱亚没有管他，仍然在人群里四处搜寻着。她突然之间确信有人在跟踪她。但其实并没有——只有一群行色匆匆的陌生人，不断拥入拥出车站。

"喂，你听到了吗？"那个男人又说。莱亚瞪了他一眼，他畏缩一下不说话了。

没有人。没有人在跟踪她。莱亚兀自摇了摇头，抓起车票，向下走向电梯。她上了地铁，把耳机塞进耳朵里，拿出平板电脑，浏览起电子邮件。

地铁已经驶出了车站，突然收到一封新的电子邮件，在未读邮件的顶部。未知发件人。或许是她父亲。她点击打开了邮件。

视频立刻开始播放。她的第一反应这是广告，于是准备关上。但是那个男人的面容看起来有些熟悉，于是她停了下来，把屏幕往眼前拉了拉。

"我已经尽力了。"视频里的男人说，"我有多元器官投资组合，尽职尽责地做投资，足够维持我几辈子的时间了。尽管我努力忽略一些问题，总也无法控制自己。这一切就是不对劲。出生就被指定了数字，靠一个计算公式就决定谁该活、谁该死，这样是不对的。"

多元器官投资组合。

忽然，画面聚焦到他的脸上。他是马斯克家族的一员，就是公司觉得因为观察人的出现莱亚失去的那个客户。

"你以为预期寿命不足一百岁的人真的像我们说的一样预期寿命不足一百岁吗？由谁决定谁得到智慧血液™、替代器官和保养治疗？"

她的脑子飞快地转着。他为什么要给她发这封邮件？是因为公司失去了这个客户吗？

"我们以为如果能找到拥有恰当的遗传素质的长岁人，就能解决人口问题，永生，不用再担心人口出生率。或许不是这样，或许解决办法早就在这里了，就在我们眼前。"

男人举起手中的瓶子，喝了一大口。莱亚的心跳加速了，双手冰凉，出了一手的冷汗，但是她无法挪开目光。这时她意识到，视频不光发给了她，但是他盯着摄像机的样子，目光直视的样子，感觉就像是专门对她说的。她意识到，视频里的男人，很有可能已经死了。

"但是如果我们不为此抗争，就不会有人去抗争。我们都是同谋。所有长岁人都是同谋。你们都是同谋。"

他点燃了火柴，盯着摄像机镜头，数百万他看不见的观众屏住呼吸看着他。

"我不是自杀俱乐部的成员。我经常不赞同他们的计划日程。但是我们因共同的事业联合在一起。"

他把火柴举到面前。

"我们害得自己别无选择。"

她父亲住在地铁尽头的一站。住在——一个奇怪的词，好似他一直都在那里，但其实只不过是个临时落脚的地方。不过她也说不清楚。或许他一直就在那里生活，距离母亲在三区的公寓只有两小时的地铁车程，假装人消失了，但其实共享着同样的用水系统、同样的公共交通、同样的夜空。或许他一直都藏在眼皮底下，藏了八十八年。

莱亚匆匆从最近的一处楼梯上楼。她想要把那段视频的记忆留在地下，想要尽可能远离那个画面——马斯克家族继承人举起点燃的火柴凑近浸满了酒精的舌头。

她从地铁站里出来的时候，天空苍白明亮，远处的海面在阳光的照射下宛如一面闪烁的镜子。她站在木板路上。风舔舔着她的脸颊，莱亚伸出了舌头，迎风舔舐。那一刻，她忘记了那段视频，甚至忘记了要见父亲。她想要尝尝空气中的咸味，但是什么都没有，只有凛冽的酷寒。她又闭上了嘴。

"很美，是吧？"

莱亚转过身。她父亲站在出口处，戴了一副黑框眼镜，他一笑眼镜框下沿就会碰到脸颊。

"爸。"她叫了声。然后，她想也没想，就冲到他身边，搂住他的腰，脸埋进他的胸膛。

他身上有干枯树枝的味道，有烟味和霉味，好像在橱柜里放了一个冬天的味道。他身上的味道不同，但是即使过去了这么多年，他身上的味道还是和以前一样。

他的双手犹豫不决地搭在她的肩膀上，没有完全抱住她。最后，莱亚脱开身，有些尴尬。

"来这儿的路上还好吧？"他问。

她点了点头，然后又摇了摇头。"我的电子邮箱收到了——一个视频，自杀俱乐部发送的视频。"

"噢？"他有些惊讶。

"你可能没见过他们。他们自称积极分子，但其实就是恐怖分子。他们的所作所为——呃，就和他们的名字一样。"莱亚打了个寒战，又把衣服更紧地裹到肩膀上。

"自杀。"她父亲冷冷地说。他眯着眼看向太阳。

莱亚点点头。"问题是，最新视频里的那个人，我——我认识他。他是马斯克家族的人。"

垣内还在看着远方，好像没有听说过这个名字。

"你肯定记得，医疗科技创始家族之一。总之，我们以前还拉他成为我们的客户。有那么一段时间，他似乎要转投我们。这对公司来说将是巨大的成功。"如果考虑那个视频的情况，这些也都不重要了。

"我们走走好吗？"她父亲问。他脸上露出一种不愿再交流的陌生表情。

"我以为我们要去你住的公寓。"莱亚说，尽管有风吹拂头发的时候，她非常想散散步。但是她必须去看看他的住处，必须将父亲和某样东西联系到一起，看看他的家具、他的衣柜、他放在浴室台子上的牙刷。她想知道他怎样摆放衬衫，是否叠被子，冰箱里是满的还是空的。

"我们会去的。"他说，"我想先带你去看一样东西。"

他开始沿木板路往下走去，莱亚跟在他身旁。

"我不知道……"莱亚伸出一只胳膊指向大海，"我不知道这里也是城市的一部分。"

"没有多少人知道，我猜。已经没有什么人来这里了。"她父亲说，"也不知道为什么。"

"我想——我想人们想象的外城应该不是这个样子。"她说。

什么时候成了这样？什么时候她的生活圈子变得这么小，只局限在办公室和家两处，从一区到三区？他们都是这样，他们所有人都是，她、托德和姜。正因为如此，即使人口不断减少，还是走到哪里都人挤人。就好像他们人越少，就越渴望聚在一起。莱亚看着开阔的空间，空荡荡的木板路，头顶透着蓝色冷光的巨大穹顶。

"这里真空旷。"她说。

她父亲点了点头。"城市之外比你想象中还要空。"

"城市之外？"莱亚说。

她父亲顿了顿。

终于他又开口说话了。"城市之外，你可能走上数十英里，甚至数百英里，也遇不上另外一个人。整个居民区和城镇都成了空壳，老旧的楼房坍塌颓败。当然还有其他一些大型长岁人城市，波士顿、洛杉矶和芝加哥之类的，和纽约一模一样。诊所都在这些城市里，我也不能完全躲开。"

莱亚一直往前走着，但没有说话。上一次他们相见的时候，她明白只要两人都沉默了，父亲就会讲关于自己的事。

"多年之前，我离开——潜逃——的时候。最开始，我很好地隐藏了行踪。我买了一本假护照——花了一大笔钱——蓄了发，在一个镇上从来不会停留太久。我在一个前不着村后不着店的路边商城里找到一家新诊所，一家小诊所。我的新护照似乎能用——我不再是桐野垣内，但还是能得到基本的延寿和理疗，我所有的生理数据也似乎和新身份匹配得上。

"我不敢相信，在我们这样一个高度互联且有生物识别扫描仪的世界里，我竟然能蒙混过去。

"直到后来有一天，我偶然瞥见给我做理疗的护理人的屏幕。那个护理人是个很好看的年轻人，呃，很可能比我年龄还要大，但是你懂我的意思的。反正，我看到了他的屏幕，看到了上面的数字、散点图、趋势线、随机的字母和代码。你知道上面都是些什么。但这时我看到了——我看到屏幕的底部，一行小小的字……桐野垣内。"

他低声苦笑了一声，声音很不悦耳。

"他们知道我是谁，他们一直都知道我在哪里。那么长的时间里，我一直以为自己完成了大逃亡，但其实是他们让我走的。这时我突然意识到，没有人在乎，我不是逃犯，他们根本就不想把我抓回去。当然，我被打上了'不洁'的标签，但是只要我远离他们的城市，远离生命和长寿的伟大城堡，就没有人在乎。问题解决了。只要我躲得远远的，只要我不在这儿，不用所谓的不洁思想影响内阁的宝贵投资，就没有人在乎。"

他们停下了脚步。莱亚的脑子飞快地转着。她不明白，如果是这样的话，为什么他还要回来？当然，回来就意味着他会被捕，因他这么多年的罪责而受审判。

"看。"他指向远处说。

莱亚眨了眨眼。最开始她还没弄清楚自己看到的是什么。那些物体在蓝天的映衬下一片昏暗，只见各种坡道和圆环交织在一起，巨大的雕塑矗立在海边。她的眼睛渐渐适应了阳光，她看到了掉色的大帐篷，生锈的过山车轨道，静止的碰碰车。

"你还是个小姑娘的时候，我一直想带你来这儿。"他说着转向莱亚，他把太阳镜推到额头上，眯着眼看向太阳，"幽竹——她一直不让。说这样很疯狂、危险，说这个地方应该关门。果然，没过几年这里就关门了。但是他们一直没拆毁这些建筑，也没有建新的东西。人口不断减少，长岁人越来越多地聚集到中心区，地价下降了，没有人愿意买这块地。"

她父亲沉默了。他再开口说话的时候，声音压低了很多："你敢相信吗？他们根本就没有拆毁这个地方。"

"如果没有人在追捕你，那你为什么要回来？肯定——这对你来说肯定是危险的。"莱亚问，"你在这里做什么？"

他面对着眼前的废弃主题公园陷入沉思，最后终于转身面向她。他眉头紧锁，眼神迫切。"我还不能告诉你，莱亚。暂时还不能。但是除了你之外，不能让别人知道我回来了，这很重要。你能向我保证不告诉别人吗？"

莱亚想到观察人坐在她的沙发上，翻看她收藏的唱片，用她的马克杯喝茶。她想到姜，最近在办公室推行了一项推门而入的新政策，她知道是专门针对她的。她想到托德，只要她出门就会问她要去哪里。

天空已经不是蓝色，反而是近乎苍白。她想象着多年前的父亲，试图说服母亲允许他们去主题公园玩。

"当然，"莱亚说，"我保证。"

他租的一居室小公寓只有莱亚的卧室那么大。房间很小，幸亏有一扇可以俯视木板路的大窗户，屋里显得很亮堂。对面墙边靠着一张窄窄的单人床，窗前摆了一张桌子，上面放了一些纸张。有一处开放式小厨房，有水池和微波炉，一台迷你小冰箱放在操作台下面。房间主体空间被一张饭桌占据，饭桌是玻璃面的，放在这个房间里尺寸太大，四个人围坐桌前都很宽敞。屋里没有沙发。墙上也没有什么装饰，只挂了一张乏味的乡村田园景色的海报，用黑色的塑料框装裱起来，在诊所和美发店里经常能看到类似的装饰。

"坐。"她父亲向餐桌的方向指了指。他局促地在水池旁徘徊，双手交叉在身前。"抱歉，没有更舒服的地方坐了。房东不愿意搬走这张超大的桌子。"

莱亚拖出一张塑料椅子，坐了下去。

"你要喝点儿水吗？也没有别的能喝的，抱歉。"

她心烦意乱地点了点头，仍然打量着房间，极力搜寻着一些细节。公寓干干净净，甚至有些空旷。没有成堆的衣服，床上没有翻看到一半的书，没有薯片，也没有抽到半截的烟。从公寓里的陈设根本看不出父亲过着怎样的生活。

他从水龙头接了一杯水，放在莱亚身前。

"只有自来水。"他说。

莱亚听出他话语间又有些歉意，于是假装口干舌燥地喝起了水。她想告诉父亲不要一直说抱歉，却不知道该怎么开口。

"我马上回来。"父亲轻轻按动一个按钮，她之前没有注意到的一扇门打开了，门后是一个小小的浴室。他进到浴室里，关上了门。

此时公寓里的空气也凝滞了。莱亚又四下打量起来，这一次更仔细。屋子小而空，是的，但也不是毫无特点。他的床铺整理了，四角整整齐齐地塞到床垫下面，枕头也抖过，是蓬松的。厨房操作台上有一个空啤酒瓶，里面插了一枝塑料向日葵。她心想不知道是不是父亲自己放进去的。她想不知道他喝不喝啤酒，那样就和她童年了解的垣内没有不同了。

她从餐桌前起身，走到书桌前。之前注意到的那些纸张大多都是账单，过去六个月的水电气单子，收信人她不认识。她想应该是房东。莱亚开始按时间整理起账单，就像整理自己的文档时一样。她把账单整理成一摞，看着折痕和边角都整整齐齐，心里很舒畅，就在这时她注意到这堆纸张下面有一个样子不同的信封。

信封很小，大概就一张名片那么大。差不多正好能放在手掌里。浅灰蓝色的纸清新烂漫，在城里除了偶尔春天早上，极少能看到这样的色彩。这么小的一个信封，重量却不轻。

莱亚向身后瞥了一眼。浴室里的水还在哗哗地流。

她轻巧地打开信封。里面的卡片和信封是一样的颜色。卡片很厚，有些奢侈，是婚礼请柬才会用的那种材质。或许这就是婚礼请柬。只不过卡片太小，只打印了一个日期、时间和地址。日期是下周六，地址在五区的某个富人区。她用手指甲摹写着凸起的文字，记住了街道和楼号。然后她把卡片放回信封里，塞到那堆账单下面。等父亲从浴室里出来的时候，莱亚还站在书桌旁边，盯着窗外看。

"景色很好，是吧？"他说，"我真的很走运。"

莱亚点点头。"漂亮。"她说。

父亲的双眼也闪起了光。"嘿，"他说，"我有个东西要给你。"

她想会不会是藏在那堆账单下面的卡片。或许可以很简单地解释。或许他受邀参加某个派对，想要她陪着一起去。可是他却转过身，走向小厨房，打开迷你小冰箱，在里面搜寻了一番，拿出了一样东西。

"给你。"他说，"很难找，不只是河边公园那一家关了门。"

他把东西塞进莱亚手里。那是一个冰淇淋甜筒，用廉价的彩纸包着，拿在手里湿湿的、凉凉的。她能看出来迷你小冰箱制冷不够好，撕开包装纸的时候，化掉的冰淇淋就往下淌，弄得她双手都黏糊糊、甜甜的。

"谢谢。"她盯着甜筒说。他从哪里弄到的？她已经好几年没有见过了。

"你下周六有什么安排吗？"莱亚问，"我想或许我们能一起做点儿什么事情。或许到我的住处。"

她希望父亲能记起书桌上的邀请卡，希望他能敞开心扉，希望他能说：有一个派对。我希望你能陪我参加。

但是，他脸上闪过一丝别的情绪，他的双眼好似闭上了，看向别处。

"周六不行，"他说，"周日行吗？"

"为什么？"她追问道，语气尽可能和缓，"你周六要做什么吗？"

"哦，没什么。"他含糊地说。他从餐桌上拿起她喝完的空玻璃杯，去洗了起来。"有些杂事。周日更合适一些。"

莱亚沉默了，盘算着他的回答。

"你不吃吗？"父亲说。

她手里还拿着冰淇淋甜筒，手指已经冰得有些麻了。"吃。"莱亚点点头，撕掉了包装纸。

当冰凉甜腻的液体触碰到她的嘴唇时，她才想到自己在吃糖，合成糖，非果糖。还有奶制品，加了防腐剂、添加剂和食用色素。她估算着吃这个冰淇淋会减少的寿命天数，这么多糖还会诱发胰岛素水平激增。她想到之后可能会产生生理渴望，有上瘾的可能。

已经太晚了，因为她已经吃掉了半个甜筒。很美味。她盯着冰淇淋看，冰淇淋在她手中慢慢融化，淌在手指间，于是她又咬了很大一口，甜得发腻，几乎难以忍受，甜到发酸，好似被遗忘的秘密。

那天晚上莱亚故意很晚回家，免得还要向托德解释。他平常睡觉都早，有时日落前就睡，以保证最佳的生理节律。她还在想着父亲——鞋盒一样的公寓、清苦的生活——所以当她迈步来到客厅的时候，看到托德坐在暗处的沙发里，一时间并没有觉得奇怪。

"嘿，"她说，"你怎么还没睡？"

"你去哪里了？"他问。

"办公室。"莱亚随口就撒了个谎。她耸了耸肩把衣服抖掉，伸了伸懒腰。"我累坏了。你怎么还没睡？"

"办公室。"托德说，"忙的是哪个客户？我以为马斯克家族的事情已经停了。"

她转身面向托德。托德的脚正做着一个动作，她以前从未见过。他跺着脚后跟，膝盖上下颠着，古怪又紧张。他没有看她，他正看着自己的平板电脑。

"你在做什么？"莱亚问。

"什么？"托德放下手中的平板电脑，直视着她。

"你的平板。你在看的东西。"

"哦，是啊。只不过看些电子邮件，你懂的。"

莱亚眯起眼睛。"不，托德，我不明白是怎么回事。你为什么不告诉我呢？"她平静地说。

"你说你在办公室？"托德又说了一遍。

"你怎么回事，托德？"

她可以告诉他实情，莱亚想。她可以告诉这位二十年的伴侣，为什么自己会提早下班，为什么周末会长时间消失。他不会告诉别人的。

托德又看起了平板电脑。"我给你办公室打过电话，你都没有接。"

不，她不能告诉托德。

"我这一天打了好几次，最后娜塔莉接了。"

她的手心冰凉。

“她说你没去上班。她说一整天都没见过你。”

托德正在打字。他一边和莱亚说话，一边往平板电脑里输入着什么。

“你在做什么，托德？”

“应该这么问的是我，莱亚。你在做什么？你去哪儿了？”

莱亚一时没有控制住自己，来到托德身前，一把夺过他手中的平板电脑。

他没有反抗，只是叉起胳膊，噘着嘴巴。

屏幕上是一个莱亚从未见过的应用软件。虽然字体清亮现代，但是界面整体很暗淡。托德已经登录，一个小小的红点显示了他们在地图上的位置。“情绪”一栏下面，一个绿色的圆圈在闪烁。它正在录音。屏幕角落里是个格式化的心形。

“这是什么？”莱亚质问。

“我和娜塔莉聊了很久。我们都很担心，莱亚。”

她心底一阵难受。“噢，娜塔莉很担心。她当然担心啦。对她来说，多么取巧啊。”

托德皱着眉头。“天哪，莱亚。这和你们在——工作上的竞争没有关系。你为什么总先入为主地——”

“我为什么总先入为主地往坏处想？”莱亚把托德的平板电脑堵在他脸上，“显然我远远没有想到最坏的结果，否则也不会这么惊奇，我的未婚夫竟然想让我留在观察名单里，永远不得脱身。”

“别这样，莱亚。”

“抱歉，明显错在我。”

“反正，和娜塔莉聊过之后——我也清醒了一些。我意识到必须做些事情，我不能任由你失踪、情绪无常、行为怪异而不管不顾。你看看自己——深夜偷偷潜回家里，去了哪里也不说实话——你到底去哪儿了？我不知道你这是怎么了，莱亚。”

"那又怎样？你要向内阁举报我？请给我解释解释这样能有什么帮助，托德？因为我真的不知道这样到底能使什么变得更好。"

"我只是不知道还能做什么。我不想事情变糟。特别是第三波浪潮即将到来的消息已经传开了——我这是为了你好，为我们好。"

为我们好。不知哪里发出了咔嗒声。

"你害怕了。"莱亚直截了当地说，"你害怕，如果第三波浪潮到来，我在名单里会影响你。你根本没有担心我，你只是该死地关心自己。"

他的沉默已经告诉了莱亚答案。

莱亚给了托德一周的时间搬走。他没有争辩，他不是这样的人。那一周，他在公寓里一直小心翼翼，好似屋子是瓷做的，他的脚步又轻又小心。他和莱亚说话也都轻声细语，很体贴。他的眉头一直都显露出一丝焦虑。他用完厕所后还会把马桶座圈放下。

她也无法确定具体是从什么时候开始的，但是就在那一周她发现了。她的第一条皱纹，右眼内角向外有一条明显的褶皱。再靠近些看，她发现那是最明显的一条，不是唯一的一条。从泪腺向外辐射出一张极细的皱纹网，几乎难以辨识，却实实在在地在那里。除了皱纹之外，她还感觉腹部有些发紧。就好像一团橡皮筋，互相缠绕在一起，一条比一条拉得紧。托德做的每一件事——他在餐桌上摆放叉子的方式，浴室里名牌牙刷歪斜的乳白色刷毛，熨好的衬衫挂在窗框上。所有这些她都默默忍下了，日积月累的怒气一团一团地越裹越紧。

莱亚沉默的第三天，托德端着一杯水从她身边经过，她伸手抓住他的手。莱亚一碰，托德就停了下来。

"你这样做有多久了？"莱亚问。

托德的双眼布满血丝，郁郁不欢，但眼神中还是透着那种初来乍到的、不熟悉的感觉。

"不长。"他很快说，好像等她问这个问题已经很久了，"事情一发生，观察人就来找我了。说你也没有什么好藏着的，我参与能加快进程。他们说最好不要告诉你，然后你就能证明自己没事，就能脱离这个名单。"

他的话在莱亚听来是有道理的，但是他的语气有些不同。在哀求的语调中还有些许关心，是设计好的体贴。他的话听起来就像提前精心准备的，准备得太完美。

"你都告诉了他们些什么？"莱亚问，语气很平和。

"其实什么都没有说。我也不知道为什么……"他伸出一只手将了将头发，显出稚气又无辜的样子，"一些琐事，比如你吃什么，多久洗一次澡，早上抓脖子上的痣多少次。我都不知道他们为什么会想要知道这些事情。"

"还有什么？"莱亚说。你告诉过他们关于我父亲的事情吗？他当然没有。他都不了解垣内。

"没什么了！"托德说，"呃，你回家的时候。当你回家太晚的时候。当……"他顿了顿。

"继续说。"莱亚逼问。

他的目光落在地上。

"继续，托德。"她又说。

"你可能会不爱听。"他说得很慢，就好像莱亚耳背，怕她听不到似的，"但是我想，或许从某种程度上来说，找人帮忙，你懂的，也没什么坏处。"

托德说着说着，脸色就变了。他的下巴上扬，眼睛睁得大大的，脸颊绯红，很安详，好似布道的教士。

这时莱亚才注意到他的皮肤是多么光洁。比平时更平滑，晶莹剔透。他脸上的雀斑也闪耀着浅粉色。

"你的脸怎么回事？"

托德有些畏缩，垂下了头。莱亚的手指牢牢地扣住他的手腕。她松手的时候，指甲在他柔软的皮肤上留下了半月的形状。

"他们是专家，你懂吧。"托德好像没有听到一样继续说着，"我是说，我们对身处险境能有什么认识呢？我们在安全防护方面又有什么经验呢？而且我想这应该是我的责任。我是说，如果你要伤害自己，那将成为我们的责任，我就要负责。我是说——"

"托德，你听听自己都说了些什么？真是愚蠢。"

他茫然若失地看向莱亚。然后更糟糕的是，他脸上露出温柔关怀的神情。

"莱亚，我的意思是说或许你应该试一试。不要再鬼鬼祟祟的，坦白吧。严肃对待他们，严肃对待整件事。"

她的脸颊火辣辣的。他告诉她要严肃对待这件事？如果要说严肃对待的话，她就是太过严肃了，长途跋涉去吾康互助组，忍受着观察人，甚至还和娜塔莉配合做她的项目。托德，皮肤完美、有健康之鳍信托基金、暗中监视自己的托德，告诉她要严肃对待这件事。好像问题出在这方面似的。

"我觉得你应该离开了。带上包。剩下的东西我会派快递送给你。"

托德的嘴唇抽动着："我不能离开，即使我想要离开也不行，你不能没人陪伴。这是为你的安全着想，你懂的。"

那种怪异的闪光又出现了。托德高高的鼻梁亮粉粉的，脸颊是不可思议的玫红。她想象着他皮肤下面的细小血管，如果殴打他就会轻易破裂。很久以前的那种感受又从心底浮起。

托德把一杯水举到唇边，喝了一大口，眼睛一直盯着莱亚。

有那么一刹那，她眼前闪过某种东西，充满各种可能，但倏忽即逝，莱亚抬手扇掉了他唇边的玻璃杯。

杯子摔碎在地板上的声音比她想象的要大得多。那是很粗暴无序的声音，这种声音她以前只听到过一次，在一家饭馆里，那时她还是个孩子。那个声音穿透闹哄哄的世俗对话，穿透后厨里传来的一位大厨批评不幸犯事人的严苛话语，人们引颈观望，窃窃私语。现如今这样的事情已经不多了，东西都很难打破。所有的东西都经过加韧加硬处理，质量更好了。只有使劲才能打破一样东西。

玻璃片堆在洒出来的一汪水里。玻璃没有成碎片，而是很大的几块，一共四五块，碎片边缘犬牙交错，闪闪发亮。它们散在地板上，好像一个不完整的拼图玩具，一种艺术组合。莱亚俯身捡起最大的一块。那一块是玻璃杯的底座，很重的一块，像冰块一样闪闪发亮。她把那块玻璃放在手里，灯光照到参差的边缘上闪烁着。玻璃上映出她的面容，破碎的，像鬼一样，她母亲的鼻子，父亲的眼睛，从玻璃里凝视着她。

她的手猛地向墙上挥动。又有了那种声音，但是这一次她已经预料到了。伴随着玻璃破碎的声音，好似也切开了她的皮肤，好似撕裂了包裹着一切的保护层。血溅到她的脸颊上。她内心逐渐膨胀起的那种感觉，某种有生气、有活力的感觉，是从孩童时学会不再打破东西之后再也没有体会过的。

托德没有动。他握住玻璃杯的手还保持在原处，手指默默地抓着空气。他最初很震惊，但面色渐渐平静下来，甚至有些安详。他看着莱亚把每一块碎玻璃砸成越来越小的碎片，看着她用闪亮的名牌皮鞋的鞋跟把每一块碎片碾成粉末，看着她把插到手掌上的一块碎片拔出来。

等她终于停了下来，用挑衅、狂喜的眼光看着他时，托德从口袋里拿出自己的平板电脑。他要做正确的事情，他要帮助莱亚。托德紧紧抿着嘴，准备把一切记录下来。

第十五章

莱亚把托德赶出去之后一直等待着观察人的到访，但至今他们还没有来。尽管如此，她一整周还是如履薄冰。

所以在吾康互助组打招呼环节里，乔治的胖手拍在她的肩膀上时，她立刻躲开，脸上露出明显不耐烦的神情。乔治的手悬在空中，一脸疑惑和尴尬。

"嘿。"莱亚露出灿烂的笑容，"嘿。"她僵硬地向其他组员招了招手。

他们点点头，嘟囔着打了招呼。别人都躲避着她的目光，除了那个面包脸女人，那个有丈夫的女人，格雷格。苏珊——她是叫这个名字。她小拇指上的创可贴已经摘掉了，而看她灿烂的笑容应该是心情很好。

乔治来到自己的座位坐下。莱亚第一次注意到他的椅子不同——他们的椅子都是白色的折叠椅，他的却是抛光的松木椅。"好啦，"他坐直了身子，拍了拍手，"感激治疗开始。"

沉默。只有苏珊疯狂地点头，嘴唇张着，好似话已到嘴边。

"你们都了解程序。"乔治又扫视了他们的面容。他捕捉到莱亚的目光。"不要担心，莱亚，如名字所示。我们讲一些本周内令我们感激的事情，提醒自己为什么要来这里。真的很简单。但是最难做的反而是那些简单的事情。"

苏珊向前靠得太厉害，差点儿就要从椅子上掉下去。没等乔治叫她的名字，她就上气不接下气地高声讲了起来："我要感激很多事情，太多了，真的！当然如果要选一件的话，那就是格雷格。当然我不是说他是一样东西。"她尖声笑了几声，闹得安布罗斯一脸嫌弃。

"啊哈。格雷格，是的，非常好。"莱亚不知道是自己在假想还是乔治的声音里真的有一丝的不耐烦。她匆匆瞥了乔治一眼。但是没有——他看起来和以往一样真诚，充满善意。

"他简直就是天使，真的。我猜你们已经知道了，因为你们都知道我的命运之日的事情。他是怎样手脚伏地擦干净地上的血，花了他好几个小时。但是我不想再讲那些细节去烦你们，你们已经听过好多次了。不过还有其他一些事情，比如，他在我睡觉的时候总是记得帮我给平板充电，这样白天就能给我发甜蜜的短消息。还有他在我的平板上安装了定位装置，以防被偷。现如今，也保不齐。他还开玩笑说是怕我被绑架了，哈哈。谁会绑架我这种又老又胖的，哈。但这就是格雷格，总爱开玩笑……"

苏珊又讲了五分钟，鼻孔大张，几乎不喘气。她说着话，表情越来越夸张，最后都有些扭曲了，一副极度亢奋、心醉神迷的样子。莱亚心底越来越觉得厌恶。但是她不能别过头去不看。不知什么原因，她的目光直勾勾地定在苏珊身上。莱亚努力不去想两人的类似经历。

这时，苏珊突然停了下来。她的嘴还张着，但是已经没有话可说了。她慢慢地合上嘴唇，脸上露出奇怪的表情。她长长地呼了一口气，就好像泄气了的气球。

屋里一片死寂，过了一会儿，乔治接过话，轻快地说："很好，完美，谢谢苏珊。我们继续吧？今天有很多要做的，有很多要做。"

随后发言的是一个精心修剪过胡子的黑皮肤小个子男人。他名叫阿尔奇，他感激日出，说日出以狂野恣肆的姿态从天空中如迸血般喷薄而出，这种场景总能令他满怀惊异。

"很好，阿尔奇。自然之美，很宏大。但是请记住，下一次不要用'血'一类的血腥词。"乔治向阿尔奇挤了挤眉毛。

他们继续着。家庭是最常提到的一个主题（"在当今时代，鼓舞人心，真的鼓舞人心。"乔治笑容满面地评价），然后是美貌，之后是希望、选择和未来等一些抽象的概念。轮到莱亚的时候，她咬着下唇，嘟囔着未婚夫的一些事情，还有他们未来的孩子。乔治往平板里输入内容的时候，她尽力不去看。

"结对活动？"乔治宣布，欢欣地往上推了推眼镜，在左面镜片上留下一个粗大的指纹。他似乎没有注意到。"好了，伙计们。我已经听过你们讲的事情了，我们都听过了。现在，互相交流。预备，准备，开始。"

莱亚身边的两个人——安布罗斯和另外一个说话时鼻子总不通畅的人——扭过头不去看莱亚。她尴尬地坐在那里，双手搭在腿上。乔治被苏珊缠住了，苏珊此时正喋喋不休地窃窃私语，一根手指在空中比画着。

没有人看莱亚。所有人都好似全神贯注于这个活动。她动了动身子，想要忽略被遗忘的感受。她提醒自己，被人遗忘对她而言最好。吾康互助组也不是她很想参加的。

所谓关于"死"的词，莱亚轻蔑地哼了一声。

"莱亚，很高兴又看到你露出笑容。一定是这些感激的情绪感染了你。"乔治热情洋溢地对她说。苏珊还在他身后喋喋不休，好像根本听不见别人的话。他也不听她说话，而是盯着莱亚，脸上露出像猫一样的心满意足的笑容，眼镜后的目光冰冷坚定。

莱亚躲开他的目光，脸上还保持着僵硬的笑容。她的目光掠过芥末黄色的地毯，挂在墙上、缺口遍布的木质牌匾，落到房屋尽头昏暗的小窗户上。尽管有很大的空间，但突然之间，房间好像变小了。

"我刚刚又想了想，乔治，"莱亚拿捏着分寸冲他笑了笑，"朋友，特别是像我们这样的伙伴，这些是我感激的，我们的吾康互助组。"

"当然。你有很多朋友关注着你，不是吗？"

他的语气里明显透着警告的意味。他知道托德的事情吗？

忽然间她的精神亢奋了，视野变窄，眼前白花花一片，头脑发热，搭在腿上的手握紧了拳头，一种旧时熟悉的愤怒情绪涌起。她顿了顿，迫使自己悄悄地舒了口气，数到十。莱亚害怕的不是乔治可能说出的话，而是别的。她悄悄地舒了口气，数到十。

苏珊还在嘟囔着，很令人怜悯。莱亚大概听到她说有一只小狗，可怜的小狗病了，格雷格忧心小狗，所以苏珊要陪着他们，这样做很重要。那是把他们聚在一起的黏合剂。

"当然，"莱亚说，"朋友。"她环顾四周。一圈人围坐，安雅在她对面也默默地坐着，她身旁的两个人都转身看向别处，弯腰驼背的，好像一对翅膀。

莱亚拖着椅子，踏着发霉的地毯，走向安雅。她想着地上搅起来的那些可能造成肺阻塞的颗粒和微生物。沙门氏菌、弯曲杆菌、李斯特菌、志贺氏杆菌，她在心中默念着。

"说起来，我们该怎么办？你感激的是什么？"莱亚注意到乔治在看他们，观察着、估量着。她搜寻着恰当的词，希望安雅能配合。但是她的眼神没有任何变化。她呼吸的方式令人心神不宁——每一次呼吸之间都有很长的停顿，然后猛地慢慢吸气，好像突然间想起来要做这件事一样。

"哦，"安雅说，"感激。"

"我知道你的意思。"莱亚插话说，"就好像，你无从知道何时会有这样的感悟。因为有太多事情需要感激。"

安雅眯着眼睛，微微晃了晃身子，目光落到莱亚身上，好像刚注意到她来到了身边。

"音乐吧，我想。"安雅说。她停了下来。

莱亚点点头，一只手托住下巴。她完全不知道安雅说的什么，但是她清醒地意识到乔治正看着她们。荧光灯好似穿透了紧紧包裹着安雅颧骨的皮肤。

"这就是我要感激的。音乐。"

"你玩什么乐器？"莱亚问。

"我拉小提琴。"安雅说。她看某样东西的时候眼里会放光，此时她正这样看着莱亚。

"还有呢？"莱亚问。

"你不知道吗？哦，你当然不知道。"乔治说。

安雅看起来像凝固了，就好似组成身体的细胞突然聚拢到一起，填满了中间雾蒙蒙的空隙。

"我们安雅很有名，是个名人。"

"我不是。"安雅说。她的语调平静，但是周围的气氛却变得凝重起来。

"她母亲也是。"乔治说，"更出名。以前在卡内基音乐厅演唱。"

他说卡内基的时候好像讲法语一样，厚厚的湿嘴唇在发最后一个音节时古怪地扭曲着。安雅沉默了。

"我不知道你对这件事情为什么那么害羞。确实不是很健康的职业。或许也是你来到这儿的原因。我们这里有很多'艺术家'类型的。以前有一个画家，现在已经没救了，被关进了拘留中心，所有的营养都靠静脉注射。至少他还活着。"

乔治若有所思地把两手的指尖按到一起，然后转身面向苏珊——苏珊之前一直在敲他的胳膊。

安雅没有动。莱亚一时冲动伸手拉住安雅的手。她一般不碰陌生人，但是安雅的神情有些特别的地方，引得她这样做了。尽管安雅那双手看起来冰冷苍白，却是温暖的，甚至有些烫，微微颤抖着。

"她确实有些名气。"安雅说，她的声音那么轻柔，莱亚都不太确定自己有没有听清。

"她现在还表演吗？"莱亚问。一时间千百个问题涌入脑中——她是哪一类歌手？现在还有现场表演吗？已经知道对身体数据会产生影响，为什么还有人会选择做音乐家？

"不，她已经不唱了。"

莱亚斜眼看了看乔治。他坐在那里，头靠向苏珊，时不时严肃地点点头。他结实的大腿顶着苏珊的膝盖。

"他是怎么回事？"莱亚低声问。莱亚也不知道自己的话到底是什么意思，但是安雅头一歪好像听懂了似的。莱亚耸了耸肩。

"有些人很有社会责任感，我猜。"她应道，"我想他也没有什么恶意。"

莱亚又环顾了四周。其他人还在专心聊天。

"情况更糟了。上一次会议后，观察人——他们来到我家，就在我的客厅里，你敢相信吗？"

安雅的表情没有变。她的容貌有一种特别沉静而茫然的特质，给人一种空落落的感觉，莱亚觉得必须去填满。或许就是因为这个原因她才继续说了下去。

"然后我发现我的未婚夫一直在打我的小报告。我想就是向他汇报的——乔治。"莱亚瞥了一眼乔治，继续说着，"还能是谁呢？他和你说话的样子。他过分了。他的权力太大了。"

安雅转身看着乔治，好似在品评一件家具。乔治神态稳重地对苏珊训话，刻意做些手势，好似在拧灯泡一样。

突然莱亚从安雅的眼中看到了乔治：一个戴眼镜的矮个子男人。说话的时候，嘴唇厚而丰满。精心熨烫过的衬衫领口有一点儿铁锈色的污渍。

"乔治和我们一样。他们也拜访过他。不光乔治，他们拜访所有人。"

这根本讲不通。莱亚意识到自己的手仍然紧紧握着安雅的手，安雅苍白半透明的手指和莱亚古铜色的皮肤形成鲜明的对比。她撒开了手。

"那么这样做又有什么目的呢？聊天，开会，还有这个？"莱亚挥手指向墙上的牌匾，牌匾金色的表面在强烈的灯光下很耀眼。

安雅又耸了耸肩。她的灰色羊毛围巾从一侧瘦削的肩膀上落下。"你呢？"她问。

"我？"

"我是说，你感激什么？"

"我们为什么要聊这个？这个有关系吗？"莱亚的双臂交叉在胸前，两手抓住自己的躯干。她的手指透过衬衫的布料，摸到了肋骨，她在脑中数着肋骨的根数。

安雅喵喵地长叹了一口气。

"我画画。"莱亚低声说。她顿了顿。

"那么说你心怀感激的就是画画了？"安雅抬头看着她。

"不是！我的意思是说，他们来到我家，我在那里画画。他们还翻看了我收藏的唱片。"

安雅没有反应。即使她很震惊，但至少没有表现出来。尽管，如果她是音乐家的话，这件事也不太会震惊到她，莱亚想。

"如果他们发现了，我就永远无法脱离那个名单了。"莱亚继续说着，就像在自言自语。

安雅抬头看了看。"什么名单？"

"观察名单？"

安雅张开双唇，发出干涩尖锐的声音，好像猫要吐掉堵在嗓子里的一团毛球。当她瞥向莱亚，眼睛皱起来，眯成一条线，莱亚才意识到她其实在笑。

"这么说你喜欢音乐啦？"安雅终于开口问道。

"音乐？"

"你说你收藏了唱片。"

莱亚审视着安雅的面容，但她还是毫无表情，没有任何笑的踪影。

"哪个类型的？流行音乐？摇滚？爵士？朋克？蓝调？古典？"安雅追问着。

"古典。"莱亚低声说。她向四处看了看——所有人都沉浸在狂热的自我反省中，似乎没有人听到她的话。"巴赫的《马太受难曲》，你知道的。"莱亚嘟囔着，脸颊一阵绯红。

安雅赞许地点点头。她伸出一根手指，放到门牙上，咬了下去。她似乎在思考。

"但是，说回到感激，"莱亚说，"还要感激我的老板，他是个很好的人。从来不为难我们，就连——"

"我能去听听吗？"

莱亚停了下来。"什么？"

"你收藏的唱片。你说你有《马太受难曲》。我能去听听吗？去你的住处？"

莱亚摇了摇头。安雅疯了吗？

"求你了。"安雅说，"我很久没听音乐了，好音乐，很久很久了。"

莱亚又要摇头，但这时她想起安雅说过"不光乔治，他们拜访所有人"，想起自己说要摆脱观察名单的时候她笑的样子。或许莱亚可以和她聊聊。或许安雅知道些什么。

第十六章

等她们尴尬地站到莱亚家的客厅时，她才开始想自己都做了些什么。安雅四处打量着，凝视着高高的白色天花板、落地窗、笔挺地垂着的一尘不染的亚麻窗帘。

莱亚清了清嗓子。"你要喝点儿什么吗？"她说。

安雅摇了摇头。这时她正在端详客厅远端的书架，一只手触碰着书架上一个不光滑的灰色矩形，发出轻柔的啾啾和汩汩声。

"热带雨林混合曲235号。"莱亚说，"我可以换个曲子，如果你想的话。这是自动的，最新科技。进门就能检测出我们的情绪，然后挑选适合最优氧化补给的曲子。"她都在说些什么？

安雅走到窗前，站得特别近，鼻子都要碰到了无纤尘的玻璃了。通常莱亚这时会想可能留在窗户上的污点，满心想着自己再次独处的时候可以用干净的亚麻布擦干净。但是这一次她不在意。她好奇安雅在看什么。

"你住在哪里？"莱亚问。她坐到沙发上，或许如果她假装这是一次完全正常的拜访，也许就能事如人愿。

安雅指向远处。"在那一边的某个地方，"她说，"在那些深棕色的大楼后面。"

最后遗留的聚居区。政府无法拆除，因为很多住户参与了第一波浪潮的替代器官实验项目，很多都多多少少出了些问题。楼群毫无生气，都是深色的砖结构，窗户很小。

安雅转身面向莱亚。背着从窗外照进来的光，她就像是一团阴影，她的头部轮廓在散射的灯光下显出银色，松散的发丝闪着如点点火花的光。

"话说，"安雅说，"你为什么会来吾康互助组？"她说着，一只手朝着窗户外甩了甩，就像是莱亚在用一样，好似她要担起窗外整个城市的责任。

莱亚也不理会安雅的举动背后的深意。"哎，"她说，"我算是出了一个事故。然后他们就开始追踪我，那些观察人，他们去我的办公室、我的公寓。他们坐在这儿。"她指了指乳白色的沙发，想向安雅讲明观察人出现在家里意味着什么，给人怎样的感受，"他们和托德聊过。托德向他们展示了我收藏的唱片。"

"托德？"

"我的未婚夫。前任。"她纠正了自己，"他已经不住在这儿了。"

"这么说你一个人住？"安雅仰头看着天花板，打量着房间的四角。

"是。"莱亚说，"这是公司的公寓，是给我的福利。我一个人不会租这样的房子。呃，也租不起。反正这样的公寓都是公司所有。"为什么她要向安雅解释这么多？"你呢？"她问。

"我和母亲一起住。"安雅说。

"哦，那样挺好的。"

安雅只是点了点头。然后她露出笑容，但只是一丝苦笑。

"你母亲知道你受观察吗？"莱亚问。

"不知道，"安雅说，"她不知道。"

"当然，她一定很忙。"

安雅又沉默了。忽然，她兴奋起来。"你这里有游泳池吗？"她问。

莱亚随着她的目光看去。安雅正盯着莱亚垂在散热片上的一条深蓝色泳衣。

"有，在顶层。"莱亚说。然后，看着她脸上的神情，莱亚问："你想去游泳吗？我有多余的泳衣。"她刚开口就有些后悔。安雅不会答应的，莱亚很肯定。

但是安雅笑了。她笑得双眼都亮了，肩膀也挺直了，好似要挺起身子站起来。

"真的行吗？我愿意去。"她说，声音里透着喜悦，"现在就能去吗？"

她们来到游泳池那一层的时候，楼上没有人。莱亚把大手提袋放到帆布躺椅上，然后犹豫不决地转向安雅。

安雅正忙着脱T恤衫，脑袋卡在一团白色的布料里。她终于脱掉了衣服，露出了开怀的笑容。

"哇哦。"她惊叹着，端详着长长的蓝色水道，池水闪着光，如明镜一般。头顶上阳光透过巨大的天窗射进来。安雅一只大脚趾伸进水里试了试。"水是暖的。"她说，略有些失望的样子。

然后，她优雅地一跃，腾起到空中。她的身体切入镜子一般的水面时，几乎没有溅起水花。她的双手像祈祷一样伸到头顶上。她游得很快，却悄无声息，好像怕惊了水。莱亚看着安雅游着，来来回回，来来回回。她穿着莱亚的蓝色泳衣，浅色的头发盘在脖根上，光滑湿亮，看起来就像是苍白、虚弱版的莱亚。

外面的太阳渐渐落山了，橙红色的暮光透过落地窗照进来。天际线呈现橙色，安雅依然游着，来来回回，来来回回。安雅游完之后，莱亚能听到她的呼吸声。她停了停，看向外面的城市。

"很美。"她还有些气喘吁吁，"我从未想过这座城市会这么美。"

"是的。从我的办公室看风景更好。我们离市中心更近，所有的楼层更高。"

她的办公室。莱亚心底一紧，内心的温柔顿时消失了。GK和AJ还经常来观察她办公，但是现在他们来的时候都去姜的办公室，一谈就是几小时。从办公室出来时都欢笑着，拍着彼此的肩膀。姜几乎再也没和她说过话。

"你下来游吗？"安雅抹去脸上的水，问道。

莱亚点点头，慢慢下了游泳池。水触到她的皮肤，有些凉。水没过她的膝盖，冲刷进她的大腿间，没入指甲和手指肉间的小空隙。莱亚潜入水里，然后探出头，向后把头发塞进湿漉漉的泳帽里，鸡皮疙瘩起了一身。

"水暖？"莱亚喘着粗气，对安雅说，此时安雅还靠在游泳池一边。

安雅耸了耸一侧的肩膀："在我老家，水比这里冷多了。"

"听起来糟透了。"莱亚说着打了个寒战。

"确实是，不是吗？"安雅的脸上绽放出灿烂的微笑，"我们以前经常早上去，刚起床的时候。太冷了，连腿都感觉不到了。但是虽然感觉不到腿的存在，可它们还是会往前动。我妈妈过去爱好游泳。"

过去爱好。安雅这种说法使莱亚一惊。突然之间她想到自己的母亲，现在早已去世。幽竹以前也爱好游泳。自从莱亚的父亲离开之后，她似乎就没怎么爱好过太多事情。

莱亚从安雅的话里还听出了失落。忽然，她看到安雅眼睛下方的细纹，红红的眼圈或许是池水的作用，但看起来却像是哭过一样。安雅看起来有些脆弱，苍白的皮肤，瘦削的锁骨，几缕湿漉漉的金发贴着额头。突然之间，莱亚看出了她的痛苦。或许她们之间的共同点比她想象的要多。

"我也失去过亲人。"莱亚对着池水轻声说。她的双脚在水面上摆动着，好似那一双腿不是自己的。

安雅正看着莱亚，她的脸在夜晚的灯光下显出橙红色。几滴水聚在她的锁骨凹槽处，落在她的鼻梁上。她身材瘦长，莱亚的泳衣穿在她身上有点儿小，肩带紧紧地勒在她瘦瘦的肩膀上。入夜之后，安雅脱下泳衣的时候，莱亚会看到它们留下的红色印记。

"给我讲讲。"安雅说。

于是莱亚讲了起来。她把母亲幽竹的经历讲给了安雅听。讲她有美丽、精致却坚实有力的双手，那双手可以熟练地组装起订购的沙发或拆开损坏的洗碗机，就好像在玩乐器一样，莱亚小时候不听话时，那双手又会变成惩罚她的板子。讲她与莱亚的父亲相遇的时候，还在一家社会企业工作，是为临时定居点设计可移动厕所系统的机械工程师。他们经常说第二波浪潮之后，发生改变的是她父亲，但其实她母亲也变了。她辞掉了工程师的工作，加入了一家人力资源公司。是不是人力资源工作，是不是和她的经验或兴趣相符都不重要，唯一重要的就是那家公司和内阁有联系。

莱亚给安雅讲了塞缪尔的死。这件事让已有裂痕的父母失和，强化了她母亲的信念，促使父亲思想的幻灭。讲了垣内开始越吃越多，不做体育活动，要唾弃这个追求永生的世界。讲了莱亚有一次发现他站在塞缪尔的房间外，一动不动地呆呆地站了整整一小时。

她在讲述时暗示了父亲的离开，但是并没有告诉安雅他为何离开。她没有告诉安雅父亲回来的事情，也没有讲自己害怕观察人发现他。

安雅没有说太多话回应，只是点着头，轻声应和，鼓励她说下去。她时不时会问一个问题，但大多数时候都在聆听。

莱亚讲完时，太阳已经落山了，人造灯光照亮了整个房间。外面的天空是瘀青色的，最后一缕阳光消失在云彩间。

她们就这样在泳池边上沉默了一会儿。现在莱亚不再觉得要填满这一片静寂，她感觉身处其中很自在，好像所有的话都说完了。

"你还没游泳呢。"安雅终于开口说。

"是啊，还没有。"莱亚的指尖触感好似葡萄干。

安雅一头扎进水里，然后猛地浮出水面，咧开嘴笑着。

"和我比比？"她说。

"什么？"

"你都听见了。"

莱亚开始摇着头，但随后发现自己也笑了。

"当然。"她说，"一个来回？"

"一个来回。"安雅点点头。

数到三，她们出发了。水声在莱亚的耳边呼啸。她比平时游得更快、更用力。她没有看安雅游到了哪里，也不看谁游在前面，但是她想赢。她专注于自己的泳姿，蹬腿要简练，手臂划水要充分，角度要恰当。等她游到对岸的时候，瞥了一眼安雅，发现安雅正在转身。她们并驾齐驱。于是莱亚又加速了，返回的一程更加用力。她甚至都没有去想微小撕裂或肌腱扭伤的危险，她都没有去想。在那几分钟里，她专注于小腿的动力和肺部的扩张，还有胸腔里天然心脏的跳动。

她碰到泳池边，转头兴奋地看向安雅，当然是她赢了。但是安雅就在她身旁，喘着粗气，一只胳膊搭在水泥池边。

"谁赢了？"莱亚问。

"我不知道。"安雅高兴地说。

"那就是我赢了。"莱亚边说着，边按摩着小腿肌肉。

"我让着你呢。"安雅大笑。

莱亚不想离开泳池。过去几小时过得比以往都轻松，她感觉一旦从水里出来，擦干身子，换上衣服，一切都将改变。但是安雅已经撑住冰冷的瓷砖往外去了。水从她的腿上流下，遇到绒毛流速会受到阻滞。

于是莱亚也跟着出了泳池。她们擦干身子，分别穿上浴袍和T恤衫，安雅问能否在这里过夜。她的声音很轻，莱亚都不确信自己有没有听错，但当她转身看向安雅的时候，安雅却忙着调整泳衣的带子，躲闪着莱亚的目光；莱亚知道了，她没有听错。

"当然。"她说，胸口涌起一阵奇怪的暖流，"我帮你收拾一下客房。"

客房也是她的工作室。莱亚想到这里，本能地有些紧张，但之后又暗自笑了笑。安雅可不是那种在意这类事情的长岁人。所以她们回到楼下之后，莱亚把自己的画整齐地堆到一个角落里，多年来第一次收拾出沙发床。

果然，安雅并没有觉得画有什么奇怪的。甚至都没有做任何评价，尽管她的目光流连于溅上油漆的镜子和画布中未完成的线条。她走到窗边，手指抚摩着最下面的玻璃板，密封胶将玻璃粘到水泥上。

"你怎样打开这个？"安雅问。

莱亚盯着她。她是认真的吗？看她的表情没有变化，莱亚将信将疑地回答道："不能打开。训令7077A。"

"哦，"莱亚说，"真可惜。这么高的地方本来可以好好享受微风吹拂。"她的手从窗户上收了回来。

"都整理好了。"莱亚抖了抖最后一个枕头。

"谢谢。"安雅说道，露出了笑容，好似莱亚帮了她一个大忙一样。

莱亚知道她应该说晚安了，离开房间，回去上床睡觉。但是她不想去睡。于是她说："音乐！你说想看看那些唱片的。听音乐，我们还没听呢。"

"是啊。"安雅说，"音乐。"她突然显出倦色，神态看起来很年轻，甚至有些童真之气。莱亚忽然好奇起她的数字是多少。她意识到那一天她一直在讲自己的事情。

莱亚引安雅回到客厅。她心怀可笑的冲动，想去取悦安雅，于是一开始就展示了最具争议的收藏品。她拉开一个柜子门，展示了一架又一架的塑料包装，里面装着激光唱片，每一张都是花大价钱买的，经过多年努力才收藏到的。关于古典音乐的指导建议意味着不可能通过普通渠道流式传输，说真的，根本就无法流式传输。听这种音乐的唯一方式就是实体拷贝，而且同样难买，很珍贵，价钱很高。

安雅的手指抚过塑料外壳。莱亚渴望地看着她，希望她脸上能露出喜悦、兴奋，或惊讶的表情，然后一道分享她对某种羞耻的秘密爱好的热情。

但是安雅却皱着眉头，专心致志的。她一张张地翻看着唱片，先看过一架，然后又看了下一架，歪着脑袋看唱片的标题。莱亚意识到，她在寻找一张唱片。

终于，安雅停了下来。她的食指停在标题上，目不转睛地盯着标题。莱亚等着安雅把那张唱片抽出来，拿到手里，问能不能听一听。但是她没有。她彻底僵在那里，全身只有脖子上的肌腱微微动了动。

"你想听听吗？"终于莱亚开口说。

她的问题好像打破了魔咒。安雅咽了口唾沫，点了点头，但并没有把唱片从架子上取下来。

莱亚蹲下身子，去看安雅选了哪张唱片。是《马太受难曲》，正是几周前托德播放过的那一张，由一位瑞典女歌唱家演唱。那一瞬间，她好奇安雅在家乡是否认识她。莱亚的手温柔地放到安雅的手上，把她的手挪开，她惊奇地发现安雅的手指冰凉。她打开塑料外壳，听着唱片从锁扣里咔嗒一声弹出来，心里很满足。

莱亚又打开另外一个柜子，里面藏着一台古董激光唱片机。她花了几十年才找到一台——她去黑市才买到的，这是她最宝贵的藏品。

莱亚按下了播放键。扬声器里传出了悦耳的小提琴独奏，回荡在房间里。一天的经历使她很满足，胸口暖暖的——游泳的疲劳、心事的交流、此刻美妙的音乐流淌到血液里。她看向安雅，微笑着，想要和她分享这一刻。

安雅坐在沙发上，一动不动。她双脚平放在地上，背挺得很直。双膝紧靠在一起，两手各搭在一侧膝盖上。她闭着眼睛。

莱亚坐到沙发的另一头。安雅依然没有动。

第一首歌结束之后，莱亚看到泪水从安雅闭着的眼里流出，顺着脸颊缓缓流下。她还是没有动。莱亚忽然有一股冲动，向她身边挪去，两人的腿都碰到了一起，她温柔地伸出一条胳膊抱住安雅的肩膀。她感觉到安雅在暗自叹息，灵魂在微微颤动。

她们就这样坐在一起，听完一首歌，又听了一首，然后又听了一首。

第十七章

安雅在丝绒地毯上转着小圈，看起来很烦躁。那天早上她经过飘窗第十二次的时候，瞥见楼下有访客来了。露肩的女人，头发高高束在头顶；肩膀笔挺的男人，留着光滑的鬓角。

墙上的照片也没有什么帮助。特别是其中一张脸，在众多人像中间，透过清亮的玻璃框凝视着。安雅从未见过镀金框里面的这个女人，却有一种奇怪的熟悉感。她鼻梁挺且直，把脸部一分为二，颧骨突起，棱角突出。头发是黑色的，嘴唇更暗，好似红酒浸染过。照片里的她看起来很开心，笑得含蓄但真诚，这一张捧着奖杯，另一张举着一条鱼。照片都是她少女时期拍摄的。之后她一定是从这里搬走了，她的父母一直保持着房间原来的模样。安雅想象着她现在的模样，不知道她棱角分明的容貌是随着时间又锐化了还是磨平了，好奇她是不是还留着童年时的发型。然后，安雅意识到，她很快就能亲眼见到她了。

她的小提琴包敞开着，小提琴放在里面。她对他们说要找个安静的地方做准备，他们都心照不宣地看着她，说话轻声轻气，很快就带她来到这个房间。

但其实没有什么可准备的。她三天前就做了准备，坐在莱亚的沙发上，让音乐在她心中流淌。现在她记得每一段曲调的抑扬，每一处停顿和延音。不只是如此，音乐好似成竹于胸，透入神经，深入骨髓。

她真正的心思是要躲开楼下的人群。她到达的时候，楼里刚开始进人，但是已经能够闻到夏天酷热中身体散发出的浓重刺鼻的气味。

安雅坐到床上，打开腿上的盒子。小提琴放在黑色的丝绒上，擦得铮亮的木头好似在隐隐发光。她拿出小提琴，靠在下巴上，闭上了眼睛。她抬起琴弓，放到琴弦上，感受着藏在里面的音乐和琴弦的张力。安雅一个音符也没有演奏，而是在脑中回顾了一遍这首曲子。

门吱呀一声打开的时候，她还这样坐着，开门声很轻，她开始都没有注意到。

"多漂亮的裙子啊。"

安雅睁开眼。门口来的人又高又瘦，头发盘在头顶，显得个子更高了。

"杰克曼夫人，"安雅起身，伸出了手，"很遗憾您——"她说到一半停了下来，脸颊一阵燥红。是痛失吗？她会这样认为吗？

但是杰克曼夫人并没有苦恼。她笑容满面，露出一排闪闪的白牙。她抓住安雅的手，她那一双手温暖柔软，就像安雅母亲以前的一样。

"我们这里都不说这些。"杰克曼夫人说，"我不在意，但是你知道的，有些人会在意。"

她抱住安雅的腰。她的拥抱透过薄薄的衣料，感觉温暖又牢靠。

"真是很好的布料。你从哪里买的？"她继续说道。

安雅的脸红了。"哦，老家的一家店，瑞典。很久以前就有了。"她撒谎说。

杰克曼夫人点了点头，好似安雅说了什么非常重要的话一样。"如果不介意的话，能告诉我一会儿准备表演什么曲目吗？"

"巴赫。"安雅说，"和我们之前讨论的一样。"

"当然。"杰克曼夫人说。她好似要说些什么，却沉默了，转身看向墙上的照片。

"很荣幸——"安雅说。

"嘘。你为俱乐部做了很了不起的贡献。那些视频——那是谁都很难想出来的好主意，值得多米尼克为此献身。很可惜她不能活着看到这些视频，她一定会大受震动。不过视频确实提升了我们的影响力。公众态度似乎发生了改变，这一次很热情。当然，我们也激怒了一些福音派，大众观点呈两极分化。但是即使在所谓的热爱生命的人群中，也有人悄悄说潮流要发生转变了。所有这一切都要感谢你的点子。"

安雅点点头。她想，不知道母亲会怎么看这些视频，但之后使劲把这种想法从脑中赶走。

"所以，你能同意是我们的荣幸，真的。没有更合适的替代多米尼克的人了。"杰克曼夫人顿了顿，伸手去摸其中一个相框，"我想她会同意的。"

墙上照片里的女人看着，照片里是一个年轻些、稍胖版本的杰克曼夫人。如果有机会的话，她的颧骨会不会移位了，为了和杰克曼夫人脸上的棱角匹配？或者变得就像杰克曼夫人一样，更柔和，更圆，皮肤颜色更深。安雅意识到，他们永远都不会知道。她抓起小提琴的琴颈，跟着杰克曼夫人走出了门。

第十八章

　　莱亚知道自己不该去参加派对。谁知道父亲在做些什么不洁的勾当？考虑到过去几个月发生的事情，她现在应该撒谎，参加吾康互助组，向托德道歉，与观察人合作。参加一项父亲刻意对她隐瞒的活动是此时最不该做的。这样做是鲁莽的、愚蠢的，与此刻应有的表现背道而驰，她应该对外展现热爱生命的行为。

　　完全正确。她能想象母亲责难的目光，嘴唇紧闭，抿成一条线。

　　但是那个周六下午，她还是去了。她站在一栋灰泥粉刷的漂亮宅子前，宅子的门窗大敞着。草坪上人头攒动，人们都穿着最好、最鲜亮的衣服，仿佛一片热烈鲜艳的彩色花束在涌动。丝裙飒飒，衣带飘飘，觥筹交错。根本没有她父亲的踪影。

　　这里并不是肮脏的地下烟馆，不是供应酒水的黑市酒吧，也不是破旧的油腻馆子，和母亲向她讲述的那些地方都不同。在父亲消失之前的几周里，母亲经常深夜从这类地方把父亲揪回来。这里看起来就像童年时母亲带她去的那些派对一样，聚集了内阁官员和顶级的长岁人。

　　莱亚隐隐有些期待，轻松了很多。或许父亲已经变了。那么他在隐瞒什么呢？

莱亚踏到草坪上。秋天干枯的草地在她的脚下沙沙响。她四处打量，还有人不断拥入，她汇入人流中。

突然之间，莱亚注意到某种气味。这种气味透过花香型香水，混合着不太令人厌烦的汗味（毕竟，参加派对是那种沁着细细清香汗液的人群）袭来。传来的是一种奇怪的烤焦味道，却莫名地诱人。这种味道极为熟悉，却很难说清楚，好似来自前生的回忆。

一个身穿燕尾服的高个子男人站在烤架旁。他看到莱亚走来，露出洁白、整齐的牙齿向她一笑，然后注意力又回到嗞嗞响的食物上。

她看到烤架上的东西，胃里一阵翻腾，苦胆水都冲到嘴里了。大块油腻的肉渗着血，滴到焦炭上。肉块很厚，有雪白色的大理石纹。她只在内阁警示结肠直肠损伤的海报中看到过红肉，因此看不出那是什么肉，不知道是猪肉、牛肉、羊肉，还是别的什么。

"你要几分熟？"那个男人对她说。她看到男人的白衬衫脖子下的扣子敞着，沾满了油渍。

"什么？"莱亚被呛到了，向后退了一步。她伸出一只手堵在鼻子上，想要挡住这种烟熏味；这时她已经看到气味的源头，感到一阵反胃。

"五分熟？"他说，"我建议五分熟，像这样切一块。不过你看起来更喜欢全熟的。"

他的肩膀宽宽的，脸颊较平，没有任何早衰的迹象。他是那种母亲会邀请来参加晚宴的男人，模样标准，甚至可能在内阁工作。可是他却在这里，在这样一个派对上，烧烤违禁的动物鲜肉。

肉排渐渐变成红褐色，鲜艳的土色。怎么能有人忍受把这么血腥的东西掺入自己的身体系统中呢？莱亚拖着裙角，忽然间希望自己能穿一件宽松些的衣服。她的腿窝和腋下都渗出了汗水。

那个男人还看着她。

"我——呃——不了，谢谢。"她说。

"你自便。"他又继续烤起了肉。

莱亚想象着他完美洁白的牙齿咬进柔软的红色烤肉里，汤汁包裹着他的舌头，动物肉烤过的焦味塞满他的鼻子。她的胃里又一阵翻腾，但这一次不是反胃。毫无疑问是一种渴望，如此强烈的渴望，令她有些害怕。她的嘴里浸满了暖暖的口水，下巴绷得紧紧的。她想象着男人一口咬进肉排时，肉汁流进喉头时，油腻的手指拂过她的头发，肮脏、动物气味的双手触摸着她的颈背。她想象着自己的舌尖伸进他的唇间，品尝着血、盐和烤肉的气味。

莱亚躲开烤架，慢慢地向后退去。她要离开。来这儿真是个糟透了的主意。

但这时她听到了音乐，在一阵欢呼声和口哨声中，从房内涌了出来。音符高低起伏，在空气中盘桓回荡。有时会停顿，高高悬在空中，随后又猛地下沉，欢快而喧嚣。耳边的音乐和以往听过的都不同。

莱亚熟知古典音乐，但现在表演的不是古典音乐，尽管内核都有同样的能量，不规律的重击和尖叫声似给全身充了电，急迫地带你直上云霄。莱亚踮起脚，看到房内的舞台上有四个男人。乐器很大，闪闪发亮；她认出低音提琴的线条，一把萨克斯闪闪发亮地动着。那是一场现场表演。如今音乐家很少，所以莱亚从未看过现场表演，更不要说演奏这一类音乐了。她的双脚像长到了地上，音乐在她心中流淌，带着她随着音律摇摆起来，在她的血管中敲击着。

"很棒，对吧？他们在她的婚礼上表演过。她要知道我们今天请到了他们，一定很欣慰。"

莱亚一惊，转过身。说话的是烤肉的那个男人，此时正站在她身旁，手里端着一大块血淋淋的肉，夹在两片面包之间。一股肉汁从他手的一侧淌下，流到一侧洁白的袖口上。莱亚指了指。

"哦，谢谢。"男人弯起胳膊，上衣的布料飘起来，露出结实的小臂。莱亚看着他伸出舌头，粉红怪异的舌头，接住了手腕上滴下的动物油。

她点了点头，手仍然捏着鼻子。男人就站在她身边，味道比刚才更重了，但是她已经不像之前那么烦恼。气味中有些甜蜜，勾起了过往的回忆，肉的味道，并非特别难闻。

"你喜欢爵士乐吗？"男人问。他的笑容很熟悉，好像暗指着某个圈内玩笑。他就像对老朋友一样，和莱亚说着话。

"这就是爵士乐吗？"莱亚说。

"迈尔斯·戴维斯。"他说，"你可能根本没听说过他。"

"没听说。"她说，"他很出名……"

莱亚突然停了下来。古典音乐已经是灰色地带了，仍有一些专家称其有积极、镇定的效果，但是爵士乐就完全不同了。但是此刻她却在这里听着爵士乐，而且不是录音，是现场表演。影响肯定会在下一次保养检查中体现出来。有那么一会儿，莱亚想用双手捂住耳朵，跑到门外。

但她还是站在那里。反正和托德的事情发生之后，听不听爵士乐也不会有什么区别，反正也逃脱不了那个名单。现在重要的是找到她的父亲。

突然之间，她非常想念父亲。在这里，在这个场合，她和父亲有了一种奇怪的亲密感。他就是与这些人交往的吗？这就是幽竹极力反对的生活方式吗？此刻她身处这里，看起来也没有那么糟。确实，这里有肉，有现场音乐，而且很可能有酒，但是莱亚感觉自己被吸引了，感受到其中的魅力，就好似被一波浪淹没了。感觉没有一点儿不自然，不，感觉很自然。

男人还吃着三明治，这时肉汁从他的另外一只手上流下，但这一次她什么都没有说。她看着肉汁不断流下，浓稠的红褐色的油滴在他手腕的绒毛上，好似在中间站停留片刻，然后重获自由，继续向下落的旅程。

音乐继续着，和之前一样大声，充满生机，但是此时聊天的声音逐渐大了起来。人们好似有些厌烦了，又面对面继续了之前的对话，好似四人组合的现场音乐表演根本没有什么特别之处。他们碰杯，杯里盛着闪光的金色液体，欢笑着，叫嚷着，他们的眼睛在落日余晖下闪烁着。

草地上的人都开始往房内走去。莱亚看到一个女人的鞋跟陷到柔软的土里。莱亚来到木制中庭，失望地发现矢车菊蓝色的鞋跟沾上了泥土，有一段明显的痕迹，能看出鞋子陷到土里的深度。

莱亚屈服了。肉的味道、那个魅力男子的亮白牙齿和激动人心的狂放音乐都使她如痴如醉。然而，其他的一切——泰然自若的人群和优雅的环境——都和其他长岁人派对没有什么两样。这个世界如此熟悉，却又完全不同。

她父亲去了哪里？

她随着叽叽喳喳的人流走着，很快就挤到一群穿着风格互搭衣服的女人中间，她们时不时爆发出一阵尖锐的笑声，旁边还有一个矮胖的男人，莱亚估计他再过二十年就会出心脏问题。日光透过头顶的大天窗洒进房里，在人们的额头上跳跃。房子里充满了呼吸声和交流声。

然后噪声毫无征兆地消失了，人群都站定了。就连莱亚身旁那些穿闺密服的聒噪女人也转身面向同一个方向，像海猫一样望着。莱亚也跟着转过身。

这时她才注意到那个箱子。箱子摆在舞台上之前音乐家表演的地方，下面是一张装饰着树叶和小野花的桌子。箱子差不多和莱亚一样高，大概有咖啡桌的宽度，好像是由纯玻璃制作的。

"她是不是很美？"其中一个女人低声说。其他人低声应和着。

她们在谈论箱子里的女人，胳膊整齐地搭在肚子上，脚向上。她很漂亮。从莱亚站的地方能清晰地看到她的轮廓：小小的圆润的鼻子，丰满的嘴唇，皮肤如秋叶般的颜色。莱亚想，如果她睁开眼，一定是黑色的。

"我听说并不容易。"又有人低声说。

窃窃私语的声音比之前更轻，但是人都挤在一起，莱亚还是能听到她们说的什么。

"他们——对自己——动手的。她是自己动手，自己。"第一个说话的女人低声说，"我听说是这样的。"

几个女人接下来叹息的声音太大，不光莱亚，很多人都扭过头来看。

女人嘟囔着道歉，又继续低声说着，这一回几个人挤到一起，莱亚就再也听不到她们说的是什么了。

就在这时，一个身穿红色长裙的女人走上台，衣服上嵌着小亮片，闪闪发光。

"大家好，感谢今天聚集到此地。"她说。

人群一片寂静。

"我在房间里看到很多熟悉的面孔，有很多我珍视的人，当然也是多米尼克珍视的。"女人顿了顿，把红酒杯放到箱子上面，玻璃碰撞发出悦耳的声音，"但是我也看到一些新面孔，不熟悉的面孔，好奇的面孔。尽管有很多人我不认识，但还是很高兴你们能来这里。多米尼克也会很高兴的。各位有一些知道这一切都是多米尼克自己策划的，小到你们收到的那份请柬的字体都是她设计的。音乐、装饰、食物——她希望这能成为她举办的最好派对，你们都知道她在俱乐部的岗位上组织了很多派对。"

人群低声应和。有些人鼓起了掌，但大多数人都是安静的。人们陷入沉思，大多数都充满敬意。头顶的吊扇轻声地响着。

"多米尼克代表了我们大多数。她是一个忠心的战士、俱乐部成员、女儿。如你们所知，因为她的数字，所以会最先参加强制延寿理疗实验的最新疗程，'热爱生命'的那些人都拼命去争取的权利。当然要等所有的小问题都解决才行，内阁就要靠多米尼克这样的小白鼠帮助他们完成这些工作。第三波浪潮，他们这样称呼这个潮流。她本应该今天接受第三波浪潮的理疗。谁知道会有什么副作用呢——最好的状况是错位，最糟糕的可能会出现身体缺陷。即使没有副作用，嗯，也要受尽数千年甚至更久的强制生活，小心翼翼地被保护起来，被当作所谓的永生人护起来。"

莱亚周围的人们摇着头，交叉起了胳膊。

突然之间她喘不过气来。屋里的热空气猛烈地冲击着她，沉重而压抑。她四处搜寻着出口，但是房间里挤满了人，她恰好落在中央。她心中越来越慌。

"谁是多米尼克？"她问身旁的一位女士。

"这么说可不好笑。"旁边的女人厉声低语，"这或许是个派对，但是我们来这儿也是为了表达敬意的。"她刻意转身躲开莱亚。

表达敬意。尽管阳光从天窗照下来，但是莱亚的手突然变得冰冷。

"多米尼克短暂的一生比想要榨干她的那些所谓永生人要有意义得多。有人曾经说过，死亡是人生最好的发明，我知道说这些是多此一举，但这句话还是值得牢记。"

鼓掌。箱子里的女人——多米尼克——没有鼓掌。她什么都没有做。

那就是死亡的模样吗？那么安宁，那么有生气？或许她还活着，整件事不过是一段令人恶心的恶作剧，不洁人做得太过的反抗。从莱亚站的地方能看到多米尼克的脸颊丰满温润，手指在身体两侧温柔地弯曲着。

但是当男人上台之后，莱亚知道一切都是真的。那个身穿燕尾服的男人脸上不再有笑容。

"多米尼克，"他说，"亲爱的，我真希望不用这样。"

穿礼服的女人尴尬地瞥了他一眼，但随后拉住他的手。然后他身子往前靠向她。

"你母亲和我会想念你的。但是今天再次颂扬你的决定，赞美你为其他想要随自己所愿生死的人带来的激励。"

人群里有些骚动。莱亚感觉他们应该不太习惯这种忧伤的表演，他们来这里是为了寻求快乐。

顿了很长一段时间，他把手从脸上挪开。他的表情又快活起来，眼睛眨着，显出酒窝。然后他微微点头，接着咔嗒一声。水开始充入箱子，浸泡了身体。

"他们在做什么？他们打算做什么？"莱亚意识到自己不自觉地抓住了之前斥责她的那位女人的胳膊。那位女士又看向莱亚，脸上依然是同样的不耐烦，但是这一次脸色稍微温和了些。

"哦，亲爱的。你是第一次来吗？谁邀请你的？"这一回她露出同情的目光。她伸出一只手稳住莱亚颤抖的手指，"都很干净，整个过程。是某种化学药剂。在激活之前，什么都不会发生，你什么都看不见。"

多米尼克的母亲又开始说话了。"作为俱乐部领导人，多米尼克留下了很重的担子。但是我们很高兴，不，很荣幸，某个很特别、很有能力的人将接任她的职位。你们中很多对这个人也有所了解，她是一位很有天赋的音乐家。现在有请她登场。"

她刚登台的时候，莱亚并没有认出她来。她的脸如骨一样白，在身上那件淡金色礼服的衬托下显得更白了。她抓着小提琴，就像拎着一个新生儿。她的琴弓碰到琴弦，三天前她们一起听过的音乐响起，这时莱亚才意识到是她。

多米尼克的母亲把红酒杯举到打开的箱子上方。她低头看着女儿的身体，然后好似后知后觉，伸出另一只手，抚摩了她的脸。她的脸上没有悲伤，只有莱亚认为是自豪的神情。她的手腕轻轻一抖，把玻璃杯里的液体全倒进了箱子里。深紫色的液体在清澈的液体中漂浮了一会儿，然后就散开了。箱子里的液体颜色变得越来越深，直到最后女孩——女孩的身体——再也看不见了。

你什么都看不见。女人的话又在莱亚脑中闪过。

安雅完成演奏的时候，箱子里的雾气恰好开始冒出来，美丽的红色云雾，好似一个小小的生态系统在储存雨水。最后一个音符悬在空中。沉默。然后爆发出雷鸣般的掌声，从四面八方涌来。

第十九章

仪式结束之后，乐队又开始了表演。人们跳起了舞。音乐和之前一样令人振奋，但是莱亚却没有心思再听音乐。一小时前还令她激动不已的音乐，现在已经变得单调刺耳。

她感觉好像血从身体中流了出去。愚蠢。来这里真是太愚蠢了，更愚蠢的是被光鲜亮丽的表面吸引了。她身处自杀俱乐部的派对。莱亚想到那些视频，高个子的匿名男子，麦色头发的女人，见过面的那个马斯克家族的人。她环顾四周，看着这些人漫无目的地乱转。是他们中的某个人组织的这些死亡吗？谁录的像？她战栗了。

尽管如此，莱亚还是没有离开。

安雅从舞台上下来。她身上有些不同——尽管她的脸依然苍白，但是身体更笔挺了，步子也更坚定。她抓着小提琴琴颈，好似拿着武器。莱亚注意到她的锁骨很明显，撑着礼服的肩带碰不到她的胸部，在下面形成很深的阴影。

人们和安雅聊着。莱亚看着他们围拢到她的身旁，和她握手，拍拍她的肩膀，礼节性地拥抱。安雅似乎没有说太多话，但是她微笑着、微笑着，点着头，脸上洋溢着自豪的神情。

最后祝贺的人群散去，拿着各自的高脚杯，去听音乐或去屋外享受阳光。莱亚还从远处观察着安雅。最开始安雅独自站在那里，打量着人群。但她一个人没有待多久。很快就有一个高个子女人向她走来，那个女人留着黑色头发，打扮整洁又有些花哨。她肤色惨白，脖子处能看到绿色的血管。她的双眼是蓝色的，水盈盈的，似乎有些模糊。她的嘴唇是深紫色的。莱亚看到她说话的时候，牙齿洁白却异乎寻常地大，有些龅牙突出的感觉，除此以外，她的嘴还是很精致的。

女人低头和安雅说话。莱亚能看到她的嘴动得很快，兴奋异常，毫不停歇，但是她听不清都说了些什么。安雅微微歪着头，好似在听。她时不时点点头，或问了一个问题。女人滔滔不绝地说着话，这时她边说边比画着，长长的手指绷紧了，不停地动着，扇起周围的空气。终于，她不再说话，安静了下来。安雅也沉默了。她正盯着女人头顶的空旷空间看着，好像在思考什么。过了几秒钟，她又面向女人，摇了摇头，很果决地拒绝。莱亚有些期望高个子女人继续说些什么，但她再也没有开口。相反，她紧闭着精致的双唇，弯着指头，握成拳头。然后她伸出手，和安雅握了握，转身走开了。

高个子女人刚离开不久，就有其他人过来，这一次是个男人，很胖，黄褐色的皮肤，光头头皮闪亮，好像擦了油一样。新来的这个人也和之前一样——他说话，安雅听着，偶尔问一个问题，然后停顿，思考。不过这一次，安雅思考了很久，然后看向他，点了点头。那个男人也点了点头，缓慢地、反复地点头，抓住她的手，然后走开了，边走还边点着头。

莱亚看着不同的人来找到安雅，每次一个人，看着这种场景不断地重复。她观察着他们说话，安雅倾听，他们等待，安雅点头或摇头。很快莱亚就把这当成了一种游戏，推测和安雅说话的人得到的回应是"是"还是"否"。她意识到答案与请愿人的模样没有太大关系——"是"或"否"之间并没有任何规律可循，不过线索都在安雅脸上。她倾听的时候嘴唇紧闭，脖子歪向一侧，凝视天空时停顿很久——所有这些动作都意味着"是"。

莱亚沉醉于观察安雅，根本没有注意那个熟悉的伛偻身影向安雅走去。那个男人开始说话的时候，莱亚的注意力才落到他的脸上，她看到那是她的父亲。

他和之前几个人一样对安雅说着话。莱亚这回观察着垣内，莱亚第一次注意到他说话的时候双手挥动，像一位雕塑家在雕刻着隐形的黏土。安雅仍然倾听着，又问了问题，接着又停下来思考。

没等安雅回应，莱亚就知道了结果。她从安雅放松的肩膀、舒展的眉头、嘴巴的形状就能看出来，不管她父亲说了些什么，安雅都会同意，不管他提出的是什么要求。尽管如此，当安雅终于向他点头的时候，还是有一阵恶心的感觉不期而至，从她的胃部开始，传导到脊柱，扩张到肺部，勒紧了喉头，像寄生虫一样啃噬着心脏。

她父亲和安雅交谈过之后，走向一个角落，独自站着，观看着乐队表演。没有人和他说话，他也没有和别人说话。

一年里这么晚的时节很少会这么热，房里挤满了人，到处都是闪着汗珠的眉毛和黏糊糊的脖子。尽管如此，莱亚的双手还是冰凉的。她在人群中移动着，感觉自己像是在梦境中飘荡。

最开始他没有看见莱亚。但随后看到她的时候，目光也只是从她脸上一扫而过，并没有认出她。毕竟，他根本没有想到会在这种地方遇见女儿。

但是当莱亚站到他身前时，他吃了一惊。他眨了眨眼，摇着头，眉宇间显露出痛苦和悲伤的神情。

"原来是因为这个，这就是你回来的原因。"她说。

"莱亚，"他环顾四周说，"你在这里做什么？"

她摇着头。"我不敢相信——"莱亚的话说到一半咽了下去。她感觉眼睛有些发紧，喉头一热。

"你不应该来这里，莱亚。"他压低声音说。

"你回来是要自杀的。"她直截了当地说。大声说出来的话反而失去了力量，变得可悲，变得懦弱。但是她的双脚依然冰凉，双手还在颤抖。

"听我说，莱亚——"

"你回来是要自杀的。"她重复了一遍。

她父亲沉默了。他们在那个拥挤的房间里面对面站着，像两座孤岛，站在流动与喧嚣的大海上。垣内再次开口，话说得很急。

"他们几十年前就停了我的福利。他们这样做也不意外。我是个逃亡者，不是热爱生命的人，在他们的序列里排得很靠后，可能性很小。我从黑市里买到替代器官，未获许可的器官。"他说得很快。他伸手按在下腹部。"先是我的肾脏。这倒问题不大。也不会成为问题。不，问题在……"他抓住莱亚的手腕。他的手指瘦骨嶙峋，却很有力。他拉住她的手放在他的胸前。"我的心脏。我没有听健康的指导建议，想都没想，就换掉了。随后我发现他们不允许任何超过一百五十岁的人安装替代心脏是有道理的。"

莱亚的手掌触摸着他的心脏，感觉到温暖的跳动。她感觉到洁白的衬衫下，父亲的护心毛在热气中有些潮湿。

"我错位了。"他说，还保持着之前低而紧迫的声音，"你知道这意味着什么吗？"

莱亚把手挣脱开。

"一切意识都将消失，但是我的身体仍将活着。我的心脏会不停地跳动，我的身体能够存活下去。我将变成一具躯壳。大脑死亡，但或许不会死，或许陷入混沌。谁知道呢？"她父亲仍然抓着她的手，"我很可能会被送往一座农场。我的身体将变成营养基，循环利用，培育出新的合成器官。而我的大脑——谁知道呢？他们说在那种状态下是没有意识的，但是如果他们错了呢？如果只是困于其中，又瞎又聋，不能说话，再活一百年呢？"

莱亚的手攥成拳头。"医疗技术每天都在革新。你根本不知道会发生什么。"

他眨了眨眼睛。"但他们不会——"

"为了自救你在做什么？为了证明自己值得享有这些资源你在做什么？你为什么要秘密潜逃，为什么要卷进这个，这个——"莱亚挥手指了指人群，指了指安雅之前表演的平台，之前装殓多米尼克的箱子所在的地方，现在已经空了。

"而且，"她一脸厌恶的表情，好似要彻底摧毁某样东西，"如果你真的想死，根本就不用回来。如果你能买到黑市器官，也能买到黑市T丸。为什么还要劳心劳力回到这里？不，我知道你来这里的原因。你喜欢宏大的场面，你想要感觉自己很重要。就好像你的死能有某种……意义似的，就好像你的死不同于之前成千上万、万万千千的死亡，就好像你的死和塞缪尔的不同。"

她血气上涌，激愤不已。她喘着粗气，脑袋很疼。她以为父亲会发怒，会愤然离开，会再次从她的生命里消失。或许这正是她想要的。

但是他只是摇了摇头，缓慢而悲伤。

"是的。或许你说得对，莱亚。"他说，"意义。来这里，来俱乐部的人，没有单纯求死的。我们都希望能感觉在为某样事情奋争，为一项比个人生命更重要的事情努力。或许你是对的。或许我们只不过想感觉自己是重要的。"

他顿了顿，手从胸口落到身旁。

"但是我说真的，塞缪尔死的时候，我离开的时候，我真的努力过。我努力像他们说的那样充实地活着。我旅行，与人交往，在面包房、在工地、在办公室工作。我尝试着去信仰永生。我真的努力过。正是因为这个，他们砍掉我的福利之后，我依然会寻求安装替代器官。我想，或许，如果我真的能说服自己相信这一切，就能回到你和你母亲身边，或许我们就能永远生活在一起，从此过上幸福的生活。但是日子一天一天地过去，一切都太迟了。"

莱亚能感觉到自己心底如一团乱麻。

"你能理解的，我知道你能理解的。"

莱亚摇摇头。"我不理解。我一点儿都不理解。这样做是反自然的，很自私。不洁。"

她父亲悲伤地望着她。"那德怀特呢？"他说，声音那么轻，莱亚都不确定他有没有说话，"医院的事情呢？"

呼吸变得困难。人群从四面将她团团围住，音乐震耳欲聋。

"你能理解的，莱亚。在内心深处，你和我是一样的。"

第二十章

奥帕尔喊他的名字的时候，眼睛闪闪发光。

德怀特从座位上抬头看，瘦瘦的脚踝在桌下搭在一起。莱亚第一次注意到他的眼睛不是蓝色的，而是淡淡的白灰色，睫毛颜色很淡，近乎透明。脸颊上散布着雀斑，乍一看是一些红色的点点，会被误认作痘痘。

全班人都期待地看着。奥帕尔今天会做什么？有时她对别人的侮辱像精心打磨过的飞镖，尖锐到可以杀人；又有时像纸页的边缘，无伤大雅，但若抛出的角度恰当，却也锋利无比。

"德怀特，你有女朋友了？哼，德怀特？"她继续说道。

气氛一下子没了。这是一个老笑话了，他们以前用过很多次了。

德怀特礼貌地摇了摇头，就好像第一次有人问他这个问题时一样。他的手指在桌子下面，抓着卡其裤，裤子紧紧地箍在畸形的膝盖上。裤子用一条棕色的皮带束在腰间，莱亚的父亲才会这样穿扮。裤脚的地方翻起来，露出棉绒运动裤。

"但是你想要一个女朋友，是不是啊，德怀特？我看你是想要的。你有一颗浪漫的心。你会对女士好的。"

或许是因为其他人不再关注，或许是因为奥帕尔的黑眼睛太漂亮，会被误认为心地善良，或许是因为他想都没有想，德怀特小声说："是的。"

"你当然想啦。"她的嘴角慢慢露出笑容，"你知道我觉得谁愿意做你的女朋友吗？"

德怀特摇摇头，眼里噙着泪花。他的嘴唇张开，露出一排歪歪扭扭的牙齿，暂时还没有做过矫正。

"真不敢相信你会不知道。没事，我想也够明显了。"奥帕尔咯咯一笑。其他人这时也不再聊天，又回来看热闹。

"我见过她在课上盯着你看，都快流口水了。你没注意到真是太奇怪了。"

德怀特本可以低头看自己工整的作业。他可以找个借口上厕所，等到老师来了再回来，这也是他最常用的逃避方法。或者他可以保持沉默。但是或许他看到奥帕尔眼中的贪婪，感觉到这一次他不是真正的目标，这一次不是。或许是她语调中那一丝狡黠的语气，或许是她看他的方式，就好像他是朋友一样。他想要取悦她。

"谁？"他大胆地问，"是谁？"

"她很害羞。你们是天生一对。"

她已经不看德怀特了，目光越过他。

他和全班同学一起转过头。这时他们都看着莱亚——呆呆地坐在课桌前的莱亚。

她也盯着他们，但并没有多大的兴致，好似眼前是一块屏幕。莱亚孩提时，有时会感觉周围的人和事都身处一场宏大的表演中，大家演戏，让别人乐和，她很难理解其内在逻辑。现在就是这样一个时刻。

"不是吗，莱亚？"奥帕尔说，这时她的声音大了起来，"你一直渴望着德怀特。不用谢我，我知道你们这对小情人靠自己肯定做不出什么事情来。"

莱亚假装没听到奥帕尔的话。德怀特的目光在两个女孩之间来回闪过。

"你为什么不向她表示一下，德怀特？"奥帕尔猛地站起身，座椅的金属腿尖声划过磨光的地板。奥帕尔环视了同学。他们都很顺从地窃笑着，还有个人吹起了挑逗的口哨。"亲她。亲吻脸颊。"

奥帕尔向前逼近，德怀特向后靠到座位里。他已经不像之前那样大胆，细细的白皙手指抓住椅子的边缘。莱亚注意到他的指甲有她的那么长了，指甲里是灰色的泥垢。

奥帕尔在他身前站定。

德怀特不再直视奥帕尔。他盯着莱亚，双唇还张开着，像一条蠢鱼一样。他的脸比平时还要苍白，简直不可思议。

"我没有喜欢德怀特。"莱亚说。

这句话说出来比她的本意更显轻蔑。好似整件事都很可笑，很幼稚。她平时都是这么说话，或许也是她没有朋友的原因。

奥帕尔扫视了四周。"你当然有。"她开心地说，然后转向全班同学，"我们都看到你对他眉来眼去。得了吧，不要让大家失望。"

拥护她的人点头附和，咯咯地笑着。奥帕尔转头看向莱亚。"而且，你那预期寿命不足一百岁的哥哥怎么样了，我们都知道你需要帮助。"

德怀特仍然一动不动。奥帕尔抓住他的手。他顺从地站起来，像一头圈养动物一样被她牵着来到莱亚身旁。全班人都在起哄，哄闹的声音比以往都要盛。他们以前看着他的时候不会这样，他们从来没有为他起哄。

他们站在莱亚身前。德怀特盯着她浓密头发覆盖的肩膀。他们靠得很近，他都能闻到她身上的味道。

"你打算就站在这里吗？"奥帕尔嘘了一声。

德怀特顺从地靠向前，脸凑到莱亚光滑的脸颊旁，嘴唇紧闭着，像在电影里看过的那样。他闭上眼睛，或许等待着触碰的那一刻，期待着起哄和欢呼的声音环绕自己，等待着莱亚温暖的拥抱。

但是这时，紧闭的双唇并没有触碰到温暖的皮肤，而是受到重重一击。

那声音令莱亚回想起之前一个春天眼见河流化冻的情景，大块的冰破裂，向下游冲去。德怀特身子向后一仰，又一仰，双腿绊到金属的椅子腿，胳膊砰的一声撞到木头上。他倒在地上，湿乎乎的东西从他脸上流下来。

莱亚低头看着地上的男孩，手仍然握成拳头。世界仿佛都慢了下来，好似从屏幕里冲向她，把她抓进一个虚拟的宇宙中，那里充斥着同学的嘲弄和一个苍白的男孩呼到她脸上的热辣刺激的气味。她内心那一点常燃的火苗，那一点总想腾起来的小小火焰，此刻熊熊燃烧起来。

突然之间，看到男孩躺在地上，嘴唇上布满血丝还不够。莱亚压到他身上，一手抓住他瘦骨嶙峋的肩膀，另一只手握成拳头，结结实实地打到他那长满雀斑的鼻子上。就好似她能看清他的骨架，那些形状复杂的骨头凑到一起，拼接得那么完美，令她愤怒。她一次又一次地挥拳。直到老师把她拉开，她才听到同学的尖叫声和哭声，感觉到指节上滑腻的鲜血，感觉到膝盖上的瘀伤。

她被带走的时候，其他孩子都远远躲开她。有些哭着，有些沉默着，脸色惨白。除了奥帕尔，没有人敢直视她的双眼。奥帕尔坐在椅子上，好像在平静地等待着上课。奥帕尔直勾勾地瞪着莱亚，嘴角露出一丝满意的微笑，好似确认了某件事情，好似她一直都知道是这样。

事件——莱亚的母亲是这样表述这件事的。只看幽竹的面容，你看不出她有多大的能量。莱亚纤瘦的身材和窄窄的肩膀，温和且像犬类一般的眼睛都是继承幽竹的。幽竹走路很轻，好似在蛋壳或水上行走，她的一举一动也都得体有分寸，小心翼翼。她给人的印象就像一件易碎品，特别是站在身体健壮、四肢发达的丈夫身旁时。

但是一旦她开口说话，人们就会看向她，倾听起来。他们都会不由自主。这和她的声音有关，比你期望得更深沉、更慢，是能够促使世界都屈从于她的意志的声音。她会在每一段话里都渗透自己想要的意义。所以当她说"事件"，说出这两个字的时候，舌头像打了卷，听众都听得有些恍惚。听起来好像在说"事故"，可怜又可爱的莱亚遭遇的一场事故。

虽然幽竹没有在内阁工作，但是她的工作也算次优选（"次"字用她的语调说来就好似失去了效力——其实就是优选）。人力资源公司全球智库的高级副总裁，也是内阁少数几个优先选择的供应商。

多年之后莱亚才将突然邀请的一波又一波人参加奢华宴会与之前发生的事情联系起来。她一直没有弄清幽竹是怎么做到的，但是最终内阁有足够多的人赞成她将之定为"事件"的想法，同意不把这件事放进莱亚的永久记录里。

她在面谈的时候说了该说的事。这很简单，母亲已经为她打好了基础。莱亚不断复述，在不同的闪亮的办公室里重复着同样的故事，墙上挂着同样的内阁海报，桌子上摆着同样的宣传册，医生的面孔模糊成一团只能看见热心关切的表情。她给他们讲了霸凌的事情。她告诉他们自己感觉陷入绝境，受到恐吓，身陷危险中。她给他们讲了哥哥去世的事情，讲了她还会半夜惊醒呼唤着他的名字，却发现他已经不在了。

经母亲的预警，她本来预想要面对的医生会是一脸严肃的女性，在一间空荡荡没有玻璃的办公室里进行盘问，女人会毫不留情。但是最后出来的却是几位健谈的年轻男子，鬈发，眼睛的色彩美丽动人，房间里的书架上还摆满了盆栽植物。他们全神贯注地倾听着她，头专注地歪向一侧，偶尔用老式圆珠笔记下她说的一些重要内容。她走进房间的时候，他们为她拉出了椅子，询问了她母亲和宠物金鱼的情况，还给了她茉莉花茶。

应激性爆发事件——这是经过几个月的诊断之后得到的结果。听到结果之后，幽竹紧紧握住双手，抬头望天，好似在感谢她不相信存在的某种生命。

"C级病症。"母亲用她一如平常的语气说，一切都按计划进行，"这意味着是急性的，不是慢性的，也不是更糟糕的基因问题。可治疗，更重要的是，不会影响她的记录。"

"他们用了这么长时间才弄清楚？"垣内坐在沙发里评论着，"莱亚揍了一个想要对她动手动脚的孩子，有什么大不了的。当然，像他那样头撞到地上很不走运。但我还是觉得这是她应有的权利。"

"莱亚把一个男孩打进了医院。"幽竹不耐烦地说，"严重的头部创伤，骨折，要做整容手术。十一岁就要安装替代器官。他现在还处于昏迷状态，他们说他可能脑死亡。她本可能受到更严重的指控，甚至被看作——不洁。我真不明白，你竟然能把这一切当笑话看。"

不洁——莱亚在脑中反复想着这个不熟悉的词。最近几年她听到有人偷偷小声说过这个词，看到身穿剪裁得体的裙装的女人——和幽竹穿的裙装不同——在早间脱口秀节目里讨论不洁行为。这是一个很严肃的、成年人用的词，令她害怕的词。不洁、不洁、不洁。莱亚能听出母亲话语里的深意，如果不是靠她的关系和辅导，难以想象结果会是怎样。这种潜在的不同结果一直如阴影般暗藏在莱亚的想象中。

接下来一年里，医生会监视她，以确认诊断结果。在这段时间里，她把母亲那些晦气话藏到大脑深处，也不理会她紧张兮兮的乐观态度，重新编了自己的故事。她说了太多次，自己都信了——都是他们的错，不是她的错。她的同学残忍、无知、不顾及他人。她只不过像一头困兽发起了攻击。一只毛茸茸的白色兔子，长着比云彩还柔软的皮毛，浮现在她脑中。她没有错，她根本没有错。

看起来好像一切都解决了，幽竹把问题解决了。但是有一天晚上，莱亚和父母围坐在餐桌前吸食营养餐，幽竹说她想莱亚应该去医院探望德怀特。已经过去六个月了，虽然他的身体状况已经稳定了，但还是处于昏迷中。

莱亚放下营养餐。她的双手冰凉。那个男孩的脸在她面前闪过，苍白的脸上沾了血，鼻子也歪了。她不想再见到他。

"如果能给他带些东西会好些，或许可以带一个果篮之类的。可以留在医院的东西。"幽竹说。

"什么，这破事还有完没完了？"垣内质问道。他用勺子从碗里挖着幽竹倒进去的营养餐。从那个事件之后，他一直都在努力配合幽竹，或许因为莱亚爆发的原因之一是医生所谓的"家庭环境机能失调"。但他还是忍受不了用吸管从碗里吸营养餐。这样让他感觉像是个孩子在喝果汁，他说。他要用餐具，像个正常人类一样吃饭，感谢理解。

"这样会有帮助。"幽竹目光坚定地说，"记住，诊断是条件性的，她还在被监视中。"

"这个诊断一开始就是胡扯，我不明白为什么——"

"我会去。"莱亚打断父亲的话说，"我想去。"她强忍着撒谎说。

垣内看着她。"你确定吧，莱亚？不要受他们的压力影响，就听凭摆布。你不用向任何人证明任何事情。"

她从过去几个月的经历了解到父亲是错的。事件之后，她要向所有人证明自己。她要不停证明自己，一遍又一遍，要持续很长时间。

"我知道。"莱亚说，"我真的想去。我想看看他——德怀特。"说出他的名字都令她感到一丝恶心。

父亲端详着她的表情。她感觉父亲能看透自己。

"那好吧。"他慢慢地说，"我陪你去。明天早上就可以去。"

"好极了。"幽竹说。

他们忘记带上果篮，于是在医院里买了一束超大的百合花。花是纯白的，如蜡一般——"象征着我们为和解而来"。垣内开玩笑说——花瓣上沾上了明亮的黄色花粉。花美而奢华，但是甜腻的香味有很强的攻击性。莱亚不喜欢这些花，但花店里只剩下一些枯萎的玫瑰，所以只能选这束百合。

莱亚来过医院，在塞缪尔快要去世的时候。因此看到医院和平时常去的保养诊所完全不同也没有太惊奇，刺眼的灯光和药品的味道也没有让她惊慌。那是中心区最大、最有名的医院，所以德怀特的父母把他送到这里来也没有什么可惊奇的，就像莱亚的父母那些年把塞缪尔送到这里一样。

已经过去七年了，莱亚还记得餐厅在哪里，还记得厕所的门是向外开的而不是向里开的。身穿白大褂的男男女女匆匆走过走廊，她审视着他们的面容，心想着如果再见到塞缪尔的主治大夫，不知道是否能认出来。但是德怀特住在这所巨大医院的另一片区域。看过糖果颜色的分布图，垣内和莱亚走向通往德怀特病房的电梯。

莱亚抱着花。花束有她的半个身子那么大，高过了她的头。走廊里的陌生人都停下来冲她笑，亲切地问她是不是来探望谁。她点点头，也冲着他们笑笑，但双手却变得冰凉，有些不稳，她的胳膊也被花束压得有些疼。尽管如此，她还是抱着花，她不会请垣内帮忙。她不配陌生人这么友善的对待，莱亚在心里暗暗想。如果他们知道她来这里的原因，如果他们知道她的所作所为，走廊里的人都不会冲她笑的。

她是不洁的。

或许幽竹已经摆平了一切，或许医生受了蒙蔽，但是莱亚记得当时的感受——她打破德怀特的鼻子，把他推倒在地，听到他的头重重地撞到坚硬的地板上，但是她还没有停手。只有她自己知道每天内心那微弱的火光都在燃烧，随时都可能爆发出熊熊火焰，烧焦无瑕的外表和身边的人。只有她自己知道，伤害过德怀特之后那种感觉依然没有消失，反而变得更加强烈。

电梯在十二楼停了下来。

"我们到了。"垣内轻快地说道。他的情绪异常高涨。莱亚知道他是为自己才这样做的。她的心思父亲全都看在眼里，她知道父亲能看出自己内心的沉重。但是她也能看透父亲，父亲对她刻意的鼓励在她眼里也很明显，还有些令人心痛。

德怀特在1212房间。他们走过人流熙攘的走廊，护士拿着平板电脑，访客端着泡沫塑料杯装的饮料靠在墙角，莱亚边走边数着房间号。垣内和莱亚看起来与其他人没什么不同，一父一女，手拿鲜花，来探访家人或是密友。没有任何迹象能看出莱亚是个行凶人，谁都看不出他们此行的原因。世人都不会知道正是捧着白百合的那双手，重重落在德怀特白色的脸上。谁也看不出穿着洁白运动鞋的少女秀丽的脚，正是那双端向德怀特肋骨的脚，大人拉都拉不开她。谁也不知道德怀特是无辜的，不知道他没有任何恶意，只是个偶然遭遇不幸的人。

1202、1204、1206、1208、1210。他们到了，在德怀特的病房外停了下来。

垣内蹲下来，直视着莱亚。"现在我们还可以回家。"他说，"把花交给护士。如果你不想进去，就不用进去了。"

他知道吗？他已经预料到了吗？他有第六感吗？他是不是从莱亚的脸上看出了什么？莱亚摇摇头，但是她不敢说话。她抬头看向父亲，走廊里的灯光刺痛了她的眼睛。他那张熟悉的面孔，温柔又关切，让她备感孤独。她不知道该怎样向父亲讲述——德怀特诱发的感受，不期而至的暴力冲动，屈服于那种冲动的快感和畅快，还有之后的愧疚。不洁。

她鼓了鼓勇气，打开了门。她要进去，直视着德怀特的眼睛，道歉，然后把花放到他的床边。

但是她看不到德怀特的眼睛，因为他的脸上裹着纱布。一条很粗的塑料管子从他的嘴里伸出来，两条细一些的从鼻子里伸出来。他的胸部裸露着，有几处裹着绷带，其他地方裸露的皮肤上粘着细细的电线。胳膊的情况最糟糕，到处都是瘀青，莱亚数了数他每条胳膊上都接了七个不同的点滴针头，五颜六色的液体袋子绕床挂在上面。

"上帝啊。"垣内嘟囔着。

他十一岁就要安装替代器官。他们说他可能脑死亡。

垣内捏住鼻根，紧闭上眼睛。他好像在数着一到十。等他再次睁开眼睛的时候，双眼干涩，但也定住了神。

"这样有什么意义？"他低声说，"他们打算永远靠机器维持着他的命吗？"

他还在自言自语，这时莱亚爬上病床，把手搭在德怀特的胳膊上。他的皮肤冰凉，有点儿湿，瘀青遍布苍白的皮肤。莱亚意识到，那些瘀青不是她打的。上面遍布伤痂。她抬头看向接在他胳膊上的不同点滴，嘴里插着的呼吸机，维持着他的生命。

"换掉身体的每个器官？换掉大脑？"垣内还在她身后嘟囔着，手捂住了脸。

塞缪尔住院的时候，他也说过同样的话。塞缪尔很讨厌塞满机器的冰冷白色病房，里面只有塑料椅子可以坐。在他短暂的清醒期，他会问莱亚自己在哪里，对她说他想回家。她记得垣内试图建议把他带回家。但是幽竹却坚持让他留在医院，那里有医生随时待命，一旦出现意外会有人照料。孩子就要死了，还能发生什么意外？垣内那时问。但是他屈服了，塞缪尔一直住在医院。莱亚想，不知道他现在是否后悔。

突然之间，她很明确自己该怎么做。

莱亚拔掉德怀特胳膊上的针头，轻柔却坚定。她把针头整整齐齐地摆在一侧，然后探身去拔另一侧胳膊上的。垣内还在捂着脸自顾自地嘟囔着，没有注意到莱亚在做什么。

她发现呼吸机比较难拔掉。她可以使劲拔出来，但是她记得以前塞缪尔昏迷的时候，最后他们要拔出呼吸机的时候，管子在嗓子里嵌得很深，需要专业医生才能取出来。她不想伤害德怀特。

不，她现在不想伤害他。她内心的火焰已经灭掉了，她恐惧的暴力倾向已经被一种安宁的感觉取代。她在拯救德怀特。她确实伤害了他，但是医生、他的家人和整个世界都看不到，他们给他带来更多的伤害。德怀特已经不在那具躯体里了。

她的目光顺着德怀特苍白嘴唇里的塑料管子看向连接的机器。那台机器有一条长长的线插在墙上的插座里。她把插头从插座里拔出来的时候，满脑子想的都是塞缪尔。塞缪尔直到最后也没有机会再一次躺到自己的床上，没有机会感受微风从窗外吹来轻拂窗帘，没有机会听到楼下街上传来的汽车噪声和人们的喧哗声，但是至少他不用在这个残忍的白色病房里再忍受六个月。

但是令莱亚沮丧的是，即使拔掉了电源，那台机器还在低声响着，一直不断地、无情地响着。更糟糕的是，从房间里的某个地方爆发出一阵响亮的嘟嘟声。她站起身，从德怀特身旁躲开。

"你做了什么，莱亚？"垣内说，声音急促而焦躁。他迈步来到床前，看到从德怀特胳膊上取下的带血针头，染红了白色的床单。"上帝啊。"他说，"哦，莱亚。"

他低头看到拔下来的插头。莱亚听到他倒吸凉气的声音。垣内弯腰拿起插头的时候，时间好似放缓了，但依然不够。时间放缓得还不够，不能让她永久留在那一刻，一切都永远改变的那一刻。

医生从门外冲了进来。

第二十一章

他们坐在布兰科的车上，已经换完班，此时正在赶往轮渡码头的路上，安雅抓住布兰科的手。那天晚上她不能回家陪母亲。整整一周，多米尼克的面容使她心神不宁。多米尼克，从卧室的相框里向外凝视着。多米尼克，躺在玻璃箱子里。多米尼克，化作雾气。

安雅以前从未见过她。安雅加入俱乐部的时候，多米尼克就是领导人，但在那时，她就已经很低调了。她想如果自己能远离俱乐部，他们就不会跟进对她实施第三波浪潮治疗的威胁，但是内阁很顽固。安雅的指令主要由杰克曼夫人发出，她已经一百七十岁了，内阁的任何威胁她都不怕。但尽管如此。

她对多米尼克知之甚少，主要都是道听途说的。安雅想出拍摄第一段视频的点子之后，在她拍摄了第二段视频之后，有人给她邮寄了昂贵的阿根廷红酒，随附了多米尼克的手写留言，感谢她的辛勤工作。她的字迹是圆体，很女孩子气，有些老派，是旧时代孩子在学校里学的那种连笔字。她在留言末尾签了一个大大的"D"（"大笑"），又补了一个"XOXO"（"亲亲抱抱"），两人就好像是少年时的笔友，而不是管理不洁犯罪组织的积极分子。安雅一直好奇多米尼克本人是什么样子。

她一直认为总有一天会与她相见，但是现在两人永远也无法相见了。

她碰到布兰科，立刻就感觉到他手背的肌肉一紧，感觉到他虽然假装在看路，其实却在偷偷看自己。她的手指摸到布兰科的小臂。他的小臂温暖结实，令人感觉安心。她的手摩挲着他的肱二头肌，感受着上臂，那块皮肤光滑而柔软，就像婴儿的一样。她轻轻捏着，感受着布兰科在她的触碰下微微抖动，笑着这个动作展现的虚荣。

布兰科没有说话。她能听出来他的呼吸变得越来越慢，越来越浅。他也没有动，只是轻轻转动方向盘，靠边停下了车子。车子停下来之后，他的双手搭到腿上，看着她。

安雅吻住他的双唇，粗糙、开裂的双唇，但他张开双唇，里面的舌头却是暖暖的。他任由安雅亲吻，有些害羞。安雅忽然想到布兰科至少比她年轻三十岁——虽然他的头发已经稀疏，皮肤也起了皱纹，心中一惊。他的手温柔地把住她的膝盖，没有虚张声势，他的舌头一直藏在牙齿后面，随着安雅探索着他的口腔。他有些拘谨，有些犹豫。

安雅意识到，并非只有她多年未曾触碰过他人的皮肤。念及此处，她心里一软，对咋咋呼呼、粗鲁的布兰科也有了更多的爱意。布兰科在餐馆里讲一些低俗笑话，但私底下却怀念着早已过世的兄弟，没日没夜地工作，抚养兄弟留下的女儿。

布兰科的公寓比安雅的没有大多少，但是屋里的空气却清新凉爽，她敢说，白天的时候，这所公寓里一定是个亮堂又通风的地方。她想象着在窗边凌乱的日式蒲团上醒来，微风轻拂着她裸露的皮肤，清晨的房间里一片宁静。她要在这里过夜，安雅决定。

有了这样的想法之后，安雅转向身旁的男人，拨弄着他掌中的钥匙。金属钥匙碰撞在一起，叮当响着，直到她的手抚到他的背上，声音才停了下来。他们柔软的舌头搅在一起，安雅想着，如果和一个男人私奔，离开狭小局促的公寓房间，离开餐馆，离开俱乐部，结果会是怎样？把她母亲的躯体捐献给某个农场。她会和某个人在这样一所公寓里生活，有独立的卧室和客厅，有独立的小厕所和浴室。她会给邻居的小鬼上小提琴课。小鬼都备受宠溺，只有条件差一些的家庭才会这样惯着孩子，父母因为无法满足孩子的要求而内疚，会对他们过度补偿。

布兰科抽开身，大拇指搭在她的锁骨窝上。

"你在想些什么？"他问。

屋里很黑，安雅看不清他的脸，但还是能感觉到他盯着自己。

"你怎么知道……"她顿了顿。

"知道什么？"

"你怎么知道——任何事情，如何去做正确的事情。"

布兰科沉默了。他的双手搭在她的肩膀上，温暖而沉重。安雅感受着他结实健壮的身体，黝黑的皮肤，呼出的陈腐热气。她把他当成锚，锚定了她，把她固定在地球上。

"不要放在心上，"她慌忙说，"我刚才在自言自语。"她又把布兰科拉到身旁，大腿靠住他的大腿，一只脚轻轻地踏在他的脚趾上，宣称占有了他。

布兰科引她来到蒲团上，轻松地抱起她，翻到地上。然后他在黑暗中跪下，俯身对着她，抚摩着她的头发，大拇指摸着她的脸颊。安雅等待着他爬到自己身上，再次吻她的嘴。但是他没有，而是躺到她身旁，拉过来一张薄薄的被单，盖在两人身上。他们并排躺在黑暗中，默默地盯着天花板看了很久。他的呼吸粗重而平缓。她很喜欢这样的声音，长长的、充满活力的声音，气息从他的肺里进出，既不粗重，也不急促，也不会突兀地开始或结束。她以为他已经睡着了，结果他又开口说起了话。

"我想，"他语气和缓亲切，"不管你决定怎么做，你母亲都会理解的。"

然后他转过身，隔着衣服，温柔地吻了她的肩膀。

"晚安，安雅。"他对着她的皮肤说。

"晚安。"她应了一声，闭上了眼睛。

第二十二章

接下来的几周，莱亚没有父亲的消息，她也没有主动联系他。托德已从公寓里搬走，她过上了独居生活。经过派对上最初的愤怒和迷茫，她身体里的所有情绪似乎都消失了。这是一个天大的问题，令她无比沮丧，她不由得做起父亲第一次离开时学会的一些事情。她不去想这件事，刻意忽略这件事，假装这件事没有发生过。就好似在心底关上了一个开关。她屏蔽了所有与父亲、俱乐部或安雅有关的思绪，全情投入工作中，日出前就去办公室，晚上一直工作到最大工作量警铃响起才回家。

有一天早上，她比平时更早到办公室。早上那个时候，大厅里空无一人，空间开阔空旷，扫地机器人呼呼地转着圈。从玻璃墙往外看，天空还是淡淡的灰白色。还没有下雨，只有大风呼啸着从窗缝里吹进来。

她上了楼，在门口的控制板上输入安全码，灯倏地亮了起来。莱亚站定了，听取一片沉寂。她还记得姜刚聘她做初级分析员的那几年。那些漫长的日日夜夜，读报告、做项目、写建议。当时她还没有自己的客户，也没有独立办公室。她和其他分析员一样坐在办公室中央，四张办公桌拼在一处，好似一座大岛。他们差不多同期受聘，人都很谦恭，渴望讨好别人，敬畏周围井然有序的环境，敬畏玻璃门后严肃的男女，敬畏脚下的城市。

莱亚是四个分析师里唯一一个留下的。在健康之鳍就是这样的——要么升职，要么出局，姜总爱这么说，就好像这句话是他自己想出来的，和其他公司的陈词滥调大有不同。那时的生活并不容易，至少开始的时候不容易，那时人们对皮质醇指数还广泛存疑，甚至很不屑，黑眼圈和眉间纹还是非官方的荣誉象征，代表一个人有野心。那时还没有开启第二波浪潮，最大工作量训令还没有施行，人们的思维方式尚未转变，健康之鳍还和其他金融机构一样按同样的方式运转。莱亚坐过往返亚洲的夜间和全天航班，不停喝咖啡和功能饮料。她花上数小时辛苦制作向客户展示的图标和彩色编码，不遗余力地在繁杂混乱的电子表格里做模拟，那时还没有今天的智能程序。

她记得有一次连续三天凌晨四点离开办公室，她的脑子里充斥着数字，但又昏昏涨涨想要睡觉，马上就要到家的时候，突然接到一位公司合伙人的电话。她记得有些麻木地冲了个澡，换上了一套干净的衣服，带着一堆之前制作的展示材料，就直奔机场而去。

现在已经没有这样工作的分析员了。像这样拼命用职员与新秩序背道而驰，如今的文化要求小心保养、保持乐观向上、热爱生命，这些训条已经深入每一个成功企业的内核。

不管从哪个方面讲，生活都比以往好太多了。

尽管如此，过去的生活还是有一些值得称道的。莱亚记得在静寂的深夜里，其他人都已经回家，只有她和其他分析员留在办公室，看着屏幕上显现出的新模型，内心无比激动。她记得他们各自安静地做自己的事情，手指敲击键盘的声音如雨滴声一般令人宽慰。她记得作为新人帮忙买咖啡，预订营养餐，记得吸食营养餐时闲聊八卦。

莱亚默默地穿过办公室，没有走向自己的房间，而是来到分析员的办公区。现在公司里有三位分析员，刚完成博士后项目。他们聚在一间办公室里，但是据莱亚感觉，他们之间没有友谊。他们是一些古怪、紧张的生物，散发着一种奇怪的气质，既自信，又害怕失败，只有经过三十五年的精英学校教育才会培养出这样的人。

这时他们的房间是空的。莱亚在一台研究员终端前坐下，登录进去。

她在寻找什么？她也不知道，但是现在她知道自己为什么要来这里。是为了多米尼克的母亲在派对上说的一件事情：因为她的数字，所以会最先参加强制延寿理疗实验的最新疗程，"热爱生命"的那些人都拼命去争取的权利。第三波浪潮，他们这样称呼这个潮流。

过去几周里，这些话一直烦扰着莱亚，一个所有问题背后的问题。她首先要解决这个问题。

登录界面换了，但是键盘快捷键还和以前一样。她的手指渐渐找到以往熟悉的节奏。莱亚翻查了大量去年的市场数据，警惕着任何反常现象或峰值。这是一项催眠的沉浸式工作。莱亚动作很快，悄悄做着，成果带来的满足感促使她坐得笔直，双脚不由自主地晃了起来。

一小时过去了，两小时过去了。莱亚突然站起身。什么都没有。没有任何异常，连一丝第三波浪潮的痕迹都没有。

莱亚依然站在窗前，看着窗外斑驳的灰色天空，这时听到走廊里传来姜说话的声音。她转身看过去。从前台和其他办公区之间的隔断墙上方恰好能看到他的秃顶。莱亚听不见他在说什么，但是他说话的语调有些特别，于是莱亚打开分析员办公室的门，然后不由自主地溜到一个文件柜后面，正好躲开姜的视线。

"……但是很难说一定。完全取决于实际的预期资源效率，而那些暂时还没有公布。"姜说着。他是在打电话吗？

"嗯，是的。但是我丈夫……"有第二个人的声音喃喃低语。

莱亚从文件柜后面偷偷看去。姜和娜塔莉站在前台，头挤在一起。娜塔莉正在说话，声音很低，说得又急，莱亚听不清她说的什么。她边说着，手边在空气中挥舞着。姜慢慢地点着头，拇指和食指捏着下巴。然后，他伸出一只胳膊抱住她的肩膀。

"令人激动的年代，"他说，"第三波浪潮。谁知道呢，我们或许会见证历史性的时刻。"他朗声说。

娜塔莉露出了微笑。沾沾自喜、神气活现的微笑，但又不止于此。突然莱亚意识到是什么了——姜在听从她的安排。

他们走进姜的办公室，莱亚双臂交叉在胸前，脸颊靠到冰凉的灰色金属文件柜上。她现在记起来了——娜塔莉的丈夫是一名政客，在内阁地位很高。

第三波浪潮。这么说是真的。

她揉了揉眼睛，闭上了，努力把幽竹的声音从脑中赶走，努力思考。她知道自己没有机会了。在观察名单里不行，有托德告发她神秘消失也不行，她打碎玻璃杯威胁托德之后更不行。在她还在隐瞒她父亲的事时不行。

第二十三章

"你能加入我们真是太好了。"乔治说着，往平板电脑里输入一条记录。

莱亚微微点了点头。她已经错过一次吾康互助组的治疗课，说是被工作的事情耽误了。第二天，观察人又在她的办公室出现，一整天都在问询她的同事，了解她是否触犯最大工作量指导建议。姜气疯了，命令她严格遵守朝九晚五的上班制度。

莱亚筋疲力尽。从派对之后，她就一直没睡好；自她偷听到姜和娜塔莉谈论第三波浪潮之后，睡眠就更差了。

但是她不愿意来，最重要的原因还是安雅。莱亚想要恨她。想要生气，因为让安雅来到自己家，还告诉她自己过去的经历。她想要认定安雅利用了她，图谋她的音乐，或许就是要找个落脚的地方，或者谁知道她陷入怎样复杂的麻烦中？或许她也在逃亡，或许她说了谎，可能没有自己的住处，成天到处辗转，在一个不知情的人家里的沙发上睡完，又转移到下一个。她想要恨安雅，恨她同意帮助她父亲自杀。

但是等莱亚真的看向她时，她唯一的感受就只剩下空虚，与派对之后一直无处不在的空虚一样。她坐在乔治身旁，头发整齐地别在耳后。莱亚端详着她的脸，但是她的眼睛里和以前一样没有丝毫情绪，脸色也和以前一样憔悴蜡黄。她看起来不像是一个地下活动组织的新任领导人，不像是应该为莱亚父亲的死担责任的女人。

吾康互助组的治疗活动是重复的。至此，莱亚意识到乔治的"活动"弹药库是有限的，过几周就要重复一遍。那一周，他们又做了一遍"感激"治疗，乔治在平板电脑里敲着字，听着互助组的人说话，偶尔专横地咕哝一声。大多数人说的都和上一次一样。

莱亚观察着他们的面容。在她的注视下，乔治的自大变成了自我保护，苏珊的轻松活泼变成了令人咋舌的装模作样。莱亚开始隐隐地同情起互助组里的成员。或许，他们就和安雅一样，只是一群努力挣扎的人。

"你呢，莱亚？"乔治问。轮到她了。

他们都看着她。她心底有些不安在翻腾。

"我能问个问题吗，乔治？"没等乔治回答，她就继续说了下去，"你为什么要做这件事？吾康互助组，汇报，你为什么要做这些事情？"

乔治僵住了。能看出来他的面色突然冷了下去，封闭了情感，躲进了肥胖的庞大身躯里。

"你觉得他们会把你从名单里拿下去吗？"莱亚追问道，"有谁了解这个名单吗？谁决定哪些人进入这个名单？与分配预期寿命调整数的算法一样？"她环视了房间。谁都不愿直视她的双眼，包括安雅。

"行了，莱亚。"乔治的声音里透着警告的语气，"我知道你最近遇到了困难。这里的人都不易。但是没必要气急败坏，不是吗？"

莱亚盯着乔治。这一次她没有看到下垂的脸颊，油腻的毛孔，剪裁不得体的脱线夹克下浑圆的肩膀，破夹克松垮的接缝。她看到的是玳瑁眼镜后面双眼里闪着的挑衅的光，丰满双唇的微微颤动，衣袖褶皱上的汗斑。她听出他恳求的话里面有威胁的语气。但到底是什么？他有什么能够威胁她的？

莱亚突然有了一股不顾一切的冲动。"你是怎么想的？如果我们坚持这样做下去，每周都在此会面，反复聊着同样的事情，我们就能变成一个不同的人？我们就能赢回以前的生活？"

"莱亚——"乔治有些吃惊地叫道。

"她说得有理。"安布罗斯说，他的声音很轻，莱亚还以为是自己幻听了。但是其他人也都看向了他。

乔治突然转过身面对着安布罗斯，脸憋得铁青。

"你这是干什么，安布罗斯？"乔治说。他的嘴唇已经不再颤抖，目光变得尖刻冷酷。

"也不是完全没有道理，就是——就是我的意思。"安布罗斯的声音更轻了。他环顾了一圈人，寻求支持，但是没有人说话。

"好，"乔治在座位上换了个姿势，"好，好，好。你不是想闹吗？不扯感激了。我们来做一项很久没做过的训练，好吧？做点儿改变？"他的指节敲打着身体一侧。

莱亚注意到苏珊快速地眨着眼睛，嘴巴张着。

"命运之日，要不要换这个主题？告诉你们，我们就来这个了。"乔治继续说道，目光轮流转向每一个人，最后落到安布罗斯身上。

"不——不，老兄，不。"安布罗斯说着，把膝盖抱到胸前。莱亚注意到他的鞋子很奇怪，非常正式，擦得锃亮。

"快点儿，安布罗斯。"乔治换了一种莱亚以前没有听过的口气说，"你不想聊聊亚斯明吗？她在那把椅子上发现你时脸上的表情，当她发现自己的丝巾，你送的周年纪念日礼物——那么贴心，真的，很甜蜜——打成结，从天花板上悬下来的时候？"

安布罗斯的脸已经埋到膝盖里了。他的双肩颤抖着，好像是从身体内部传递出的动作，贯穿整个身体。其他人都沉默了。

"安布罗斯，"乔治继续说，"嘿，老兄——"

"别说了。"莱亚说，"别欺负他了。"

乔治转身看向她。"哦？你有什么要补充的吗，莱亚？"

莱亚的手在身旁握成了拳头。她心底涌起一阵愤怒，向上直冲过脊柱，冲向脖颈。她跺了跺脚，感觉整个世界都在顶着她。

"要不我们来说说你吧，莱亚？你的命运之日。快点儿，给大家讲讲，你不想让安布罗斯孤零零的，是吧？"乔治猛地闭紧双唇，嘴角泛起一点儿唾沫。

"什么，车祸？有什么大不了的？我横穿了马路，有什么大不了的？好像能造成极大的精神创伤似的。"她说。

"哦，莱亚，"乔治说，"你真的没有搞清楚啊。你还以为自己有什么特别的，可以避开所有这一切。"

"是谁觉得自己可以避开一切了？你只不过是个可怜的小人，在这里耀武扬威，在这些可怜的——"她环顾了小组的成员。突然之间，她恨他们所有人——安布罗斯微微弯曲的脊柱，苏珊和她那平剪的头发，索菲亚伸出到塑料椅子之外的大腿。

安雅还有她那瘦削的手腕，她的小提琴，她严肃的点头。安雅向莱亚的父亲点头，莱亚也恨她。

"德怀特，是这个名字，对吧？"

莱亚僵住了。

"是的，肯定是。"乔治语气平淡地说，嘴角露出一丝笑容。

"你说什么？"莱亚低声问。

"德怀特。"他又说了一遍，煞有介事，"你的命运之日。"

"你怎么——"

乔治低头看向自己的平板，翻动敲击着。"你真以为这些不会进入你的档案？"

"谁是德怀特？"苏珊说，"告诉我们，莱亚。给我们讲讲你的命运之日。"

他们都盯着她。她感觉能听到胸腔里心脏的跳动。就连安雅也盯着她。

莱亚站起身。

"互助会还没有结束。"乔治说，"你要去哪儿？嘿！嘿！"

第二十四章

　　莱亚冲出房间，往楼下走去，一步两级台阶。即使很匆忙的时候，她也会小心地一手扶住栏杆，以免摔倒。她暗自称赞自己的自控能力，但是就要走到楼梯底下的时候，手掌根部一阵剧烈的疼痛。她查看了一下手掌。一根肉眼几乎看不见的深色木头碎片，刺进了她的皮肤。莱亚看着，碎片已经从她的肉掌中挤了出来。很快木头碎片就像一条无害、无用的睫毛，落到她的掌心。

　　"莱亚，等等。"

　　喊她的是安雅，跟着下了楼。莱亚从她关切的语气和担忧的面容中感觉到一股难言的温暖。那一刻，莱亚想要拥入她的怀中，一起对抗霸道的乔治，把童年的黑暗全部吐露出来。安雅会理解的，莱亚感觉。她想到加氯水涌进耳朵里，两条小腿酸胀的感觉。

　　但是当安雅靠近了之后，两人一起游泳的记忆变为爵士音乐和焦肉味道的混乱片段。莱亚从安雅紧皱的眉头中看到了她对父亲一样的专注，就在她说"是"之前一样的表情。

　　"你想做什么？"莱亚说。

　　安雅耸了耸肩。她的羊毛衫太大，松松垮垮的肩部耷拉下来，好像一对翅膀。

"我只不过想看看你还好不好。"她说,"乔治有时会——呃,他也有自己的难处,你知道吧?不要往心里去。"

安雅看莱亚没有回应,就伸手拉住她的胳膊。

"我们都有自己的命运之日,用他的话说。"她嘴角露出一点点笑容。

她不懂,莱亚想。安雅不懂,莱亚和她不同,和他们都不同。在那一刻之前,那个事件已经九十年没有人提起了。这件事没有任何官方记录。

垣内担下了医院发生事情的罪责。他身高体壮,生活方式桀骜不驯,本来就有不太热爱生命的名声,因此很容易就把这件事算到他头上。给他打上不洁的标签算是又进了一步,但也是符合逻辑的。而且他本来就已经理想幻灭,不幸福,垂垂老矣。他不像莱亚那样宝贵。所有人都理所当然地接受了这个谎言,谁会去质疑这样一件事呢?一个十二岁的孩子,即使有一点儿暴力史,怎么可能如此病态、如此镇定地拔掉一个大脑受损者的维持生命的辅助设备?不,这些都是一个秘密不洁的人意图颠覆现有体系的举动。就连幽竹也信了,或许她并不相信,但也没有任何表露。

当垣内在保释期间消失了的时候,没有人感到惊讶。这样一来,幽竹处理起来就更简单了,她利用全球智库的关系,把一切罪责都编排到垣内身上,包括在学校发生的"事件"。她解释说,莱亚是个易受影响的孩子,和一个失控、不洁的父亲生活在同一个屋檐下,而且她还深爱着父亲。内阁全盘接受,于是莱亚保持了完美的记录。她仍然是第三波浪潮,永生人的首要候选人。

本可以是第三波浪潮的优先候选人,她纠正自己。

"你上周没来,但我还是要感谢你留我过夜,还和我分享了收藏的唱片。"安雅说。

莱亚突然意识到,安雅在派对上没有发现她。安雅不知道莱亚已经了解了她的身份,不知道那个穿着破烂运动装的高个子驼背男人是莱亚的父亲。

安雅不懂，莱亚和她不一样，她又想了一遍。她的脑中渐渐形成了一个想法。

"我很好。"莱亚说，"只不过——我不知道该做什么。他们想要我做什么？"

安雅点点头，她的手还搭在莱亚的胳膊上。

"我一直在想，"莱亚压低声音，"我最近看过一段视频，不洁人拍摄的。他们怎么称呼自己来着？那个俱乐部？"

安雅的表情没有丝毫变化，但是莱亚能感觉到她的手指有些紧张。

"我希望能和他们取得联系。"她继续说道，心怦怦地剧烈跳动着。

"为什么？"安雅说。她脸上露出问心无愧的好奇表情，专注的目光和派对上的一样。

莱亚耸了耸肩，学着安雅早先的动作。"我也不知道。或许只是犯傻，但是……"她顿了顿，"我感觉或许他们能够理解。"

安雅观察着她的表情。莱亚努力保持着平常的脸色，但是手掌里已经出了汗，颈部的脉搏也快了起来。安雅肯定会看穿她的，她想。

过了好一会儿，安雅清了清嗓子。"换个地方。"她压低声音说。她的手伸进挂在肩膀上的大手提袋里，四处翻找着。她回头望了一番，又转回头面向莱亚，把一样东西塞进她的手里。"如果你想找人聊聊，我就在这里。我想报答你的好意。"她说。

楼上传来一阵闷闷的鼓掌声。

"我得回去了。"安雅说，"我会告诉他们没有找到你，你已经离开了。"

莱亚点点头，手指握住安雅给她的卡片。"谢谢。"她说。

安雅笑了一会儿，眼神中充满了喜色，苍白的脸颊也似乎有了光彩。莱亚感到有些愧疚。

第二十五章

　　莱亚至少数了五十层楼，也算是个合理的高度。但是大楼的钢骨架是沉闷的灰色，窗户是紫色的，做了低端的紫外线防护。大楼位于原本宣传为新城区的地方，在内城和外城的夹缝中，当时预期寿命得到第一次大的飞跃，制药行业蓬勃发展。城里需要更多的空间留给没有退休的人住，留给不断扩张的医疗科技公司，该收获成熟的人口红利了。他们不断地建新楼，一直向海边修去，但是基础设施却跟不上节奏。很快道路就比以前还要挤，一天大多数时候乘车一小时仅仅能走五英里。人们发现几乎任何时候都是走路更快，特别是地铁也很拥挤，不得已还聘用了戴手套的操作员，帮忙推通勤乘客挤上车。他们称这是历史上最严重的市场规划失察，但那时一切都太晚了。他们不可能推倒摩天大楼来拓宽道路，地铁大修也要求轨道长时间关闭，将会导致整个城市瘫痪。

　　于是步行成为首选的通勤方式，中心区的大楼也越来越高，新城区——现在变成了戏谑的称呼——现在也还可以，因为中心区四百多层的摩天大楼要再加高也有个限度，但是这个城区从未达到城市规划者的早期雄心勃勃的目标。

　　莱亚一直想象内阁核心部门所在的大楼和她的办公室类似，在一区或二区，高耸入云，玻璃幕墙。但是，她拿到的地址就是这里。

前台是个深色头发的白人女人，装扮整洁，着装得体。裤腿上的褶痕在地面是人工压制的大理石的空旷大厅里显得有些格格不入。她看到莱亚走过来，在塑料椅子上挺直身子，露出灿烂的笑容。

"哈喽。"她粲然一笑。

"早上好，"莱亚说，"我来这里找AJ，或GK。抱歉，我不知道他们的全名。"

"当然。您是？"

"桐野莱亚。"

"当然。十五层，桐野女士，跟着指示牌走就行。"

她能在说话的同时保持笑容，着实令人惊奇。

莱亚等电梯的时候，大厅里的人多了起来。莱亚拖着脚步。还不算太晚，她还能离开。编一个来这里的理由——比如查看自己的案件状态。

她的手机响了起来。等她拿出手机，立刻认出上面的号码。垣内。她关上手机铃声，把平板电脑塞回手提包里。

她记得乔治说出德怀特的名字时，他眼中扬扬自得的神情，还有苏珊双手恐惧的抖动。她不要落得像他们一样的结果。现在不行，付出了这么多努力，不能放弃。

第一次当面询问之前，幽竹把莱亚的头发编成两条大辫子。辫子像两条温顺的蛇盘在她的肩膀上。

"我不喜欢辫子。"莱亚拽着辫子底部散乱的头发说，"它们看起来很蠢，让我看起来很蠢。"

幽竹在镜子里瞪了她一眼。莱亚不自觉地把手搭到大腿上。多年之后和托德讲起，莱亚将那个眼神描述为"很职业"，那么多年了她终于找到一个恰当的词描述那个眼神。幽竹给她的感觉总是更像雇主，而不是母亲，而那一眼——向下收紧下巴，眉头微微扬起——是她们的关系的范例。莱亚是他们家庭公司的雇员，要定期参加表演性质的问询，以决定她的价值。

"你为什么要做那些事呢？"

母亲问这个问题的时候有很大的不同。莱亚想过要告诉她。呆鱼、鱼鱼鱼鱼。那种身处一张隐形幕墙之后的感觉，远离周围——按照她难以把握的逻辑运转——的人和事物的感觉。在她内心郁积的火苗，出乎意料地燃起来，使她想要伸手去抓，去破坏，去感受。之后心软懊恼总会伴随而来，当时她还不知道那种情绪叫作羞耻。唯一能做的就是再去获取更多这样的情绪，因为一旦她停下来，就意味着她之前所做的都是错的。

她想过要告诉母亲。但是看着母亲完美的心形脸，头皮上竖起的核桃色鬈发在灯下闪着金光，莱亚就感觉话堵在喉咙里。她看明白了，即使她能说出那些话，母亲也会假装听不懂。她会把那些话重新说一遍，说出来就会变成她想要的意思。

于是莱亚耸了耸肩说："我也不知道。"

幽竹的脸上露出满意的神采。我也不知道这个回答她是能接受的。

"这样，"她认真地说，"他们在欺负你，是不是，那些可恨的小太妹？当然动手打人终归是错的，但是长期在那样的心理折磨下，任何人都可能会崩溃。"

莱亚点点头。

"试一试，记住，亲爱的。不要忘记任何一句话，也不用有任何担心。"

她感觉母亲的意志一如既往地浸漫在她周身，隐形的潮汐一点点地占据了她。

"从去年开始，"莱亚说，"最开始是些小事，流言、嘲笑、拖走我的椅子。"

幽竹点点头，捏了捏她的肩膀。

"最后他们无时无刻不在欺负着我。我的眼睛和肤色不搭配，我的头发发臭了。他们说我的头发——油腻，为什么总是那么油腻。"

莱亚继续说着，把德怀特的遭遇拿来用。她说啊说，说啊说，说啊说。幽竹开始抚弄着她的头发，显露出少见的爱怜之情。开了头之后，对她来说就简单了。

等讲到那个"事件"的时候，莱亚顿了顿。她突然回忆起德怀特紧蹙的眉头，颧骨微微的曲线，柔软粉色的下唇，淡紫色的血管在半透明的皮肤下交错。她第一次想到，自己到底是怎么了。

电梯终于到了。他们都挤了进去，等电梯的所有人都进去了。电梯哐啷响着缓缓向上，每一层都停。等他们到了十五层，莱亚在一群西装男女中间挤了过去。

白色的塑料指示牌挂在墙上，标注了每个人的名字和对应的办公室。AJ是从上数第五个房间，夹在AG和AJB之间。莱亚走过明亮的走廊，高跟鞋的鞋跟踩到纹理一样的红褐色大理石地面上，发出咔嗒咔嗒的响声，经过一扇又一扇同样的门。走廊里空空如也，但是从一扇扇黑色门门缝里传出各种忙碌的声音。电话铃声、催促声、拖动椅子的摩擦声和键盘的敲击声。盖过所有这些声音的还有一段曲调——《三角和蓝鸟叫声》，莱亚听出来了——从暗处的扬声器里播放出来。莱亚来到AJ的办公室门前，停了下来，听了听屋里的声音。她听不到门后有任何声音。或许他不在里面，或许她应该回家。

"进来。"一个声音喊道。

莱亚打开门。两张大桌子，面对面，几乎占据了房间里的全部空间。其中一张桌子后面是AJ，另外一张后面是GK。AJ似乎变壮了一些，他庞大的身躯塞满了小小的办公椅，外套手肘的地方有些紧。或者可能是因为房间太小，显得他块头大了？相反GK看起来比之前更瘦削、更憔悴，弯腰对着键盘，修长的手指敲击着黑色的方块键。莱亚进屋的时候AJ和GK都没有抬头。

莱亚等待着。他们还是没有说话。他们继续敲击着，盯着桌子上摆的多个屏幕。

她清了清嗓子。他们花了大量时间和精力四处追踪她，她自然就会以为，他们很愿意她能像这样出现在门口。

AJ抬头瞥了一眼。"桐野莱亚，"他说，"你来这里做什么？等等，回答这个问题之前先说你上周二穿的什么衣服？"

"什么？"她问。

"羊毛衫。是橙色的，还是黄色的？我们知道是一件圆领套头衫，橘皮一类的颜色，但是你能更具体一点儿吗？"

"你为什么——"

AJ叹了口气。"好吧，就是橙色了。"

这时他敲击得更用力了，猛敲着键盘，电脑屏幕都晃动了。

窗玻璃上挂了一张银框相片。莱亚认出上面是AJ，穿着同样的深色西装，站在一个四十多岁戴学位帽的人旁边。

"那是你的儿子吗？"她问。她居然会想象他是个居家型的男人，真是很难令人相信。

AJ停了下来，抬起头。他看着莱亚，然后看了看照片，慢慢地站起来，向窗玻璃走去。他把照片翻过去，正面朝外。

"好啦，"他说，"什么风把你吹来了，桐野莱亚？"

莱亚清了清嗓子。GK继续敲击着键盘。

"我要投诉。"她说。

"继续。"AJ说。他还看着她，但同时在桌子上拿起一个橡皮筋球，在手里把玩起来。

"要投诉乔治。我猜是我们小组的——领导者。吾康互助组。"

"我们不负责处理投诉。"AJ说着把橡皮筋球放回到桌子上。

"他失控了。他的作为——是情感虐待，催生皮质醇。我完全不能接受。"莱亚声音越来越大。

"我已经说过了，我们不处理投诉，治疗和康复是完全不同的部门。"AJ又转向屏幕。

"但是他威胁我。他提起——"莱亚停了下来。

AJ又抬头看了看。"德怀特·罗斯？"他说。

这么说他们知道。所有人都知道。

"是这个吗？那么再见，莱亚，我保证很快就能再见。"AJ皮笑肉不笑地说。

不，她不能让这种事情发生。她做了那么多努力。现在不行，不能在第三波浪潮的风口。

"等等，还有别的事情。小组里另外一个人，安雅——我不知道她的姓，她是外国人。"

"尼尔松。"GK说道，手还敲着字。

"我想她属于一个——非法组织，不洁，肯定是不热爱生命的。某种杀人的邪教，录制视频的那种。"莱亚说着这些话闭上了眼睛，但是安雅的面容出现在眼前，沉默着，责备的样子，于是她又睁开眼。

"自杀俱乐部。"GK说。他没有抬头，但是敲击键盘的速度变慢了。

"GK，"AJ用带警示的语气说，"感谢你抽时间来这里，莱亚。还有别的事情吗？"

"我不懂，我以为你们需要的正是这类信息。如果你们已经知道这个俱乐部，为什么不做些什么呢？"莱亚又问。

AJ捏了捏鼻梁。

"我们很忙。"他说，"如果没有别的事情了，我只能请你离开。"

他挪步回到桌后。两个人都不理她，又开始敲击键盘。

莱亚迅速地转过GK办公桌的桌角，溜到他身后。

言辞：我不懂，我以为你们需要的正是这类信息。如果你们已经知道这个俱乐部，为什么不做些什么呢？举止：习惯性7号动作，捏左肘。

涂了指甲，浅裸棕色，有所隐藏？食指看似刚咬过。

屏幕变黑了。屋里一片沉默。

"你想要一辈子都留在观察名单里吗？"AJ说。

"这些信息都报送到哪里？记录这些有什么用？"

"这和你无关。内阁保密信息。"AJ说。

莱亚突然注意到他的左脸颊下部有个硬币大小、肝脏形状的淡斑。

"实际上，"GK插话说，"根据最新的FIA规定——"

"GK！"AJ瞪了他一眼。GK停了下来。

"FIA？"莱亚问。

"信息自由法案（Freedom of Information Act）。当然你需要递交申请。"AJ不情愿地说。这时他从球上把橡皮筋拨开。啪。

"我怎么递交申请？"

"表格在我们的网站上。你将在二十个工作日内得到答复。"

"我不想等二十个工作日。"莱亚说。

他们默默地盯着她，两人都面无表情。

"听我说，我只不过想提供一些关于自杀俱乐部的信息。或许在召开针对我的听证会时可以用作证据。"

他们面面相觑。

"你需要下载官方的汇报应用。"AJ说，"我们无权接受口头证词。"

"那么谁有这样的权力？"莱亚问，"我要见负责人。"她站直了身子。

他们又面面相觑。

"我需要查一查。"AJ说，"最近有很多变动。"

他朝办公桌挥了挥手，两人的桌子靠得特别近，这时莱亚才看出来，很明显他们本来根本就不该在同一间办公室。

"但是他们杀了她。多米尼克。"莱亚大声喊道。她的目光盯着AJ平静的脸，但是他的脸上没有一丝震惊或喜悦，没有任何迹象显示他听到了自己泄露的真相，甚至根本不觉得这是在泄露。他瞥了一眼手表。

"好吧，别走了。"他说着，转过身。他从莱亚身旁挤过，向门外走去。

"你要去哪里？"莱亚问。

"午饭。"AJ边关门，边回头喊了一句。

GK又打开了屏幕，疯狂地敲起了字。

"听我说，"他说，"我们手头有很多事情要做，多到处理不完。自杀俱乐部——都不是什么新闻了，已经在案几十年了，找不到任何实际线索；而且，这也不是我们管的案子，有其他人在跟踪他们。"

"因为他们有钱有势。"莱亚说，"当然，那又怎样，你难道就不去试一试了？就这样任由他们逍遥法外？"

GK耸了耸肩。

"他们杀了一个女孩，在某个病态的公开仪式上销毁了她的躯体，而你却坐在那里往电脑里输入我的上衣颜色和布料。"

GK停了下来。他抬头看向莱亚，突然有些警觉。

"你说什么？"

"真是荒唐，我真该去找媒体报道这件事，人们需要知道他们交的税都去了哪里。"

"不——你说他们把那具躯体怎么了？"

莱亚顿了顿。她记得那个女孩的鼻尖，露在液体表面，没过多久就淹没在液体里了。

"他们把躯体放在一个舞台上。"她低声说，"放在一个——一个箱子里——玻璃做的箱子。"

"那具躯体？"这时GK的声音有些兴奋，"你看到的真是她已死亡的躯体？和俱乐部成员在同一个房间里？你确定？"

"当然确定。你现在愿意听我说了吗？"莱亚眯起了眼睛。

GK站起身，在他的办公桌和背后的墙之间的狭小空间里踱着步。他只能走四步，就到了房间尽头，只能再次转回身。

"AJ正好出去吃午饭了。"他说，"真的躯体。而你在那里——目击证人。但是那怎么可能？"

他转身看向她。

"你在撒谎。"他冷冷地说，"他们不可能冒这样的险。你是怎么到那里的？"

"安雅。她邀请的我。"她为了保护垣内随口撒了谎，就好像一块大理石，重重地砸在房间的地上。

突然之间，莱亚意识到，如果她帮助取缔俱乐部，或许就能阻止垣内自杀。的确，他还是可以自己从黑市里买到T丸，但是他要这样做的话早几年就做了，可是他没有。不，他想要俱乐部才能给他的宏大场面。但是或许她能够阻止这一切。

GK的上唇还拧在一处，眉头紧皱着。莱亚第一次注意到，他的皮肤比AJ要暗沉很多。

"AJ刚才说的预算削减是怎么回事？"莱亚问。

"糟透了。最开始是搬到这里来——是什么时候来着——已经有十年了吧？当时我研究生刚毕业参加工作，意气风发。你知道的，当年入门级的内阁工作已经很不简单了。我想，哇哦，新办公室，真是太好了，可是我们却搬到了这里。"

莱亚怜悯地点了点头。

"然后又是餐标降低，福利减少，额外加班，办公区域合并……谁知道什么时候才是个头？"

"我没想到新闻报道里的情况原来这么糟糕。"莱亚说。

"新闻，"GK皱了皱眉，"'臃肿的内阁启动严重滞后的革新'都能上头条，他们只关心这些，不是吗？你知道吗，我有三个法医学博士学位，可是却在这里。"他指了指屏幕。

"做文书工作。"莱亚说。

"是的。"GK低头看着自己的脚。

"你知道，他们现在认识我了。那个俱乐部，还有安雅——她信任我。"

"你说什么？"GK的双手悬在键盘上，但是并没有继续敲字。

"我是说，"莱亚斟酌着自己的话，"或许我能帮你。你说你们从来都没有抓到他们的把柄。我可以参加他们的会议，搜集信息，给你想要的。"

"你想举报他们。"GK说，"举报自杀俱乐部。"

莱亚咽了一口唾沫。

"这样会有帮助吗？"她说，"这样能帮我脱离名单吗？"

"你知道他们都是谁吗？"GK说。

莱亚眨巴着眼睛。"我当然知道。我在现场。我看到他们的所作所为，我听过他们说话。他们是一帮不洁的罪犯。"

GK捏了捏鼻梁，闭上了眼睛。

"做这件事不容易。"他说，"杰克曼家族——他们，呃，这样说吧，背景很硬。"

"这是什么意思？"

GK的手从脸上拿开，他的鼻子被捏红了，眼睛布满了血丝。他看起来好像已经几周都没睡觉了。

"你不知道杰克曼夫人是谁吗？"

莱亚摇了摇头。

"她出身最大的医疗科技家族之一。家族里有很多内阁人员。她——呃，明显有些特别。有她的问题，给家族造成了很多麻烦。但是这并不意味他们就会对她袖手旁观，不保护她。"

"但是这怎么可能——"

"这样吧，AJ很快就回来了，我还有一天的报告要打。"他敲了一下键盘，屏幕又亮了起来，"你必须离开了。我们会记录下这次来访，整合到你的案例记录中。"

"你没有回答我的问题。"莱亚说。她把双手都放在桌上，向他探过身。他身上有淡淡的防腐剂味道。"这样有没有帮助？"

"我不能容忍任何这样的行为。"GK说，"举报俱乐部——内阁不会对任何人提出这样的要求。而且，我们不做——交易，可以这么说。"他紧张地看向办公室门。门外的电话铃声和脚步声持续不断。

"但是，假如说你得到此类信息，假如说你得到了此类证据或影音资料，可以利用的真凭实据，将安雅与实际的视频联系起来，将杰克曼家族联系起来，会对你有很大帮助，对不对？"

GK快速地眨着眼睛。他的手指摩挲着键盘表面，紧张地轻抚着字母都模糊了的破旧黑键。他环视了房间，目光从堆积如山的文件，移到泛着黄斑的墙壁，再到他的桌子和AJ的桌子之间狭小的空间。

"如果我们得到此类信息，就有可能采取一些行动。当然，一定要有影音证据和某种类型的目击证词。"他说，"几乎不可能。"他匆忙补充说，"而且也不会与其他公开案件挂钩。所有的案件都是单独处理的，完全客观。特别是，"他继续说道，"在当前的新形势下。"

"新形势？"莱亚问，"你是说第三波浪潮？"

办公室的门吱呀一声开了。

"我无可奉告。"GK说，刻意躲闪着她的目光。

"还在这里？"AJ说，"你知道的，这样真的对你的案件不会有什么帮助。"

莱亚站直身子。"我准备离开。"她说，这时语气已经很平静了。她瞥了GK一眼，看到他的脖颈一片绯红。

"很好。你知道的，有太多事情要做，时间都不够。毕竟我们也不只是追踪你一个人。"AJ补充说。

莱亚想到走廊里的门。有多少像GK和AJ一样的人？有多少像她一样的人？

第二十六章

"三份蔬菜汉堡，两份营养奶昔，四份煮薯条。"大厨高喊，"三份蔬菜汉堡，两份营养奶昔——"

"收到，收到，我来了。"安雅龇牙咧嘴地说。她灵巧地把盘子放在前臂上，一手拿着一杯奶昔。

"薯条回头再来拿。"她说。

"最好快点儿，已经满台了。布兰科到底跑哪儿去了？"

"不知道。"她说。

"偏偏要误这一天的班。"罗莎莉嘟囔着，熟练地给一排卷心菜馅饼翻了面。

安雅冲了回来。餐馆已经满了，还是不见布兰科的影子。餐馆高峰时段总是很喧闹，但是今天糟糕透了。安雅把汉堡送到争吵的一家人面前，他们几乎没有注意到她的存在。

她往厨房走去，一个刺耳的声音穿透了噪声。

"抱歉！女士，女士。"

她转过身。她刚送去汉堡那一桌的女人抓起汉堡的上层面包，正朝她挥舞着。她的珍珠耳环在日光灯下闪闪发光。

"呃，我记得点餐的时候要的是免碳水化合物面包？这些看起来就是普通的无麸质面包啊？而且，我们等了差不多四十分钟，都没人给我们擦桌子。"她伸出一根做过美甲的手指，点了点塑料餐桌，露出一脸厌恶的表情。

"我去帮您查一查。"安雅转身离开。

"你不把这些拿回去吗？"女人的声音又高了八度。

"我要先去查查订单。"安雅挤出一丝笑容说。

"查查？还用查吗？赶紧把我们点的东西送上来。"

"当然。"安雅又把桌子上的餐端走，脸上一直保持着笑容。

"我这里有四份蔬菜汤都要烂掉了，"罗莎莉看着安雅又回到厨房，"为什么你又把餐给端回来了？不不不。餐只能出厨房，不能进。走错了，转回去。"

"他们说点的是免碳水化合物面包。"

"免碳水化合物？我们根本就没有免碳水化合物的。他们还想要什么，优选风味营养餐？亲爱的，告诉他们，我们这儿是个小馆子，不是上层西区的零营养餐吧。免碳水化合物，还想要免碳水化合物的。"罗莎莉暴躁地翻动着锅里的豆子。

安雅又来到外面，手里还端着之前的汉堡。她站在那里，琢磨着要不要告诉那位女士这个面包是新产品，完美模仿了碳水化合物的质感，这时门突然开了，布兰科走了进来。

"你到底去哪儿了？"安雅看着他走近，愤愤地低声说。

"我约了一个人。"他说着慢慢地脱掉羽绒服。

"哈莉玛生病了没来，这里乱成了一锅粥。约什么人？"

"晚些时候告诉你。"

他摘掉围巾，动作同样慢悠悠的，小心翼翼地把衣服和围巾挂在门旁的衣架上。

"快点儿，行吗？罗莎莉都要疯了。"安雅催促道。

布兰科点了点头，没有说话，然后走向厨房。

安雅又把汉堡送回给那一家人。她正向顾客解释说免碳水化合物的供应商不幸遇到车祸，忽然感觉到有人在敲她的胳膊。

"我需要和你谈谈。"布兰科说。安雅注意到他空着手，心里一阵不爽。

"你怎么不上菜？"她压低声音说。

"有重要的事。"

"呃，打扰了？"有一位女士向他们挥舞着一片树叶，"你们的菜单上写着'儿童狂野火箭'？这个看起来就是普通火箭。"

安雅转身面向布兰科。

"好吧。"她说。

他们来到吧台后面。布兰科抓出几个杯子，随手倒了些饮品。

"怎么回事？"她说。她站在布兰科身边，这时才发现他的双手都在颤抖，而且他的脸上露出一种奇怪、闪亮的神色。

"我认识一个人。"他说，"我可以介绍你们认识。"

餐厅里很吵，加之他在吧台上挪动玻璃杯的叮当声，安雅几乎听不清他在说什么。

"你在说什么？介绍我认识什么？"她大笑起来。布兰科不会是给她当媒人吧。

他偷眼看了看安雅。"你的母亲。"他轻声说。

安雅心下一惊。"你是说要给我——"

"不是我。我刚才说过，我认识一个人，要花一些钱，但是他能找到你需要的东西。T丸，还有其他的类似产品。"

安雅一时没能控制住自己，大笑了起来。

T丸。如果真能这么简单，如果只是这样简单的机理问题就好了。买点儿黑市药品，磨碎，混到水里，送进母亲加强过的喉咙里。

问题不在这里，问题在于她。

"怎么了？"布兰科说。他的脸色有些阴沉。"我只不过想帮忙。"

安雅看到布兰科脸上受伤的表情，但还是忍不住笑起来。她恨这个声音，尖酸刻薄的声音。突然她看清了自己变成了怎样一个人，看清了如果继续这样下去自己会变成怎样一个人。

第二十七章

派对之后垣内就一直尝试给她打电话。每天早上她上班之前打一次，晚上他觉得莱亚应该回了家的时候再打一次。每次电话响起，莱亚都会停下手中的工作，盯着亮起的屏幕，父亲的名字一闪一灭。她把号码存在桐野垣内名下。"爸爸"看起来太过亲密。她希望接起电话，希望听到他的声音，想要假装从未去过那个派对，假装对他的计划一无所知。但是每一次她都任由电话铃声响着，直到最后断掉。

姜告诉莱亚她被停职的那一天，他走进莱亚办公室的时候脚步有些古怪，比平时更有意义感。他穿着一件粉橙色的衬衫，外面套了一件笔挺的蓝色西装，铮亮的皮鞋。比平时上班的穿得更艳丽。他稀疏的头发梳到脑后，做成了一个时尚的蒲团式样，两侧的头发往上梳，但有一点儿松垮。

他带来一张莱亚以前从未听说过的所谓上级通知，向她传达了这个消息。很明显，处理她的"案件"——姜这时已经把这件事称作"案件"了——给了他新生。他用了一些"不幸""暂时的"和"监视"之类的词。不适应、声誉、治疗。他递给莱亚一张正式信函，由李珠草拟，李珠就是那个经常问莱亚的鞋子从哪里买的秘书。她在姜的小心注视下，匆匆读完了这封信。上面的内容姜都已经讲过。她抬头看时，发现娜塔莉正站在外面。

"她将接手你的客户。"姜说。他眨了眨眼，脸上第一次表现出一丝歉意。

莱亚点点头。反击也没有任何意义，她从姜出奇高涨的兴致和超然的平静态度里就能感觉到。姜和其他合伙人已经决定了，认为她已经成为公司的负担。当然他们嘴上没有说，把停职说成是为了她的健康着想，而不是考虑到公司的名声，不过这些她都心知肚明。

她没有问什么时候能回来工作。她知道姜也不清楚，他只不过是个传话的。他走出办公室，关上门："让她待一会儿。"莱亚收拾起笔，关上电脑，指尖掠过玻璃桌凉凉的光滑表面，心底的结却越来越乱。

她的物品用一个小盒子就装下了，收拾好之后放在办公室的角落里。她又环顾了四周，看了看落地窗、天窗和墙上养的植物。很奇怪，她没有愤怒，没有失落的苦恼，因为她脑中正在勾勒着一个计划，就好似一个穿过浓雾的人形，轮廓渐渐清晰。

停职的第二天早上，莱亚泡了个澡。她点了一支豆油蜡烛，舒舒服服地揉搓着双腿，慢慢打发时光。然后她给自己做了一份传统沙拉，她最喜欢的，紫甘蓝配葵花种子。她用手吃沙拉，拿起一片叶子放进嘴里，又拿起一片。但是随后，当她洗好、擦干碗，擦净水池，弄干手，公寓里变得格外寂静，她都无法承受。莱亚渴望听到玻璃房顶上传来温柔的脚步声，渴望电话铃声和窃窃私语的声音。

她走到客厅里。一片死寂。亚麻窗帘垂在巨大的窗户两边，冷冷的白色栏杆拦住了外面的世界。莱亚忽然想，如果生活在一个窗户可以敞开，微风吹过，吹起窗帘的地方会是怎样。

窗帘没有动，客厅角落里的室内植物和带衬垫的沙发也没有动。莱亚环顾客厅，决定重新摆放家具。她意识到，一切都是室内设计的问题，很可能就是因为家具的摆放才会显得那么安静沉闷。她立即开始行动，把沙发移到一边，把茶几移到另一边。她小心翼翼地把远处墙根书架上的玻璃框海港和城市图拿走，然后慢慢把书架推过房间。她重新布置了脚下的米黄色地毯。对角摆放，看起来确实更好一些。最后，她搬起植物，搜寻着房间里合适的位置。她想，放在沙发旁，以前放茶几的地方。于是就放到了那里。

莱亚直了直腰，又环视了客厅。好些了，她想，布置得比原来动感很多。以前所有物品都是平行、成直角地摆放。东西都靠墙放着，互相对齐。现在沙发靠着两边墙，后面留出一块三角形。书架是独立式的。咖啡桌挪到了一边。

但是她站在那里，挪动家具时的兴奋劲儿渐渐消退，耳朵里的血流也慢了下来，沉寂再次降临。突然，她感觉能够听到自己的心跳。

第三波浪潮。莱亚想象着杰西告诉她这个消息的时候会是怎样的场景，成为被选中的一员将会变成胜利的狂喜。当然，她会按照推荐的频次去做理疗。轮到她的时候，一切错位和副作用都会解决掉。她会每周去诊所，每一次都变得更强壮，容光焕发，无人可比。她血管里流淌的血液是液体的生命，造物主的杰作。她的皮肤温润柔软，同时又无法渗透、坚不可摧。

她，就是女神。任何东西都再也无法伤害她。

她的电话响了，是她父亲，三周来第一次来电。莱亚接起了电话。

"莱亚？"

"嘿，爸。"

"忙工作呢？我一直都联系不上你。"他的声音没有变化。没有丝毫责备的语气，没有疯狂的问题，就好像一切都没有发生过。

莱亚点点头，但是之后意识到他不能见自己。"很头疼。工作上有新客户。"她撒谎说。

"哦，亲爱的。你还好吧？"

"还好。"莱亚说，"难，但还好。"

"好吧，别太累了。"父亲说。那一刻他说的话听起来像托德一样，莱亚甚至以为他会说出健康心智，健康身体。但是当然，他没有说。

"不会的。听我说，我得挂了，很忙。"

"好的。"他说，顿了顿，"我们再聊，莱亚。不管你什么时候有时间。"

他们挂上了电话。

不管你什么时候有时间。莱亚环顾了空荡荡的客厅。只有通风系统向公寓里鼓来新鲜空气，发出轻柔的声音，除此之外，房间里一片寂静。如果莱亚静静地不动，如果她坐在那里，双臂放在身体两侧，头不动，就感觉她根本不存在一样，就好像时空都静止了。她从未想过一个人可以有这么多的时间，但是突然没了日常的工作，未来的日子一下子变得无比漫长。这就是她父亲的感受吗？

不。她从沙发上起身。第三波浪潮就要来了。不管姜、托德和观察人愿不愿意，她都会成为其中一员。她不会继续待在观察名单上煎熬，她的数字正在一天天地减少，直到某一天，一切都迟了。她要做一件谁都无法忽视的事情。

一件父亲也无法忽视的事情。

第二十八章

安雅告诉她，会议通常都在个人家中召开，躲开窥探的目光。当然，莱亚本来就知道，但还是假装不知道点了点头。

安雅告诉莱亚，这次会议很特别，安排在一家饭馆。

地方很好，坐落在二区，是一家由旧教堂改造的饭馆，选在一个通风的拱形门廊里。这是中心区仅有的几座低层建筑之一（在当时已经在地下挖了十层），毫无疑问是有内阁关系的富贵人家保护下来的。俱乐部的会议竟会在这里召开，使莱亚很惊奇，但是这时她又想起那个派对，在市郊的一间大宅子里，参加派对的人都衣着光鲜。GK是怎么说的来着？杰克曼家族。这样说吧，背景很硬。

莱亚走进饭店，心里想到GK。他苍白的皮肤，极易受阳光损伤，他水灵灵的蓝眼睛，这些隐性基因很快就会消失。她为他感到怜惜，挤在一间小小的办公室里，巨大的办公桌，手拿高等学历，却做着一些琐碎繁杂的抄写工作。现在姑且可以看作两人联手，莱亚已经不再恨他。不，她看出来不是GK的错，他并不喜欢自己的工作。但是想到AJ就不同了，心底还是会涌起一团怒火，这种由来已久的情感在她的血管里奔涌。可怜的GK，和那样一个人共事。

不过不要紧。莱亚擦拭并调整了一下雪纺衬衫上的珍珠母纽扣。如今摄像机能够做得那么小，可以放进纽扣的四个小眼里，着实令人惊讶。鱼眼镜头，可以捕捉二百三十五度各个方向的动态，所以她也不用担心面朝哪个方向。麦克风也很灵敏，网上售卖的人向她保证过。麦克风比摄像机还小，就是一条缠作一圈的电线，不过针头那么大。麦克风塞在她的一个袖口里。

"有什么可以帮您吗，女士？"餐厅领班身上的衣服熨烫平整，双手扣在腹部前方，好像一位歌剧演唱家。

"安雅·尼尔松预订的位置。"莱亚说着向他笑了笑。她想薄薄的雪纺下面，心脏在胸腔里跳动的声音肯定有人能听到。不洁，她听到自己脑中有个声音在说，不洁、不洁、不洁。

领班礼貌地微微点了点头，示意她跟着自己。没有警报声，没有目光交流，没有电话通报。

饭店是个拱形弯顶的空旷空间，四周是灰色的石头和彩色变形玻璃。因为只有一层，天花板很高，比莱亚以前见过的任何房间都高，摆着烛台的桌子和衣着华美的用餐人在房间里显得很渺小，无足轻重。莱亚注意到在这样的饭店里，来的都是惯常的主顾——发式时髦、衣着光鲜的长岁人，优雅地吸食着风味营养餐。这是她的客户应该来吃饭的地方，她想，于是偷偷瞥了一圈，看有没有认识的人。但是并没有。

她走过饭店，没有人注意她。他们为什么要注意呢？她和他们没什么两样。她和他们一样，莱亚纠正自己，又伸手整理了衬衫上的纽扣。

领班引她来到后面的一扇推拉门旁，礼貌地轻敲了两下。

"进来。"一个声音喊道。莱亚努力地想要听出是谁的声音，但说话的并不是安雅。

领班拉开门，微微弯腰，伸手请他进门。莱亚走进屋里，门在她身后关上了。

这里的灯光比大堂里的要暗一些。她的双眼适应了昏暗的房间之后，看到屋里摆着一张长桌，两侧坐着人。座位是木头长椅，看起来像是旧时教堂里的靠背长木椅。

"莱亚，你来啦。"房间远端有一只手挥舞着，是安雅。"我应该起来的，不过这些长椅不方便。"她招呼着，"想出去太难了。不说这些了，各位，这是莱亚。莱亚，见见大家。"

屋里的人齐声打了招呼。这是一个有回声的小房间，打招呼的声音好似从她脑袋里冒出来的。莱亚抬起一只手，打着招呼。"嘿，各位好。"她说。这些都是谁？他们认识她父亲吗？

如果她父亲在这里呢？突然她感到一阵慌乱，她没有想好如果父亲今晚也受邀参加晚宴该怎么办。她迅速转过头，在昏暗的灯光下扫视了每个人的面容。她很快就发现他不在，因为如果他在的话，她立刻就能感觉到。就像那次她在人行道上一样，那是多久以前的事了？七个月了吧。相比她已经活过的百年，那只不过是一瞬，但是感觉却漫长如一生。从那时起，她的生活发生了多么大的变化啊，和托德还有姜的关系变了，还有作为长岁人的稳固地位变了。

大家都还看着她。莱亚摇摇头回过神，强迫自己露出灿烂的笑容。

"我应该坐哪里？"她说，希望安雅能邀请她坐到身边。但是安雅没有动，没有挪出位置让莱亚过去。

"这里有个位置。"有个声音说。

莱亚坐下之后才想起以前听过这个声音。莱亚进屋的时候，刚才说话的女人背对着自己，一开始莱亚没有看到女人的脸。但是此时她坐在女人身边，瘦削的颧骨和明亮清澈的黑眼睛，不会错的，只是没有穿那件红色镶亮片的礼服。

"你叫什么名字？"女人问。

"莱亚。"她没来得及想是否应该告诉她真名就开口应下了。但是已经晚了，反正安雅已经知道她是谁了。"桐野莱亚。"

她想到袖口里的小小麦克风，此时靠在刮浆的白色桌布上。"您呢？"莱亚大胆地问。就好像不知道她是谁一样。

"卡桑德拉·杰克曼。"她应道，"大多数人叫我杰克曼夫人。"她露出笑容。她的牙齿很白，但是边缘不整齐，就好似夜里睡觉时磨过牙一样。或许她真的会磨牙，或许她想到自己谋杀的那些人时就会磨牙，或许她想到自己的女儿多米尼克时就会磨牙。

"你是新人，是吧？"杰克曼夫人说，"安雅把你的事情都讲给我听了。吾康互助组。小可怜，要去忍受那么冗长乏味的'理疗'。真是一场闹剧。"

她伸出一根长长的手指，敲了红酒杯的基座，敲击声响亮尖锐。莱亚感觉脊背都震动了起来。关于杰克曼夫人的一切——她呼吸中陈腐的香烟味，她脖颈如绉纱般的质地，她强壮的双手，白色的手掌，让她想起母亲的手——关于她的一切都使莱亚感到震动。衰老又危险，小心保养但又不顾后果。

"哦，上帝啊，那场小丑戏，我也迫不得已参加过。"坐在莱亚和杰克曼夫人对面的一个男人说。他有一种柔和鲜明的特征，在多民族的长岁人群中很常见，留着黑色鬈发，落到衬衫雪白的领口。他的胳膊撑住桌子，手掌根托住下巴，好似一个喜欢八卦的青年人。"给我讲讲，乔治是不是还像以前我在时一样经常流汗？"

"你也参加过吾康互助组？"莱亚问，"你过去也在观察名单上？"

"我们不都是吗，亲爱的。要不这样，内阁还能忙些什么呢？"他哈哈大笑，周围的人也都笑了起来。

"我不懂。"莱亚说。

没等男人回答，服务员就来了，每位客人后面站上了一名服务员。他们稳稳地站在座位后面，盘子平衡在成直角的胳膊上。他们跟着某个不可见的提示，同时弯下腰，把盘子放到客人面前。

"哦，太棒了。"莱亚对面的那个男人说着，拿起了餐刀。

莱亚想，应该是传统晚宴。当然。桌上摆了不同尺寸的刀叉，如果是营养餐的话，只需摆一把勺子就行了。虽然莱亚喜欢煮传统食物，但还是认不出眼前盘子里的蔬菜是什么。那是一个长方形的东西，四角整齐，好似落日的颜色，介于粉色和黄色之间。莱亚观察着，想来应该是蔬菜糊，她身边的人则已经动刀切了起来。糊状物在高端传统餐食中并不罕见，另外还有泡沫状和胶状物。或许这是花椰菜或小萝卜，加了一点儿西红柿，菜的色彩就是这么来的。

"祝你好胃口。"杰克曼夫人说着，在她腿上铺了一条餐巾。她从自己盘中的长方形上切出一小方块，用叉子叉起来送到嘴里。

莱亚拿起自己的刀叉，也照样子学着。但是她刚把食物放到舌头上，就发现有些不对劲。这个糊状物很实，又黏又油腻——放在盘子里的时候没有特别的味道，但是触到味蕾之后的味道却无比强烈。闻起来像汗液和草汁，闻起来像是某种动物。

她想要吐掉，但是已经化了，嘴里到处都是，牙齿间、舌头下和喉咙的角落里。她记得派对上肉排的味道。这一道菜和那个味道完全不同。吃到嘴里油而甜腻，食物味道浓郁丰厚。她抓起自己的杯子，喝了一大口水，想要冲掉这个味道。

但是杯子里不是水。那液体灼烧了她的喉咙，莱亚咳嗽了起来。她的眼里流出了泪。

"慢点儿，亲爱的，这才第一道菜。"那个男人说。

"你还好吗？"杰克曼夫人问。

咳嗽渐渐止住了。"这——这是什么？"莱亚说着，把杯子推到一边。"还有这个呢？"她指着盘子问。

"最上等的鹅肝酱。"那个男人说，"这种饮品——是用来致敬我们亲爱的新领导。白兰地，一种传统的瑞典酒。"

"曼纽尔。"杰克曼夫人瞪了他一眼。

"这是——这是动物肉。"莱亚说。这时灼烧感已经消失了，肉酱的味道又回来了。恶心，她心底暗暗想。

"不仅仅是动物肉，亲爱的。"曼纽尔感觉受到了冒犯，"动物脂肪。纯粹的彻底的脂肪，取自自由牧场放养的大鹅肝脏，花大价钱从欧洲最后几片文明区里进口来的。"

"你以前从来没有吃过肉啦？"杰克曼夫人问。她的声音很轻，问题也无伤大雅。但是莱亚从她的语气里听出一点异样，听出她是在测试自己。

"我当然吃过。"莱亚吞了一口，"但是只有鸡肉和鱼肉，猪肉吃过一次。你知道的，很难找到。从来——从来没有吃过这样的东西。"

杰克曼夫人权衡着莱亚的话，餐具端端正正地放在手里。莱亚注意到，她那如池水一般深邃的双眼有一点黄色的斑纹，像猫一样。

"慢慢就习惯了。"她慢慢说，"再尝一下试试，如果你愿意的话。"

莱亚想到衬衫上的纽扣，想到父亲。她又拿起了刀叉，这一次切了更大一块，有邮票那么大。她没等自己犹豫，就把一整块塞进嘴里，强迫自己咀嚼起来。

"嗯，"她模仿曼纽尔的样子咀嚼，微微闭上眼，出声地松了一口气。她努力地不去想甘油三酯、低密度脂蛋白、致癌物和端粒缩短防腐剂。往长远想，她对自己说。如果能取缔俱乐部，如果能解救父亲，少个几年又有什么问题呢。成为一个永生人。

"她喜欢这个！"曼纽尔欢呼道。

杰克曼夫人眼睛也不眨地顿了很久，然后露出了笑容。"很高兴你喜欢吃这个。"她说着又继续吃起自己的那份。

莱亚通过了测试。尽管如此，她还是迫使自己继续吃下去，每吞下一口都屏住呼吸。

"话说你认识乔治？"她抬头看向曼纽尔。

"哦，亲爱的乔治。我很不走运有幸认识他，是的。几年前，我第一次被标为……"他把声音落得很低，"……不洁。"他咬牙切齿，然后又起一块鹅肝，放进了嘴里，慢慢细致地嚼着。

周围的人懒洋洋地笑着，呷着酒。哦，别说了，曼纽尔，你真是坏透了。别吓坏了新来的。

"发生了什么？"莱亚也颇有风度地微笑着说，"你是怎么脱离名单的？"

"脱离名单！脱离名单！"曼纽尔号叫着，"哦，你真有趣，你真要笑死我了。"

他笑过了，发现莱亚还盯着他，等待着他回答。他脸上的笑容消失了，皱起了眉头。

"你为什么要问呢？"他说，"你想要脱离名单吗？"

"不。"她赶紧摇头说，"我不在乎，我只是不想再去吾康互助组了。"

"这样想，"他又露出了笑容，"如果你不去，他们又能做什么呢？暂停你的延寿理疗？减少你的数字？让你死？"

这时所有人都安静了。他们都看着曼纽尔，看着莱亚。

"反正这不正是我们想要的吗？这不正是你想要的吗？"

为了躲避追问，莱亚又吃了一大口鹅肝。鹅肝的味道也不像之前那么难忍了。莱亚对自己说，是因为她已经有了心理预期，因为她绷紧了神经，控制了呕吐反射。但是当她再次切下一块肉的时候，她感觉嘴里的口水越来越多，她感觉到内心的渴望。

莱亚参加了更多次会议，和他们交了朋友，尤其是曼纽尔，因为从其他人倾听他的样子可以看出他很重要。她了解到，那天参加晚宴的是核心成员，值得信任的内部人士。

她也不知道为什么安雅会邀请她参加。莱亚还会和她说话，不管是在俱乐部会议上，还是在吾康互助组活动时，尽管她试图将两人的友谊维系得像发现俱乐部的事情之前一样，还是感觉关系有一点儿僵。

终于他们更多地邀请莱亚参与，所有大型复杂的组织活动后勤工作都会找她帮忙。他们要求莱亚去做的事情都比较简单，特别琐碎，闹得她头疼。但是现在莱亚已经停职，每天都漫长无聊，所以也愿意在会议前搬搬椅子，打印海报，安排餐食。她经常会带上摄像机，拍摄一些搬动家具、交谈的片段或是放在各处的票据的视频。但是并没有任何可以带去给GK的信息，没有任何她在派对上见过的场景。虽然她感觉头脑已经因无聊而变得困顿，但还是在某种程度上有些宽慰。

她见了俱乐部的其他成员，通过一些温和的问题，了解了他们的动机。有些甚至根本就不愿成为永生人，另外一些觉得已经受够了，想要掌控自己的结局，不过还有一些想要表达一种态度。感觉他们在为一个理想、一项基本的权利而奋斗。那些都是烈士、理想主义者、原则性极强的人。

莱亚想，那些都是以自我为中心的人，就像她父亲一样。

那些日子于他们很怪，宛如梦境。

等她再去做保养的时候，杰西什么都没有问，没有问观察人的事情，没有问来诊所找她的那个男人是谁，也没有问任何有关她私人生活的事情。她只是全身心关注莱亚身体的实际问题。莱亚想问问她第三波浪潮的事情，但是看到杰西眼中职业的冷漠目光，迅捷严肃的动作，明显问她也没有什么意义。

她的生活被两边的事情填满，一边是俱乐部，一边是吾康互助组，形成了稳定的节奏。在莱亚看来，二者是一枚硬币的两面。现在她已经决定了行动计划，她的头脑就专注于行动，紧跟既定的路线。这里异常安静。没有姜在她后脖颈吹气，没有娜塔莉偷她的客户，抢她的升职机会。没有托德那倦怠、乐观的双眼在公寓里一直盯着她，完全不能理解她。直到托德离开，她才感觉到他把自己搞得有多累。

所以莱亚接到曼纽尔的电话时——理论上她一直在等的电话——她感觉到一阵刺痛。但那不是后悔，她坚定地对自己说，全是因为压力，现在这个时刻终于到来了。现在她就要拿到需要的资料，可以使自己的生活回归正轨了。她克制住自己的情绪，用坚定的意志将它碾碎，对自己说当然能够达成目标。

第二十九章

俱乐部给莱亚的摄像机很重，比她想象的还重。需要双手操作，还被告知要用肩膀扛起来。摄像机的大小吓人，但是他们告诉她说用起来很简单。他们平时的摄像师乔纳斯最开始也是这样的，临时请来为别人代班。乔纳森做得挺好，最后轮到前任摄像师成为视频主角时，乔纳森就成为固定的摄像师。莱亚没有问乔纳森发生了什么，只是听了自己该做什么，什么时候打开摄像机，镜头朝向哪里，按哪一个按钮才能通过常规渠道立刻播送视频。

教她使用摄像机的人有些神经质，说话轻声细语，双手优雅，像牙医和神经外科医生的手。看模样，他白天应该有一份体面的工作，甚至可能本身就是一位护理人。但是据莱亚在过去几个月里了解的情况来看，他们所有人都看似有一份体面的工作，包括她。男人讲得很慢，把她当成孩子一样看待，解释摄像机的按钮都可以做什么，暂停键和停止键的区别。他不知道在向莱亚讲述如何使用摄像机的时候，莱亚自己的摄像机就藏在深色丝质衬衫的皱褶中，镜头在从上面开始数第二个纽扣里向外窥视，审视倾听着他所说的一切。

"结束之后，"男人说，"把摄像机放在房间里就好。出门之后锁上门。扫尾人员会负责剩下的事情。"

"扫尾？你是说负责调试设备的人？"莱亚问。

男人皱了皱眉，就好似莱亚问的是私人问题，他不想回答，但他还是说："不，不同的人。"

莱亚点点头。通过过去几周的观察和倾听，莱亚发现事情就是这样运转的。不同的人负责不同的步骤——刻意不连贯，确保任何人都不会有足够的证据告发俱乐部。当然，他们并不是因为这种程序才不去告密。据莱亚了解，这里的所有人都好似真心想要留在这里。

到了那一天，莱亚提前一小时来到预约地点。她希望能够碰上调试设备的人，和他们聊一聊，想办法把他们拍进镜头，这样她就能记录下完整的一天，完整的过程，从最开始到最后。但是等她来到大楼时——中心区外围一栋普通的写字楼——她才想到没有人告诉她在哪一个单元，哪一层楼，会有个人在楼下接她。

或许他们还没来，如果她坐到某个不显眼的地方，她可以碰上并拍摄到他们走进大楼。

大街上到处都是上班族。她在马路对面的小广场上找到一张长椅，坐在长椅上可以直接看到大厅里的情况。大楼已经废弃，很安静，窗户上贴着封条，玻璃门被堵上了，宣告这栋大楼已停止使用。一名百无聊赖的警卫坐在门前小小的警卫室里。

莱亚坐到长椅上，把摄像机包的肩带从肩膀上挪了下去。她揉了揉后背，手指使劲捏着肉，享受着痛感的释放。她忽然意识到已经好几周没有深夜游泳了。她要尽快回去，否则就会在保养数字中体现出来了。杰西倒是不会问她为什么没去游泳，莱亚想。

这是一个天高气爽的日子，并非只有莱亚一人在小广场上流连。她看着一个圆滚滚的男人，穿着红衬衫，配着红色短裤，雪白的袜子提得很高，手里牵着两只哈士奇从身边经过。尽管秋日凉寒，但是两只哈士奇的舌头还是吐在嘴外面，它们不情不愿地走着，拽着男人手里牵的绳子。尽管步伐慵懒，但是它们的背挺得很直，满是骄傲的神态，眼睛是乌黑的。莱亚想它们在夏天会是个什么模样，忽然一阵冲动，想要打倒它们红脸的主人，解开它们的脖套，给它们自由。

莱亚抬头看。他们出现在门口，一个修长挺拔的女性，身穿宽松的丝质衬衫，衣服在风中飘动，一个细长瘦削的男人，穿着一件褐红色的衬衫，衬得深色的皮肤容光焕发。那个男人看起来有点儿眼熟，可能是因为他的双手有些熟悉，从臀部挪到胳膊，再挪到脸上。

两人和门卫简短交流，推开磨砂玻璃门，走进了大楼。莱亚等了几分钟，然后穿过马路。

"哈喽。"她对门卫说，自己都惊奇为什么自己的声音会如此平静。

门卫正看着平板电脑，听到声音抬起头，满脸的不耐烦。"什么事？"他应了一声。

"我和他们是一起的。"她向楼里努了努头，"刚刚进去的那一对儿。"

"哦，"他皱着眉头，"哦，好的，他们说过会儿有个人跟来，但是要迟一些。你不应该来这么早的。"

"天哪。他们总这样！每一次都这样。我是说，记住这点儿事有什么难的——"

警卫皱了一下眉头。"要不你直接上去吧？也不是什么大不了的事儿。"

"谢谢。"莱亚冲他笑了笑。

"没问题。"他又低头看向自己的平板电脑，"哦，"他头也没抬地说，"电梯坏了。不过三层也不算太难爬。"

大厅里很凉爽，甚至有些冷，只有布满污点的窗户里透进来一些光。大厅的布局和莱亚办公室的大厅布局没有什么两样，前台占据了正中央一大块区域，电梯在远处的墙角。想象一下会觉得很神奇，或许长期资本合作伙伴公司所在的钢筋玻璃大楼未来某一天也会变得空荡荡的。

三层。楼梯有一股霉味。她伸着脖子，向上看。他们就在上面，某个地方，或许已经进到要录制视频的房间。棋盘一样的台阶在她眼前变得模糊。

她抓住冰凉的栏杆，稳住身子。莱亚开始往楼上爬。等她来到三层的时候，已经上气不接下气，心脏剧烈地跳动着。她迈步来到走廊，一眼就能看出他们在哪个房间，因为整个走廊都是暗的，只有一间屋子里是亮的。

她永远也忘不了开门那一刹那，男人脸上的表情。他的眼睛如脸上两颗暗星，嘴唇惊讶得嘟成O形。

"是你。"他说。

他的双手僵住了，拘在腿上，好似一只颤抖着想要逃跑的小鸟。他坐在一把黑色网眼靠背的椅子上，椅子腿是闪亮的银色，带轮子，这种椅子就算放在她的办公室也不会显得格格不入。肯定是这里工作的人搬家时落下的，莱亚不自觉地想着。她站在楼外时已经看到了褐红色的衬衫，这时她又看到他穿着干净熨帖的灰色裤子和一双皮鞋，皮鞋是漆黑的，擦得铮亮，就像是塑料的一样。

"安布罗斯。"莱亚喊了一声。

她上周刚见过他，在吾康互助组就坐在她对面，和苏珊搭对。她以为他看似好了一些，安静了一些。她注意到他的举止有所改观。他坐在椅子上，双脚平稳地落在地上，而不是把膝盖蜷到胸口，也没有盘腿坐在椅子里。

他又像那样坐着。她又注意到他的双手都僵住了。

"莱亚，"他说，"我不知道……"他说到一半停了下来。他的脸上掠过一丝惊奇，但是一闪而过。"哎，反正也无所谓了。你在这里又有何妨。你带摄像机了吗？"他指了指莱亚肩上背着的大包。

我——是的，带了。她笨手笨脚地松下肩带，把包放到地上。

她的大脑飞快地转着。安布罗斯。她已经刻意强化过这方面的忍受力，反复看过之前的视频，直到胃部的不适消退，最后空剩麻木。她已经准备好了，她暗暗对自己说，向曼纽尔保证，她已经准备好拍摄了。不仅如此，几周来录制的俱乐部其他活动和会议片段终归还是有用的，GK说他们现在已经掌握了确凿的证据，证明杰克曼夫人和俱乐部的干部有着密切的私人联系，这些干部负责肮脏的勾当，他们负责联系、采购药丸、摄像和发布视频。像曼纽尔之类的干部，给莱亚打电话，通知安布罗斯自杀的地点和时间，通话内容都被详尽录音，全部上报了。现在他们只需要最后一条，证明他们行动的证据。

她拉开包的拉链，从里面拿出摄像机，双手冰凉。

"哇，"安布罗斯说，"摄像机真大啊。三脚架安在这里。"

他指着身前大约一米处的三条黑色腿，语气平淡地说，好似在准备一场慈善晚宴。

莱亚用螺丝把摄像机固定在银色的基座上。螺丝很硬，试了几次才摆正。不是因为她的手在颤抖，她对自己说，根本不是这个原因。终于她安好了。她慢慢地合上安全栓，然后转动摄像机，正对着安布罗斯，非常用心地调整，使他能正好在镜头里，人像是正的。摄像机里显出了他的脸，自动对上了焦。他的面部细节都显现在框里。

安布罗斯很上镜，非常上镜。莱亚突然发现他很帅气。他剪了头，毫无疑问是为了这次出境，就像特意准备了衬衫、裤子和鞋子一样。这时黑色鬈发不再遮挡着他的面庞，莱亚看到他的眼睛明亮聪慧，他柔软的、圆圆的脸颊好似婴孩一般。莱亚看到他深粉色的嘴唇饱满丰盈，脖颈结实，肩膀苗条挺直。他的双手还搭在腿上，手指修长，钢琴家才有的那种。她想，不知道安布罗斯是否玩乐器。她想，不知道安布罗斯是否喜欢音乐，他晚上都做什么梦，他有没有恋爱过。

他手里有一个瓶子。他把瓶子举到嘴边，喝了一小口，脸上微微抽搐。

"那是什么？你在喝什么？"莱亚不禁问了起来。从她嘴里蹦出的问题好似在指责什么。

安布罗斯皱了皱眉头。"你肯定知道的。"

"当然，"她赶紧说，"是的，当然知道。"

他把瓶子放到地上，然后站起身，走出镜头，向莱亚走来。

"你确定要做这件事吗？"他平静地对她说。

你确定要做这件事吗？莱亚想，心里微微有些慌乱。

"我们总能找到别人来替。"他说，"推迟一下，换一天，择日再——做。"

他的语气明显很失望。她想到父亲和他忍受的痛苦。不，安布罗斯不该由她来救赎。

莱亚按下录像键。"我确定，"她说，"我们开始吧？"

他的目光在莱亚脸上停留了很久。终于，他点了点头，回到自己的座位上。

他说了一小段话，和之前视频里的类似。他们都说同样的话，她想，不知道有多少是按稿子念的，是谁告诉他们要这样说的。她好奇，他们是不是被迫才走向这最后一步，开始夸张的表演。安布罗斯很敏感，她是知道的。现在的他看起来更平静、更开心，但是谁又真正知道呢？谁又知道杰克曼夫人或曼纽尔对他说过些什么呢？如果他们让他觉得别无选择，让他感觉自己所做的事情在某种意义上是高尚的呢？

安布罗斯点燃火柴的时候，莱亚没有想父亲——她最初来到这里的原因。她发现自己反而在想幽竹。她想到母亲一生的生活方式：热爱生命、顺从、从不抱怨；强悍、坚韧、不断奋斗。和父亲不同，他逃走过一次，而且还想再次逃走。

她想起母亲是怎样死的，在她预期的自然寿命走到尽头时，来到一间宁静的寿终房间。她身体的机械部分逐个关闭，在二十四小时之内全部关上，极为精准。莱亚想到母亲在最后时刻伸出手的样子。她眼睛一眨不眨地盯着莱亚看的样子，最后久久的凝视，尽情地端量着她的模样，直到最后永远地闭上了眼。就好似一定要在生命最后时刻看到的是莱亚。

当然这样想是一种侮辱，安布罗斯做的算什么？俱乐部、安雅、杰克曼夫人、曼纽尔，他们都做了些什么？但是她看着安布罗斯举起火柴，放进亮闪闪的舌头上，她没有感到恐惧，没有反胃，没有害怕。这时火焰燃起来了。安布罗斯的双眼始终直视着摄像机，他的双眼一直看着她。

莱亚意识到窗户开着。其实只是窗户上没有玻璃了，大楼就要拆迁了。窗外传来外面世界的声音，突然之间，外面的世界变得喧闹难忍。她感觉穿梭而过的每一辆车子都冲击着她的骨头，孩童尖声的叫喊刺痛了神经。在外面的某个地方，一只狗吠叫了起来，低沉、可怕、饥饿的叫声。

莱亚看着火焰吞没了安布罗斯。她着迷地看着，双手紧紧抓着摄像机，手指关节都发白了。看着某人烧死，场景确实很吓人，但同时也诱发了内心原始的情绪释放，某种她不理解的东西，促使她睁大眼睛盯住眼前的场景。

她想起了德怀特。

突然之间，这种情绪又回流到她的双手之上。莱亚绕过相机，冲到安布罗斯身旁。她试着用手扑灭火焰，她感觉不到热，感觉不到痛。气味突然冲鼻而入。很难闻的气味，辛辣、苦涩的味道。她努力屏住呼吸。

没有用——火越来越旺。安布罗斯已经失去了意识，双眼上翻。莱亚抓起装着他喝下的东西的那个空瓶子，跑进走廊，冲向厕所。她把瓶嘴伸到水龙头下面，拧开了龙头，祈祷着还能流出水来。水流出来了，但只有涓涓细流。莱亚的双手颤抖着，瓶嘴很窄，感觉好像永远都装不满似的。

瓶子装满水之后，她又跑回到房间里，水洒得满腿满脚都是。但等她回来的时候，火焰已经熄灭了。钻石皮肤™，她想，谢天谢地。这种皮肤不会燃烧，没有效果。

安布罗斯侧身蜷缩在那里，裤腿已经烧成了灰。莱亚蹲到他身旁，晃了晃他的肩膀。

"安布罗斯。"她轻声唤道。他没有动。莱亚拉了一把他的肩膀，让他面朝上。

当她看到他的脸时，她的双手不再颤抖。她把一瓶水小心翼翼地放到地上，仿佛不让水洒出来成了世上最重要的事情。

第三十章

　　警察出现的时候，安雅正在厨房里。洗碗机又坏了，她被安排来洗碗。她擦洗着油腻的盘子，手指在肥皂水里都泡肿了、皱了，汗水从她的额头上淌下，流到眼睛里。不管她洗得多块，脏盘子似乎越来越高，所以她并没有听到外面的骚乱，罗莎莉在门口轻啐了两声叫她过去的时候，她才注意到。

　　她立刻就明白出了问题。罗莎莉在午餐时间从来不会离开煎锅，甚至厕所都不去。更不妙的是外面的一片寂静，她现在才注意到，比平时饭点高峰期要安静数倍。

　　安雅关上水龙头，在牛仔裤上擦了擦手。她听到外面有声音传来，但是听不清他们在说什么。罗莎莉正从厨房往外偷看，她也走过去，把头探到厨房入口通道。

　　他们有三个人，两男一女，一身藏青衣服加皮带，穿戴整齐，帽子和袖子上都佩戴了警徽。

　　他们围在餐厅老板的女儿哈莉玛周围。哈莉玛的食指紧紧卷着一缕黑色的头发，边说边点着头。

　　"不，根本不是这样。"她说，"他从来没有表现得像你们说的那样。"

"他认识的人呢？"一位男警官问。他长了一张很凶的方脸，像锤头鲨一样的小眼睛。三位警官都没有拿平板电脑。他们站在那里，手或插在口袋里，或搭在腿上，就好像在闲聊，顺道买杯咖啡。尽管如此，整个餐厅都安安静静的，所有人都看着他们。

哈莉玛歪了歪脑袋。"我不知道他认识谁。你们看见这里的状况了吗？我们工作都要累死了，我连自己的熟人都没时间联络，更别说雇员的了。"

"有什么可疑人物在这里出现过吗？"鲨鱼脸警官继续问道。

"可疑人物？这要看您是什么意思了。这里是一家外城餐馆，警官，不是二区奢华的素食餐吧。"哈莉玛的声音显得有些不耐烦。她抬起左脚大脚趾，脚跟着地站着，安雅太熟悉这个动作了，知道她就要爆发了。

警官眨了眨眼。"你知道这件事有多严重吗？我们可以让你们关门，就像这样……"他打了个响指，"如果你不配合，就视作同谋。"

哈莉玛认真打量着他。

"我在配合，我当然会配合。"她用安抚的语气说，"只不过——哎，这样对生意不好，你知道吧。"她指了指空了一半的饭馆。剩下的客人也没吃饭，都瞪大眼睛看着。

"我懂。"警官说，但他说话的语气听起来根本不像懂的样子，他抽出一张像明信片的东西，"你见过这个男人吗？"

哈莉玛看了看照片，眉毛和嘴唇挤作一团，最后还是摇了摇头。

"没有，从没见过他。他是谁？"

警官面面相觑。他们似乎不说话通过眼神就能交流。另外一位男警官，面相和声音都更和善一些，他说："毒品贩子。最穷凶极恶的那一类。"

"哦？"哈莉玛这时有了兴趣，她又瞥了一眼照片，似乎有些失望自己以前从未见过他，"你是说布兰科和这个家伙混在一起？"

安雅的心一沉。我认识一个人，布兰科之前说过。

警官又面面相觑。"布兰科在向他买毒品的时候被逮捕。"手拿照片的警官说，"我们拘捕了他。他说药丸是给自己用的，但是，嗯……事情讲不通。你能想到他认识什么人可能会需要那个吗？任何表现出反社会行为、精神不稳定或病态迹象的人？"

哈莉玛又摇了摇头。"我说不好，抱歉。和他也没那么熟。不过你可以和其他员工聊聊……"她指了指正在吧台后收拾杯子的拉伊，"他们混得很熟，他或许能告诉你更多情况。"

警官点点头。"感谢您抽时间接受调查。如果可以的话，我们要在这里多停留一会儿。"

哈莉玛又叉着胳膊，点了点头："后厨还有几个。"她伸出大拇指往厨房方向指了指。

安雅探身到厨房门外，心怦怦地跳，双手都是汗。她的头侧靠在黏糊糊沾满油的墙上，努力回想着。

"很可爱，对吧？"罗莎莉还看着厨房外，低声说，"我觉得他在跟我眉目传情。"

发现安雅没有回应，她就转身看过来："你看见他了吗？那个高个儿，明亮的眼睛？嘿，你还好吗？"

安雅的头一阵晕眩。厨房里似乎更热了，挤压着她，使她不能呼吸。

罗莎莉向她走近一步。"安雅？"她说着伸手去摸她的小臂。

罗莎莉凉凉的手指刚碰到安雅，她就回过神了。

"我没事。"她说，"这里太热了。"她作势拉起衬衫的领子。

"现在你知道我每天都受的什么苦了吧？在铁架前一站就是十小时，吸着难闻的油烟，出汗出得像头猪，也没有人感激我。"罗莎莉抱怨着。但是后来她的眼神变得温柔了一些。"你不习惯这里。小可怜。

要不出去呼吸一下新鲜空气吧？"

安雅点点头，脱下围裙。她迅速瞥了一眼房门，心脏还在胸腔里猛烈地跳着。

"不要担心这些人，他们很可能只是把刚才的问题再问你一遍。整件事都很可悲，真的，根本就想不到布兰科是那种人。"

安雅张嘴要反驳，但是想了一下就闭上了嘴，缓缓点了点头，好像在说是的，根本就想不到。"我一会儿就回来。"

她脱下围裙，丢到地上。她走出后门，来到空荡荡的小巷，休息的时候他们经常站在这里聊天，躲避着哈莉玛。

布兰科被拘留了——这是什么意思？他被关起来了？接受审问？入狱了？

她站在小巷里，抬起胳膊，想象着布兰科独自一人被锁在牢里。愚蠢，愚蠢，愚蠢，愚蠢。他为什么要那么做？她还记得他说起认识"一个人"时脸上的表情，还有遭到拒绝之后眼神里的痛苦。愚蠢、善良、勇敢的布兰科。安雅可以肯定他没有跟警方提起自己，否则他们早已来找她了。

他没有向他们提起她。携带T丸是重罪，联邦罪，她想。突然之间她感觉骨头太重，身体都承受不了。她没做什么，不值得布兰科这么忠诚。她心底的情绪发酵起来了，泪水流了出来。

但是随后她擦干了脸颊。这样也没有意义——她也没法为他做任何事情。此外，即使布兰科不供认她，他们迟早也会想明白。非长岁人买T丸没有任何道理。他们会查阅记录，发现她是布兰科认识的唯一一个长岁人，很可能还会了解到她母亲的情况，吾康互助组、俱乐部，所有一切事情。然后她就会被关进监狱，她的母亲被送到一处农场，和其他成千上万的次人类躯体一样分解腐烂。

安雅开始往港口走去。她走着，感觉耳边有一股灼热的能量在嗡嗡响，传递到她的血管，很快她就跑了起来。建筑的顶端参差不齐，映衬着万里无云的蓝天。不远处，有一个女人从低矮狭小的房子窗户里探出身，胳膊上挂着一包要洗的衣服。一阵响亮的哭声，洗的衣服蠕动起来，安雅看到是个婴孩。女人似乎在看着她奔跑。

等她来到港口，渡船正准备出发，无精打采的人群正登上舷梯。安雅放慢脚步，由跑改为走，登上了渡船。一个皮肤是葡萄干颜色、戴着亮紫红色帽子的女士转头看向她。

"很着急，亲爱的？"她微笑着，露出尖尖的黄色门牙。

安雅也冲她笑了笑，但没有回答她。等他们寻到安雅的踪迹，会盘问这位女士和两点三十五分这班渡船上的所有人吗？他们会不会问她有没有说什么话，看起来有没有什么异常，有没有表现出危险的精神错乱？她把这些思绪从脑中赶走，向外面的甲板走去。因为天气恶劣寒冷，大多数人都知道风力有多强，所以甲板上几乎没有什么人。在外面的都是游客，用自拍杆架着平板自拍视频，录下自己的脸，背景是沉闷如灰钢的水。

渡船发动了，风加速吹着她的脸颊。风力越来越强，好似要剥掉脸上的一层皮，露出下面一层柔软全新的皮肤。安雅看向港口，随着他们离岸越来越远，港口也越来越小。船在她脚下轰鸣，带动着她的膝盖和臀部都跟着振动起来，引擎发出令人舒心的嗡嗡声。

她想这会不会是她最后一次看到史泰登岛。这时她的计划看起来更不可能实现了，在这水上，随着老旧的渡船呻吟叹息，开往闪闪发光的另一侧海岸。

即使她能把现在这种状态的母亲转移出来，她们又能去哪里？安雅想到转移母亲，突然感到一阵寒意。

安雅已经好几个月没有碰她了。上一次碰她还是母亲不再说话之后不久，当时她想到已经好几周没有给她洗澡了。于是安雅带着塑料浴盆去公共浴池取水，她等热水流进盆里，等了五分钟，然后端回她们的房间。她把盆放在床头柜上，把母亲身上的被子掀开。那时她的皮肤还没有开始变化，那时她的脸颊还没有开始变空，但还是看起来不像她。

安雅碰到母亲的胳膊时，手指湿湿的好似滑开了。她顿了顿，又碰了碰骨瘦如柴的胳膊，这一次她的手指轻抚着变皱的皮肤。当然她并没有想到，母亲的皮肤有些黏，好像变质的橡胶，开始慢慢融化。安雅像被烧到一样抽回手指。她检查了母亲的指尖，但看起来却是干净的。她检查了刚才触碰过的母亲的小臂皮肤，那块皮肤也和周围的皮肤没有什么显著区别。

安雅一动不动地坐了一会儿，倾听着城市声音隐约从薄薄的墙外传来。然后她站起身，端起那盆水，倒进水池里。她再也没有碰过母亲。

那已经是几个月以前了。现在她还会想象自己的手指陷入母亲的肉里，骨头在重压下咔嚓响。她扶起母亲的时候看到她的脸滑了下来。

"漂亮吧？"

安雅吓了一跳。她感觉脑浆吓得都要撞到脑壳了。

"抱歉，亲爱的，不是想吓唬你。"是之前那位女士，牙齿不齐、满脸皱纹的那一位。她围了一条褪色的蓝色围巾，像修女或者说是吉卜赛人那样包着。

"没事。"安雅赶紧应了一声，转身又看向水。

"穿成这样，你不冷吗？"女士张开一只手，指了指安雅光光的胳膊。

"不冷，我还好。"安雅说，然后又补了一句，"谢谢。"

"你是外国人？你看起来像是外国人。"女士依然坚持问着。

安雅转身面向她，发现她的眼睛明亮却有些散光，即使在说话的时候眼神也在晃，她的双手好像有自己的生命。她的手指敲打着大腿，好像在弹一架隐形的钢琴。

"不算是。"安雅说，这时的语气变得和善了一些，"我来这里已经很久了。"

"哦。这么说你有家人在这里啦？"女士快速地眨着眼睛。她的睫毛很长，颜色却很淡。

安雅又低头看向灰色的水。一个塑料瓶子在微微泛着泡沫的波浪上跳跃着。

"有。"她说，"我全家都在这里。"她的手指抓住冰冷的栏杆，手指关节发白，手上起了鸡皮疙瘩。

"多好啊。我家人以前也在这里，现在已经不在了，只剩下我一个人。"她连气都不喘地说着话，"你有孩子吗？女儿？"

"没有。"安雅说，"但是我们在努力，我丈夫和我。反正，有父母够我们忙的。他们都在城里生活。有时我会做晚饭，美味的烤蔬菜，他们都会来看我们。我的丈夫很喜欢那样，你懂的。他哥哥也会来，带上他的小侄女。"

"妙极了，妙极了。"女士的双眼放光，"那你们晚餐喝什么呢？喝一点儿吗？来点儿红的，还是白的？你看起来更像是喝白酒的姑娘。"

"是的。"安雅说，既然已经开始编故事了，索性就放飞自我吧，"我们会喝一点儿红的。当然不会超过每月建议的摄入量，但我们也就那种场合喝酒，所以每人能喝一大杯。我公公——他在欧洲有些关系，所以能从意大利寄来几瓶。"

"意大利，"女士说，"好地方，温暖。我以前一直想去。"

安雅没有应她的话，她也跟着转头看向水里。看了一会儿波浪，女士说："你丈夫叫什么名字？"

"布兰科。"安雅回答说。

风猛烈地吹动她的头发，散得满脸都是，弄得她痒痒的。她回头看向史泰登岛，在迷雾中只剩下一团暗影。

渡船靠港之后，安雅向女士道了别。余下的旅程她大多时候都保持着沉默，身体靠在栏杆上，迎着冷风。

"再见。"她应道，微笑着又露出参差不齐的牙齿，"向布兰科问好。"

安雅点点头，转身离开了。很快她就消失在下渡船的人流中。

曼哈顿的噪声像一面砖墙撞向她，结结实实地打到她的脸上。个体的声音似线——人们咆哮说出的对话、人群脚落地的声音、多个施工现场的敲击声和轰鸣声、汽笛声、直升机的螺旋桨声、音乐声、哈得孙河水奔涌的声音——交织成一张厚厚的声网。

脸被拍打有一点好处，安雅走在人行道上拥挤的人流中想。被打，重重地一击，有些令人满足的感觉，耳鸣，鼻子流血，肌腱跳动，能感觉到生的气息。多么奇怪啊，竟是这样一座城市最早出现长岁人，那些平坦狭长的岛屿，上面的居民从来都是走马观花，不愿深入。她想，在这样一个地方，他们是如何做到的？

她想，如果她们回到瑞典不知道会怎样。或许她在那里能找到一位医生，愿意结束她母亲的痛苦，然后组织一场像样的葬礼。她以前问过母亲希望把骨灰撒到哪里，因为安雅觉得撒到临近家乡的波罗的海会很好。她母亲说没有关系。她不相信象征主义或宗教仪式，也不相信有来生，她觉得这个问题愚蠢又伤感。她觉得这件事对她没有影响，因为要撒骨灰的时候她就已经去世了。但是她没有想到这些并不是为了她。

不管怎样，安雅都会把母亲的骨灰撒到海里。安雅挤过下午拥挤的人行道，想象着自己手里捧着骨灰瓮，向海滩走去。她会在早上行动，黎明的时候。她站在岸边，轻柔地海浪抚摩着她的双脚，海沙在她的脚底下移动。海水冰冷刺骨，还有很多水母，闪着冷光，不会伤害人。退潮时，有些水母搁浅了，在沙滩上奄奄一息，像个固体水球一动不动，如大滴的晨露，点缀了海岸线。

她打开骨灰瓮的盖子，手指伸进去，惊叹于骨灰那么轻，不像沙砾，而似尘土。然后她向初升的太阳和苏醒的大海一扬手，她的母亲就会被风带走。

第三十一章

安雅开了门，屋里的味道迎面冲过来，塞满了她的鼻孔和脑袋，让她感到一如既往的无助和恐惧。母亲还躺在安雅把她放下的地方。屋里的一切都如她离开时一般。

安雅走到房间角落，跪到地上。她撬开一块地板，拿出里面藏的一摞钱，心不在焉地数了起来。她本就知道有多少钱——她知道不够。她或许能买到一辆车。但是之后呢？燃料、过路费和食物该怎么办？

她还跪在地板上，忽然听到外面走廊里有脚步声。她能听出所有邻居的脚步声，但是这个脚步声并不是邻居的。脚步声响亮，很自信，像商务人士，那脚步来自一个对自己在世间的地位很自信的人，那人确信自己有权走过走廊。

安雅僵住了。他们怎么会这么快就找到她？她几小时前才离开了餐馆。他们肯定还没有完成对其他人的询问。或许是罗莎莉说漏了嘴，告诉他们安雅离开了，或许是她的失踪引起了他们的怀疑。

她听着脚步越来越近，最后正好停在她的门口。外面的人停了一会儿，沉默。然后传来三下急促的敲门声——梆梆梆。

安雅一跃站了起来。她低头看，意识到自己还握着一摞现金。她匆忙把现金塞进腰带里，把松垮的衬衫拉出来，盖住鼓起的地方，抬脚把地板踩回原样。

他们又敲起了门。敲门声不断，而且速度加快了些，迫不及待地想要有人应答。

安雅回头看了看母亲。远远看去，她几乎可以想象母亲还是个正常人，只不过在安雅收拾房间的时候打个盹儿。从安雅站着的地方，虽然还能听到她重重的心跳，却看不到透明的皮肤，也看不到玻璃一样的眼睑。

她振作起精神——又是为了什么呢？或许他们会破门而入，给她戴上手铐拉走，或许这将是她最后一次见到母亲。几个月之后，她会在监狱里收到一个地址和一个数字，是母亲在农场的确切位置。当然她永远没有机会去看母亲，即使不在牢里也没有。农场不允许外人来访。这不禁让人怀疑，里面做着怎样见不得人的勾当，才会不让亲属拜访。

她会任由他们处置母亲。已经别无选择，甚至没有任何去尝试的责任。她已经尽力了，她母亲肯定会理解的。于是安雅最后看了一眼母亲的脸，然后向门口走去。他们不必破门而入，没有必要吵嚷、诉诸暴力或挣扎。

安雅打开门，本以为会见到鲨鱼脸警官和他的同事围在门口。但是他们不在。

"安雅，嘿。"

她缓了一会儿才看清眼前这个略昏暗的人形是谁。

"莱亚？"安雅说，"你——你在这里做什么？"

莱亚低头看向走廊，就好像在等待谁似的。她把一绺头发拂到耳后。安雅发现莱亚头发有些油腻，就好像今天没有冲澡似的。

"介意我进来吗？"她说，"如果方便的话？"

确实不方便。但是莱亚的话里有些特别的东西，使安雅暂时忘记了自己的处境。

"当然，进来吧。"

莱亚走进屋里，关上身后的房门。她没有再往前走，好像长到了地上，手僵在身侧。她打量着房间，从有水渍的墙，到落满尘土的窗户，再到有些嘎吱响的歪斜地板，最后落到床上。

"我母亲……"安雅说。她说到一半停了下来。该怎么解释？

莱亚慢慢点了点头，顿了一下，又点了点头。她的目光定到床上。

莱亚在这里显得很古怪。乳白色的柔软丝质衬衫，量身定制的修身裙装，微微翘起的下巴——一切都凸显了房间的贫乏，天花板显得更低了，墙壁更脏了。安雅的身体重心从一只脚转移到另外一只。

"你有什么想要说的吗？"

"她是不是……"莱亚顿住了，话好像卡在嘴边。

"活着？没事的，可以随便说，反正她也听不见。"

"我不是在担心她。"莱亚说。她和安雅四目相对，发现安雅的眼中全是泪水。

安雅的心底涌起一阵莫名的情绪。她没有做好这样的准备。她准备放弃母亲，自首，被人唤作怪物或罪犯，被人夺走手中的东西。但她没有做好这样的准备。

她咬着嘴唇。"你是怎么找到我的住处的？"

"乔治。"我给他打了电话，"最开始他以为我是苏珊。"她的嘴角露出一丝笑容。

安雅爆发出一阵笑声。能笑一笑感觉很好，虽然环境不堪，但是能和莱亚一起站在这里感觉还是很好。

"他错认了也不奇怪。"安雅顿了顿，环顾了四周，"你要喝点儿什么——哎，我们这里其实也没什么能喝的。"她走到水池旁，从下面的橱柜里拿出一个小罐。她打开罐子，看到里面只剩下两个茶包。"喝茶吗？不过得用热自来水泡，我们没有热水壶。"

"当然可以。"莱亚低声说。

安雅转过身。莱亚不再看安雅的母亲。她的双眼盯着地上，双臂僵硬地交叉在胸前，手指揉捏着对侧的手肘。她的额头上显出深深的纹路，安雅以前从来没有见过的。

"你还好吗？"安雅问。

莱亚抬起头。"安布罗斯，"她说得很急，"你知道吗？"

安雅从水池旁抬起头。她想了一会儿，意识到她在说什么。安布罗斯，当然。但是莱亚怎么会知道？

"摄像师不在，曼纽尔让我去替一下。"莱亚说，好似在揣测安雅的思想，"所以——所以我就去了。"

她放在水龙头下面的马克杯已经往外溢水了。她关上水龙头。

妈的，曼纽尔。安雅在心里记下了，准备和杰克曼夫人谈一谈这件事。他一直都很鲁莽，但是这件事太过分了。

"抱歉，莱亚。"安雅说，"这种事根本不该发生，不应该像这样。不应该让你这样的新人来做，不应该没有训练、没有准备就去做。你还好吗？"

之后是一阵沉默，房间里只有安雅母亲心跳的声音。她想，不知道莱亚会不会听到这个声音。

"你怎么能做这样的事？"莱亚说。她的嘴扭曲了。

"你是什么意思？"

"这个。俱乐部。安布罗斯。你的……"话卡在她的喉咙里说不出来，她指了指安雅的母亲。

安雅躲开莱亚非难的目光。她把茶包泡进水里，看着茶色跑出来。她拿着马克杯来到莱亚身旁，递给她一杯。莱亚低头盯着马克杯，就好像不知道眼前是什么东西一样。安雅把杯子轻轻放在旁边的桌子上。

"这不是我干的。"安雅看了看母亲说，"我母亲自己弄的。错位——就是这样的状况。你以前可能没有见过。"

"那么……什么？"莱亚说，"这就是你加入俱乐部的原因？这就是你让——让安布罗斯这样脆弱的人自杀的原因？"

安雅的目光一闪。"他们不是脆弱的。他们做出了选择，知情选择。"

"你见过安布罗斯吗？你听到他在吾康互助组里说的话了吗？你觉得他做了'知情选择'？"

安雅呷了一口茶。温热的液体流过喉咙，味道不能令人满意。她的心脏在胸腔里跳动。她现在不需要这些，不需要听这些，至少不要从莱亚那里听到这些。她知道些什么？她和其他人一样，那些自我满足、舒适、盲目的长岁人一样，到处宣扬自己的理念。把他们的理念强加给她母亲一样的人。

"听我说，"莱亚低声说，她的目光不时瞥向安雅的母亲，"我想我能理解。以你外来人的身份，母亲又像这样，生活肯定不易。但即使这样，做那些事也不能说是正确的。"

安雅叹了口气。这不是她第一次做这样的对话，尽管是第一次和别人这样对话。这些想法每天晚上都会在她脑中肆虐，就好像她自己不知道一样，就好像她以前没有听别人这样说过。

"你不可能理解。"安雅说，"我很抱歉你见证了安布罗斯的死，这样的事情不该发生。但是是你自己想要参与进去的，是你要我帮你和俱乐部取得联系的。是你参加了会议，你自愿的。曼纽尔给你电话的时候，你同意了。"

莱亚沉默了。她再次开口的时候，声音变得轻柔了一些。

"我可以吗？"她说着，向安雅母亲的床边走去。

安雅点点头。莱亚来到床边，坐到安雅平时坐的那把椅子里。

她打量着，看到了斑驳的皮肤，空荡荡的胸腔，乳白色的眼睛，还听到了心跳。味道肯定熏得她受不了，安雅想，因为她肯定不习惯这样的情景。但是莱亚没有表现出丝毫的恶心。

莱亚伸手要抚摸安雅母亲的脸，安雅立刻警示她停手。她看着莱亚的手指落在母亲的头骨上，以前那里长着头发。莱亚没有拿开手指，没有惊恐，也没有尖叫。她好似在聆听。

"你说得对。"莱亚说，"我是说，你当然是对的。她还活着，能感觉到。"

她挪开手，搭到腿上。

"抱歉。"莱亚说。

"我还好。"安雅说。她很累，希望莱亚能离开。

"你说我不可能理解，但是我能。我也去了，那个派对。多米尼克——她——唉，你懂的。"莱亚不再说话。

她怎么可能在那里？安雅皱着眉头，在脑中回顾着那天发生的事情。不，她肯定没有邀请她，邀请她是之后的事情。

"我是跟着别人去的。你见过他，我看到你和他对话。"莱亚继续说道，这时她的声音已经平静了，责备的语气已经不见了，"一个老人，单民族，亚裔。他的名字叫垣内。"

垣内。是的，安雅记得他。流浪者。一个友善、安静的老人，你会觉得他会是那种满足于家庭生活的人。然而他却浪迹天涯，看遍了天下疾苦，决定已经活到了时候。他忍受了很多痛苦。送走了一个儿子，她记得。非长岁人。

"桐野垣内。"莱亚说着，直视着安雅的眼睛。

"桐野，你的姓……"

莱亚点点头。

"哦，莱亚。"安雅说。现在一切都讲得通了。

莱亚的双手又揣进了口袋，抠着指甲和线球，牙齿咬着嘴唇。"这样的案例不是有特别豁免吗？"她说，又盯向安雅的母亲，"还有多少像这样的人？"

她耸了耸肩。"谁知道呢？"

"然后呢，你就这样等着她——她的身体——终了？"莱亚眯起了眼睛，"就这样？"

"不，有一些——地方。安养院，他们是这么称呼的，不过其实就是一些仓库。而且很贵，没有补贴，如果你能从黑市上找到替代器官的话。所以如果你付不起钱——当然大多数人都付不起——就送他们去农场，情况也差不多，但是他们在那里会分解躯体用作养料。"

说起这些，安雅并没有感到不安，也没有哭。很奇怪，她反而感觉好了一些，更坚强，只是因为莱亚在这里。她想，等莱亚离开之后，她会去买一辆车，她会去市场。

莱亚摇着头。"这看起来不对劲。我希望能帮上你。"

安雅点点头，感觉有些哽咽。

"当然在这种情形下，生命圣洁训令并不适用。"莱亚继续说道，"或许俱乐部能帮上忙！他们能帮忙做点儿什么吗？"

安雅咽了口唾沫，还在想着莱亚的父亲。"问题不在这里。"

"你无法承受，"莱亚说，渐渐领悟到一点眉目，"你可以的，当然可以的。T丸。但是你不想这么做。"

安雅眨了眨眼。

"这么说你肯定是懂的？"莱亚的声音有些提高，"你一定理解对我来说会是什么样子？我不能让我的父亲这样做。你能帮我吗？能不能阻止他？"

安雅感觉眼睛有些发烫。她不知道会是怎样，不。她失去了母亲，但是失去的方式不同，因为母亲在理论上还活着。这是一种缓慢、逐步的失去，好像有害气体从门缝里渗入房间，慢慢弥漫开来，在你意识到它的存在之前，就毒死了植物，使你的内在麻木。

但是她不知道该如何向莱亚讲这些。她不知道如何告诉莱亚，自从她的母亲卧床之后，帮助安布罗斯这样的人是唯一能令她感觉有用、感觉不那么无力的事情。如果她不能帮助母亲死去，至少可以帮助其他人。

"我不能逼迫他做任何不想做的事情。"安雅说，"你应该知道，他不需要我们帮他结束生命，他自己很轻松就能实现。他来找我们是因为他想要自己的死有意义，因为他信仰某件事情。但是即使我说不，即使我不允许这样的事情发生——是的，我确实可以——他也很容易就能找到一种别的方式。"

安雅看出来莱亚听懂了她的话。看起来很奇怪，她之前并没有想过这些，但是安雅能够理解。她理解管状视野，理解在这种情形下产生的纯粹意愿之力。她知道莱亚此时肯定在想的事情，因为她以前也想过类似的事情。

如果我能买到T丸。如果诊所能帮忙。如果俱乐部能帮忙。如果，如果，如果，如果。安雅花了很长时间才想清楚，问题从来不是来自外界。

"对啊，"莱亚说，"对啊。另一种方式，我明白了。"

安雅很为她难过，但是她什么都做不了。她有自己的问题要去处理，时间已经不多了。

"抱歉，莱亚。"安雅坚决地说，"你现在必须离开。"

莱亚盯着她，好像无法理解。但之后她似乎想通了，点了点头，转身准备离开。

她在门口停了下来，又最后看了安雅的母亲一眼。

"祝好运。"莱亚说。她的脸颊绯红，眼里闪着晶莹的光。她在想什么？"祝我们都好运。"

没等安雅回话，莱亚就转身离开了。门咔嗒一声关上了。

之后又只剩下她一个人，她和她的母亲。

第三十二章

莱亚出门来到街上，夜幕降临，她打了个寒战。橙色的光从建筑的缝隙中穿过，在街道上投射出长长的影子。步行的人群变少了，刚刚过晚高峰，人们多半都在家里，吃当天的营养配额或在公寓健身房里健身。她想象着他们公司的办公楼已经空了，每一层楼都只有下班后的昏暗灯光。她想象着姜和妻子在家，坐在那里，双脚搭在咖啡桌上，还在从平板电脑上读着电邮。她想象着娜塔莉，很可能住在一个和她的公寓很相似的地方。

她想到安布罗斯，想到安雅的母亲，想到安雅，想到垣内。莱亚感觉自己的腰上有些沉，好似他们的所有问题和所有痛楚都爬到她的身体里，缠住了她的脊柱，落定在那里。僵化，锚定，不可动摇。

莱亚开始往家走。很奇怪，安雅的母亲并没有使她心生憎恶。她更多地震惊于房间的大小、肮脏的窗户、布满蛛网的天花板和黑暗的角落，与俱乐部的私人晚宴和奢华派对形成鲜明对比。

但是对于安雅的母亲，莱亚只有好奇。她想要偷看一下那具躯体的机械工作原理，看看呼呼声是从哪里发出来的，看看身体组织是如何通过硅树脂黏合在一起，想感受一下她血管中流淌的深色智慧血液™的黏度。莱亚忽然一惊，意识到在她的身体里也流着同样的血。她伸出一只手放到脖子上，感受着血冲击着下巴下方柔软的脖颈，想象着血的颜色，和她今天看到安雅母亲血管里浓稠的棕色一样。

如果是垣内躺在那里，她会怎么做？莱亚把这种想法从脑中赶走。这样想很荒谬，永远也不可能发生的。有她在身边就不会发生，有她现在的计划就不可能，现在GK站在她的一边。她会跻身第三波浪潮，然后她要保证垣内也得到一个名额。

莱亚会处理这件事。

莱亚回到家，倒在床上，衣服也没有脱。她无比疲惫，感觉浑身沉重，比以往任何时候都累。她的腿伸进被子下面，灯还亮着便闭上了眼，立刻就睡着了，睡得很沉，沉沉无梦。

第二天早上，莱亚慢慢醒来。尽管身上还穿着昨天的衣服，昨晚也没有刷牙，但她还是感觉出奇精神，就好像压在身上的重担卸了下来。

她躺在床边上。脊柱底部的重压感已经转移到了腹部，她能感觉到还在扩散。

她在浴室里，任由衣服滑落在冰凉的大理石地面上，她则缓缓走到一边。她想，过一会儿再捡，在心里把这件事记到早饭后待完成事项清单中。

她正要去泡澡，却不由自主地转身面向镜子。她停了下来，挺直身子，展开了肩膀。她收紧肚子和臀大肌，臀侧向一边，伸长脖颈，但还是很明显。莱亚看着腹部和胸部有些下垂。她发现脖根处有一点皱纹，左侧肱二头肌上有一点浅浅的老年斑。小腿上显出一条凸起的血管，像条虫子一样在皮肤下蠕动。

她伸出一根手指按到血管上，沿着暗绿色的线条划过。手来到膝盖，又重新划过一遍，这一次更用力。然后又划过一遍，这一次用指甲。没有划出血，但是剧烈的疼痛感觉很好。

莱亚走进浴缸。水很烫，感觉四肢都像被剥了皮。她用食指和大拇指捏住鼻子，慢慢地把头也没进水里。热气进入她的耳朵里，她的脑中嗡嗡地响起来。

她不慌不忙，仔细地用丝瓜去着角质，以前她很少有时间做这些。她揉搓着身子，直到最后皮肤变得红软。她想象着把小腿凸起的血管揉搓掉，把鼓起的腹部按捏平。她洗好之后，拔掉浴缸的塞子。出水口发出巨大的抽水声，好似一个人淹在水里。莱亚又用冷水冲洗了身子，感觉毛孔扩张又收缩，享受着冰冷刺骨带来的麻木感，好似身上穿上了铠甲。

她用毛巾擦干了身子，又照了照镜子。血管还在那里，老年斑和下垂的腹部都没有变。突然，安雅母亲的模样在她脑中闪过，裸露透明的身体。

她会把家具放回到原来的地方，她想。沙发腿在光洁的地面上划过，发出尖厉刺耳的声音，她低头看时，发现木地板上被刮出一条很长的白色划痕。莱亚用前脚掌踢了一脚沙发腿，虽然小心翼翼地缩起了脚趾，但还是很疼。

"莱亚？"有个朦胧的声音传来，然后传来一阵敲门声。

莱亚瞥了一眼房门，蹒跚地走到门前，从猫眼往外看了看。

一大束白色的花，某种牡丹或玫瑰，差不多盖住了他的脸。门外的人转过身，她看到是托德，身穿整洁的蓝色衬衫，褐红色的领结，和他不久以前生日派对上戴的领结一样。

她合上猫眼遮板。

"你想要做什么，托德？"她对着门外喊道。

"我只想和你聊聊。"他说，"能让我进去吗？"

莱亚不知道这是不是个陷阱，可能有身穿白衣服的内阁人员站在角落里等着她出来，抓走她。她不知道托德对内阁的人讲了多少他俩上次见面发生的事情。托德是个懦夫。经过之前发生的事情，他不会像这样独自一人过来。

"我觉得我们已经没什么好谈的了。"她说着，走回到歪歪斜斜地摆着的沙发旁。她又抓起沙发的一头，这回沙发下陷得厉害，好像比之前更重了。

"求你了，莱亚。"他说，"我想道歉。"

他想要道歉。莱亚噘起了嘴，露出了上边的牙齿。她又放下沙发。托德说这些话她可要听听。

莱亚回到门前，拉开门，门链还拴着。

"你是一个人吗？"她透过门缝对他说。

托德放低了花。面容温顺黝黑，方下巴，五官立体，和莱亚记忆中的模样一样。比她记忆中还要更好。莱亚感觉腹部一紧。

"我当然是一个人。"他说道，皱起了眉头，"还能有谁和我在一起呢？"

莱亚仔细打量了一番他的面容。他一脸无辜的孩童表情，眼睛一眨不眨，双唇向外嘟着，润滑光洁。

她又关上了门，拉开门链，打开了门。她半个身子探到走廊里，左右打量了一番。走廊里是空的。最后，她回头看向托德。

很令人厌烦的是，他看起来似乎比之前还壮了，三角肌更明显，臀部更翘了。他脸上的毛发稍微长了一些，有点儿金色的络腮胡，好似富人家草坪上整齐的草。莱亚又感觉心口一紧，于是叉起了胳膊。

或许她会和他做爱，莱亚突然想，就在走廊里，就地，立即。她向他迈了半步，吸了他身上肥皂清香的男孩味道。她要把他按到地上，坐到他的脸上。托德后退了一步，把花递到她身前。莱亚叹了口气。她从托德手里接过花，扔到身后的地上。

"好吧，告诉我，"她说，"你很抱歉。"

莱亚的指尖放在托德坚实的胸脯上。

"莱亚，"他说，"见到你真好。你看起来……"他顿了顿。莱亚看出来托德打量着自己松弛的皮肤，湿漉漉的头发。他脸上的表情变得柔和，好似怜悯。

莱亚一只手抚摩着他的左乳头，另一只手摸到他的胯下。她感觉托德一跳，然后僵住了，身子一阵颤抖。

"继续，"她说，"告诉我你为什么要抱歉。"莱亚感觉一股捕猎者的冲动在心底涌起。过去几周的失意沮丧达到了顶点。她抓得更紧了一些，看到托德脸都抽搐了，她笑了起来。尽管脸上有不舒服的表情，但是他现在勃起了。莱亚注意到他戴的红褐色领结上有些粉色小点。

"我抱歉打你的报告。"他说，声音有些起伏，说话的节奏有些太快，不自然，"我以为——我以为我是在帮你。"

"真的，"莱亚说着就要解他的腰带。托德躲开身，拦住了她，但是她却不依不饶。

"莱亚，"他愤然低声说，"你在做什么？我是来和你说事情的。"

"那就说吧。"她拉出他的老二。那种状态有些糊里糊涂、兴致乍起，就好似被一条隐形的绳子牵住了。

"莱亚。"托德叫了一声。他的脸颊都红了，眼睛快速地眨巴着。真是漂亮的睫毛啊，莱亚想。托德的呼吸更加急促了，脸也红透了。他不会要哭吧？

不过之后他没有拦她了。莱亚把他拉进屋里，关上了门。

他们在地上做的，她在上，他驯服又顺从。她几乎忘记了一切，安雅和她的母亲，还有俱乐部，她把托德粗糙的双颊夹在大腿间，压住他柔软的嘴。她心不在焉地想，这样坐在他身上可以拧断他的脖子。莱亚艳羡地看着托德结实的身体夹在她两腿之间。尽管他犯了错，但是他毫无疑问是个漂亮的男人，她想。

他们完事之后，莱亚撑起身子，跨坐在他的肚子上。

"这么说你原谅我了？"他声音很小，令她甚至有些愧疚。但是这时她记起发现他打自己的报告时，他也是这个表情，于是沉默了。

"我刚刚在说，"他说，"你不让我说完。但是我想我是在帮忙。直到昨天他们告诉我的时候，我才意识到自己做了什么，真的。"

莱亚僵住了。"告诉你什么？谁？"她说。

托德把头转向一边，轻声说，几乎像是耳语。一绺金色鬓发落下来，遮住了他的右眼："在公开宣布之前，我本不该告诉任何人的。但是他们已经开始通知候选人。"

她的双手变得冰冷。

"是第三波浪潮，莱亚。谁知道会这么快呢？但是他们说这是真的。而且我们就是第一批。"他的声音里透着惊异，透着一种莱亚以前从未听到过的严肃。突然之间，托德听起来好像老了很多，也疲惫了很多。

莱亚一只手按住他的胸脯。

"你这话是什么意思？"她说，"你说我们是最早的一批是什么意思？"

托德转过头看向她。

"对不起，我说我们是——对不起。"他嘴有些打绊，"你看，已经通知我了。"他又尝试换一种说法，"我想，呃，或许你也得到了通知。有吗，莱亚？"他端量着莱亚的表情，但是他眼中怜悯的表情告诉她，他已经知道了。他猜到了，或者问过了，或者不知怎样发现了。

莱亚凑到他的面前，鼻子离他只有几英寸远。她用双手掐住他的脖子，感觉他的脖子好粗、好结实，但是又好温暖。她想象着脖子里面的智慧血液™是什么颜色。

她稍稍用力掐了他的脖子，感觉到他在身子下面有些惊慌。

"莱亚。"他叫了一声，眼睛瞪大了。她继续掐着，但只是轻柔地，玩闹一般。

"莱亚！"他大喊，拱起屁股，把她从身上甩到了一边。

莱亚跌倒在冰冷的地板上，手肘一阵剧烈的痛感。

这时托德已经站到她身前。

"天哪，莱亚。你这是怎么了？"他揉捏着后脖颈，伸出一只胳膊。"抱歉，"他又忽然悔悟，"伤到你了吗？抱歉。"

莱亚抓住手肘，试着伸直胳膊，但胳膊却不动。

"别这样，莱亚。"托德说，"我来是想说或许我们能一起解决这个问题。既然我已经得到了通知，或许能为你说些好话。"

或许他们可以一并修复，或许他们可以。她想到安布罗斯自杀的视频，想到和安雅的对话，都在纽扣孔相机的内存卡里存着，等着送给GK。她在等什么？为什么她还没有送去，免去自己的罪责，回归正常生活？托德可以搬回来住，她可以回去继续工作。

但是莱亚盯着托德完美的金色双眼，她意识到自己不想这样做。这就是原因。她过去的生活好似遥远的现实，空洞的生活，可笑。她无法想象再回到办公室，坐在办公桌后面，和有钱的客户谈着能用上几辈子的钱，而且还是他们拿不到的钱。她无法想象和托德继续生活下去，参加谈论维生素鸡尾酒派对，八卦着谁的身体训练师和谁的客户睡了，用手挡住嘴，偷偷轻声聊着彼此的数字。

那么她想要什么？

答案来得很急。

"我得走了。"她对托德说。

"去哪里？"他立刻显出疑虑的表情，但莱亚已经不为这样的事情感到困扰了。托德怎么想已经不重要，他们那些人怎么想都不重要。

她站起身，开始穿衣服。她穿好之后，抓起背包，环顾了公寓。突然之间她感到怅然若失，就好像她再也见不到这间公寓似的。但即使这时，她还是感觉腹部的结在往上走，感觉嗓子里有些痒，奇怪、无拘束、肆无忌惮的痒。

"你要去哪里，莱亚？"托德又问。

"再见，托德。"莱亚说。没等托德应她的话，她就关上了门。

第三十三章

　　花开始凋谢了。巨大的牡丹球茎像珊瑚一般，白色的玫瑰勉强开着，厚厚的花瓣粗俗地向外侧耷拉着，露出布满花粉的橙色花蕊。花在水晶花瓶里奄奄一息，裸露的花茎已经被压弯了。气球也泄气了，氦气混入人们呼出的浓浓浊气中。虽然天花板上还悬了很多气球，但有些已经落到半空，拉线拖在地板上。

　　其他孩子都坐立不安，郁郁不欢地看着蛋糕。父母都抚摩着孩子柔滑的头发，对着他们的小耳朵低声哄着他们。再等一小会儿，他们低声说，听话。莱亚感觉他们都在偷偷看自己——先是看她，然后看她的母亲；她母亲正开心地分发蔬菜潘趣酒，用好心情感染来客，安抚着生气的人，让大家不要担心。

　　母亲来到了她的身后。莱亚能闻出味道来——浓烈如夏季般的香水味道，还有她身体隐隐的咸甜气味，那味道和莱亚的几乎无法区分，她都不知道这个味道是好是坏。

　　"莱亚。"母亲对她说，跪在她身旁。

　　她看着母亲的脸，想要从金色温暖的面容、黑色的眼睛和饱满的核桃色嘴唇中寻求慰藉。她不能投入母亲的怀抱里，不能把脸埋到她的肩膀上。母亲的身体太强壮、太结实，绷得太紧。莱亚找不到可以埋头的地方，于是又低下了头。她知道母亲要说什么。

"他赶不回来了，莱亚。"她母亲说，"一定是飞机晚点了。"她转向身边的塞缪尔，"你和她讲，塞缪尔。"

塞缪尔重复了母亲的话。"我想他赶不回来了，莱亚。"

他赶不回来了。听着这熟悉的话，莱亚感觉心底一阵翻腾，眼圈有些热热的。但是她能感受到空气中的尴尬，朋友和同学的注视和低语，最后一个游戏都已经玩了几小时，蔬菜潘趣酒也都发完了，只剩下不多的几个孩子分坐在客厅里。太阳已经西下，通过百叶窗只剩下一片橙色的光。

她的双腿感觉沉重，但还是站了起来。了无生气的房间里忽然传来一阵窸窣的声音，客人都警觉地抬头看去。

"该切蛋糕啦！"母亲坚定地说，更多的是对着莱亚说，而不是向观众。

人群一阵兴奋。孩子们都站了起来，扔掉彩带和玩具，母亲给自己的孩子整理头发，父亲都清了清嗓子。他们全都聚拢到房间中央摆放蛋糕的基座前。

莱亚被拉到蛋糕前，小手里被塞进了一把粉色的塑料刀子，就算这样，她的目光也一直没有离开房门。

他说过这一次能赶到的，他保证过。

但是装饰了彩虹色气球拱门的门框还是空空的。他赶不回来了。

"该切蛋糕啦！"母亲又说了一遍。在她欢悦的话语中，莱亚能听出警告的语气，母亲说话的口气总能镇住她。然后母亲的双手抓着她的腋下，把她抱到蛋糕前面的高椅上。

莱亚双手抓住黏糊糊的塑料刀子。她扫视着眼前的人群。或许他藏在人群中，等着给她惊喜。我怎么可能错过最爱的女儿的生日呢。但是他不在那里，她等待着，她让所有人都等着，现在气球已经泄了气，冰都化了，而且他们不等他就要切蛋糕了。

"祝你生日快乐。"母亲开始唱了起来，声音还像之前一样响亮、愉快。塞缪尔也唱了起来，然后其他宾客也跟着唱起来，节拍都没有赶到一起。"祝你生日快乐。祝你生日快乐莱——亚。"

坐在高椅上，桌子还是和她的胸部齐平。蛋糕高耸在她面前，又高又白的蛋糕，红色的装饰花像小丑的口红一样鲜艳。

"祝你生日快乐。"

莱亚的母亲在她身后靠过来，强壮的胳膊抱住了她的肩膀。但那不仅是拥抱，她还抓住了莱亚的双手，拉着她的手，把刀靠向了蛋糕。

还不行。莱亚抬头，惊慌地看了看空荡荡的门框。他还没有来，不能不等他就切蛋糕。

但是粉色的塑料刀子已经开始切入洁白的奶油霜中，母亲双手稳稳地抱住她汗津津的小手。所有人都在鼓掌，掌声好似烟花爆炸的声音，刺痛了她的耳朵。

莱亚使劲想要拉回刀子，但是已经太晚了。这时已经切到了乳白色的一层，她能看到里面的黑巧克力海绵蛋糕。他还没有来，但是已经太迟了。

她心底有些情绪涌动，更用力地切了下去，心情也更放松了。刀子切过厚厚的松软蛋糕层，乱糟糟的，切得歪歪扭扭，蛋糕碎屑随着切口散落，最后刀子触到了基座坚硬的表面。

掌声更热烈了。莱亚母亲拿开手，直了直身子。"感谢大家。"她满意地说。派对总归还是成功的。

但是客人没有看她。他们都在看莱亚，看她坐在高椅上，双手紧紧地抓住塑料刀子的柄。她又把刀子切进蛋糕里，和第一刀平行，然后又切了一刀，这一次随意地挥舞着刀子，切到蛋糕完美的第二层。她把刀子插进蛋糕里层，插得很深，手指都陷入柔软的奶油霜里了。

掌声消失了，大家都沉默了。莱亚僵住了，抬头看到母亲注视的目光。

母亲脸上有个表情一闪而过，是她无法辨识也不能理解的表情。

"噢，莱亚，看看你都做了些什么！傻姑娘。"母亲用轻松的语气说着，脸上带着大大的笑容。她从莱亚黏糊糊的手指间夺过刀子，捏在食指和大拇指中间，展示给人群看。"这就是我们家莱亚的毛病，"她继续说，"总是太过热情。"

所有人都大笑起来。最开始笑声好似机械的罐头声音一样，尴尬又不情愿，但笑着笑着，就变得自然了一些，好似如释重负一般。

莱亚沉默地坐在那里，盯着蛋糕乳白色表面下的黑色伤口。她想把手插进去，抓起一把有毒的奶油霜海绵蛋糕，塞进嘴里。她不知道会是什么味道，只尝一小块碎屑也好。

莱亚四处打量了一番。已经没有人在看她了，他们躲闪都来不及。人们纷纷取走衣帽，穿戴起来，互相吻别。

她抬起右手。她能感觉到光滑油腻的奶油霜沾在手指上，能看到蛋糕屑散在手掌中。

母亲正在接收礼物，向客人道别。她没有看。塞缪尔已经开始收拾房间，忙着整理地上的彩带和用过的纸巾。而她的父亲——呃，他并不在场。

于是莱亚把手伸到嘴边，舌头舔到手掌上。她以为蛋糕屑就像其他一些据说有毒的食物一样，会是苦的；父亲的黑色鞋油辛辣灼热，耳朵里湿乎乎的东西是酸的。就算在当时，她也知道苦就说明东西坏了。这时，在他说要在家但却没有回来的日子里，她想要尝一尝。

但是刺激她味蕾的味道和之前尝过的所有东西都不同。有一点蔬菜糊的味道，母亲有时会给她吃，有一种她未曾注意过的口感，在口中膨胀、扩散开来，给了她美妙的感觉。莱亚的舌头舔着上腭。不，这个东西没有坏，吃起来根本不像毒药。

莱亚又伸出了舌头，准备举起另外一只手，这时她抬头看去。母亲还在和宾客道别，客人在四处走动，有的收拾着礼品袋，有的系着鞋带，但是在一片混乱中，他悄悄地进了门。

父亲站在门口，大肚子撑起了湿乎乎的衬衫，外套搭在一只手上。他的鼻子闪闪发亮，比平时更亮，太阳穴上也闪着汗珠。

莱亚有些想要跑到他身边，跳进他的怀里，把脸埋进他庞大的身体里，但是又有些想逃走，爬到桌下，藏起来。

但是看到他脸上的表情，莱亚像长到了椅子上。他正在看着她，就好像第一次见到她一样。他皱着眉头，耷拉着脸。他正在观察她。

莱亚意识到自己的嘴还张着，舌头还朝着抹了奶油霜的手伸着。她意识到父亲发现她要吃有毒的蛋糕，自己有麻烦了。可是奇怪的是，他没有喊叫，也没有跑过来阻止她。这正好确认了她原本的疑虑，蛋糕根本就没有毒。

尽管如此，被抓了现行还是令她备感羞耻，脖颈感觉到一阵刺痒，她闭上嘴，放下手。但这时，她觉察到父亲的目光中有些异样的神色，于是停了下来。她伸出舌头，又把手指送到嘴里。她动作缓慢，给父亲时间来阻止她。

但是他只是盯着她看，没有阻止她。她肚子里有些异动，好似裂开一道深壑，她不再想要这些糖衣。甜味在嘴里突然变得难闻，她想要吐出去，想要用水洗干净。她开始哭了起来。

甚至连她的母亲都还没有反应，父亲就一眨眼间来到她身边。

你哭什么呀？我的小寿星，我的小姑娘，不要哭了。

他怀抱着莱亚，胳膊黝黑结实，像木头一样。莱亚看着他小臂上的黑色汗毛，那么熟悉，距手腕挺远的地方汗毛就不见了。亮暗相间的皮肤令人舒心，和母亲光滑、毛孔清透的皮肤有很大不同。胳膊内侧的皮肤还有些褶皱。

嘘——不哭啦。

她闻着父亲身上的味道，有些辣味，好似切开洋葱时的味道，她母亲偶尔做传统餐的时候会用。她的头紧紧偎依着父亲的胸脯，黏糊糊的双手搂住他的脖子，奶油霜混合着汗水渗进他的衬衫。

莱亚从父亲湿乎乎的衬衫上抬起头，睁开眼，这时几乎所有人都走了。母亲悄悄送走了他们——感谢来访，噢，真是太可爱了，她只是有点儿累，你也了解这些孩子的——这时正在专心捡地上的彩带，莱亚一看就知道母亲生气了。她知道，母亲又生气了，心里一阵疲惫沮丧。到底是怎么回事，她也不太清楚，现在还说不清楚，但是她看出母亲嘴角僵硬的弧度，看到她锁骨紧绷的皮肤。

"噢，嘿。"

莱亚抬头看向父亲的脸，立刻忘记了母亲的愤怒。他来了，熟悉的双下巴，扁平宽大的鼻子，敏锐的双眼。左脸颊上的凹痕令她无比着迷——她认识的其他人脸上都没有坑。他说是长痘痘留下的。他年轻的时候皮肤不好，父亲告诉她说，也就是说毛孔有时候会感染，变成红色的凸起，里面长了脓，痘痘破了之后就会留下坑。莱亚以前从未见过痘痘。

有个东西在他手里沙沙地响。莱亚低头看去。

东西包裹得很粗糙，好像包得匆忙，金色的包装纸皱皱巴巴的，胶带也粘得歪歪斜斜。但她还是一把抓了过去，脸上露出灿烂的笑容。

"你以为她收不到礼物吗？"母亲说，话里有些生气。

但是莱亚没有听。她迅速撕掉包装纸，金色的纸闪着光。尾巴先露出来了，芥末黄色，带鳞甲，有鳍。然后露出了腿，身体，小小的脑袋。玩具是用橡胶塑料做的，就是普通的玩具。这时她看到鳞甲一直从尾巴延伸到后背，一直到头顶。

她抓着玩具恐龙的尾巴，盯着它的脸。它就像人一样，她想。她在图画书里看过这种恐龙。莱亚皱着眉头认真想着。

"剑——"

"剑龙。"他说，"对的。"

"剑龙。"她说，脸上的笑容更灿烂了，"快看，妈妈！"她抓着恐龙尾巴，向妈妈挥舞着。莱亚的母亲虽然不高兴，但还是控制住自己，笑了起来。

"真厉害啊，亲爱的，"她说，"你带着它上楼，准备洗澡好不好？"

莱亚点点头，从椅子上溜了下去。

她犹豫了一下，转身面向父亲。"你也来吗？"

他们以前总是这样。大多数时候是母亲给她洗澡，但每次有一条新恐龙，她就知道父亲会陪她洗澡，哼唱着熟悉的洗澡歌。父亲边给她打上洗发水，边讲一些关于恐龙的有趣故事，那一排塑料恐龙靠着浴室的白色瓷砖摆放着。霸王龙唯一的愿望就是能拍拍手，翼龙冲浪的时候把翅膀当帆。莱亚想知道剑龙有什么故事。

他抬头看向莱亚的母亲，两人之间有一种无言的交流，她也看不懂。有那么一会儿，莱亚感觉母亲的情绪有些波动——如果父亲说不，她就知道情况会很糟。她知道那样的话母亲就会再次发怒，他们会吵架。一切都是她的错。

但是父亲对她笑了笑，露出牙龈，笑得眼睛都眯了起来。"当然，"他说，"要不你先上去？我马上就来。"

幸福感从天而来。莱亚咧开嘴笑了笑，蹦蹦跳跳地上了楼，手里拿着恐龙。

第三十四章

安雅睡眠一直不好，但是那一晚比平时还要糟糕。那一晚她梦到追逐她肉体的机器，在她所住公寓地板下的线圈和脚手架。电线冲破天花板，缠住了她的母亲。她梦到它们没有摔死她，不，那样反而会让她如释重负。相反它们刺入她的血管，在梦中她了解到一个可怕的事实，这样她的母亲将会永生。她梦到电线如雨一般落下，像在热带雨林一般，缠绕在一起，越来越厚，直到最后门都看不到了。她梦到她将永远被困在里面。

第二天早上她醒来的时候，身上是薄薄的一层汗。她静静地躺了一会儿，盯着天花板上的巨大棕色斑点，透过薄薄的垫子，感受着坚硬的地板。她感觉脊柱有些僵硬扭曲，伸展的时候脖子有些嘎吱嘎吱地响。母亲血流的哗哗声和心跳的怦怦声在一片静寂中反而令人心安。

安雅坐了起来。她不能再等了。她很幸运没有人来问布兰科的事情，但是她不能一直靠运气。

她抓起一条毛巾，还有装洗澡用品的小篮子，向公共浴池走去。浴池里面一只蟑螂匆匆地从黄色的池子里跑过。在每天的这个时候淋浴至少还不算坏，比晚上要好多了，那时排水沟里全是污秽的泡沫，瓷砖上也沾满了头发。她走进浴池，转动了热水阀。

水流很小，将将能润湿她的头发。唯一能让她觉得可以忍受的就是水温。这里的水温要么冰冷，要么太烫，她喜欢滚烫的热水，所幸今天就是滚烫的。她感觉自己的皮肤一片一片地变红，头左右挪动着，让水从肩膀上沿着身子流下去。

安雅忽然想到，她在这样的地方从来都没有洗干净过。可怜的细流，一半身体都是干的，又怎么可能洗得干净呢？她想起莱亚家的游泳池，那么大的地方，那么多水，空荡荡的，能俯视整个城市。她想到那里的淋浴，平稳的水流，冲击着腰部，达到工业水准的力度，从墙上凸出来多个喷头，喷头有晚餐盘子那么大。

她使劲打着洗发水，用参差不齐的手指甲抓着头皮，想把头洗干净。她想到加拿大有湖。她记得看过一段有关棕熊的纪录片，里面有湖，她肯定纪录片就是在加拿大拍摄的。棕熊的形象在她脑中闪现，一个强壮的黑影盘踞在白茫茫的水边，强壮的爪子捕到了闪闪发光的鱼。她想象着扎进那样的湖水里，闪着光，像宝石一样，非常冷，连呼吸都困难。她更用力地揉搓着洗发水。泡沫流进她的眼睛里，刺痛了眼睛，泪水流了出来。

等她终于来到外城的时候，等待共享车的只剩下她一个人。通常坐共享车的人都不会来这种地方，这倒是她喜见的。这意味着不会有人品头评足或窥探隐私，最后半小时的旅程可以独处。这一程花去了一整天的工资，但是除此之外没有别的办法到那里去。如果算上回程，要两天的工资。

还没看见市场，她便闻到了市场的味道。烤玉米，死水，初级的工业气息。再靠近些，能闻到一点点汗味。在这里，市场的外围，人们坐在马路牙子上，吃着串在签子上的烤蔬菜，穿运动鞋的孩子互相追逐打闹。安雅身前，一个身穿紧身裙、破洞皮裤的独身女人靠在灯柱上。她招徕着街上经过的男人，一边抚弄着发梢；她一定认为这样很勾人，但其实只会显得紧张。马路另一侧，一个靠着灯柱的男人向她挥舞着一个纸杯。他脚下的牌子写着：饥饿且独身。卖肾，请询。

安雅加快了步子。她已经离得很近了。她能听到叫嚷声和数钱声，能闻到烟尘的气味。终于，她转过拐角，到了目的地。

这些市场总是很能抓人眼球，它们占据了很大一片低矮的楼，以前一定是个工业区，是外城荒废的诸多工业用地之一。大楼和飞机库大小差不多，四墙是生锈的波纹铁或很薄的砖。这些楼还能挺立着也算是个奇迹，但它们就是这样挺立在那里。

安雅不知道整片市场到底有多大。她从来没有走过全程；她不知道市场延伸到多远，也不知道占据了多少大楼和空的停车场。

噪声从四面八方袭来。孩童和小贩高喊着、尖叫着，车轮碾轧着落满灰尘的碎石，机器轰鸣着。这里一定有成千上万甚至上百万的人，比安雅以前见过的人都更多，甚至比一区至五区所有的人都多。

安雅向东走去，那里的楼最大，也最老，她知道那里的仓库还有烂掉的皮带和复杂的大型机器，一些有想法的人为了各自的目的又重启了那些机器。想要找到需要的东西，去那里可能性最大。

在人群中向前挤非常慢。安雅一只手搭在腰带上，那一摞钱蹭着皮肤。她在这种地方也不算太扎眼，不像莱亚那样，但是她光滑的皮肤和干净的衣服也吸引了不少目光。她想，尽管如此，或许这也是一件好事。即使在市场上，也不会有人对长岁人动手。

她终于来到了工厂。这里主要是男人，穿着脏兮兮的汗衫，脸上都是油污。更多的人看过来，偶尔还有人吹起调戏的口哨。可奇怪的是，安雅感觉在这里比市场的其他地方更安全，感觉她的弱点非常明显，如果有人图谋不轨，她就可以依赖暴民正义来解救她。而且，这里也没有比餐馆里差多少。

一时间她想到了布兰科，想他现在在什么地方。他是不是也来过这个市场，为她寻找T丸？

"为什么皱眉呀，小甜心？"一个头发又脏又油、指甲乌黑的男人叫住了她。他靠在一个摊位旁，摊位上用网兜着螺母和螺栓，几个货架的齿轮在日光下发出暗淡的光。尽管已是秋天，天气也凉了，但是他还敞着胸脯，身上还滑腻腻的，有些汗水。

"哈喽。到哪里可以找到卖车的？"安雅说，努力不去在意他色眯眯的眼神。

"车子！哇！像你这样一个女孩要车子做什么？"那个男人转身面向周围的摊主，他会意地翘起一侧的眉毛。他们哄堂大笑。

安雅紧闭着双唇。"我需要一辆车。"她说。

他眼珠又往上转了转，但是没有评价。"那么你能给我什么呢？"他的一位朋友窃笑道。

她走向前，来到说话男人身旁。最开始他和安雅对视着，周围的伙伴欢呼雀跃地起着哄，他的嘴角还微微上扬，露出了笑容。但是安雅越靠越近，眼睛一眨不眨，下巴抬高，眼神冰冷，他就退缩了，躲闪开她的目光，双臂交叉到胸前。

"你想要什么？"安雅说。她的脸火辣辣的，但是多年来她第一次感觉到一种新的力量在她的血管中流过。

其他摊主感觉到气氛的变化。他们看到朋友脸上闪过的尴尬表情，都偷偷摸摸地闪开了，又回去招呼客人，或打理机器，或互相闲聊，开始窃窃私语。

"我刚才在开玩笑。"男人嘟囔着，"就是玩闹一下。"他抬起双眼，有些不高兴，"我们这里不太常见你这样的人罢了。"

安雅发现，他的年龄和外貌看起来和布兰科差不多。隔这么近，安雅才恍然大悟。她看着摇摇晃晃的货架，看着一排排金属配件和钉在工作台上的小现金盒子。她想，不知道这个男人是不是也有一个兄弟，甚至姐妹。

"看见那座粉色大楼了吗？"男人说。

安雅眯着眼看去。所有的建筑在她眼中都是一样的，斑驳又脏兮兮的灰色，但是随后她看清了，有一栋楼的墙漆是浅浅的橙红色。她点了点头。

他在牛仔裤上擦了擦手，然后伸了出来。安雅顿了一会儿才意识到他要做什么。她也伸出手，有些犹豫地和他握了握手。他的手冰凉，长满了老茧，好像一双皮质棒球手套。

"阿贝尔。"他说。

"劳丽。"她谎称。

"劳丽，好名字。"他说，但是却向她伸过手掌，"我没有不敬的意思。嘿，你知道吗，让我带你去吧，那样能更划算一些。"

安雅不愿意，但是阿贝尔已经请邻居帮忙看摊位了。

"跟我来。"他说。

安雅跟着他，在随意摆放的摊位间穿梭。他尽管体形高大，却很敏捷，穿过人群的时候，安雅差点儿跟丢了。安雅紧紧跟着，一直保持着三四步的距离。有阿贝尔陪着，就再也没有人骚扰她了。

粉色大楼里一片昏暗，唯有大门和波纹铁的洞上透进来一些灯光。空气闷热，但是至少这里的人少了很多，她不用再躲躲闪闪地走路了。但是从外面的艳阳下走进来，安雅一时间看不清东西，整个世界都在闪烁，变成了一片灰色。她眨了眨眼睛，慢慢适应了黑暗，看到屋子里摆满了车。

这些车和她看到在中心区街道上跑的车不一样——那些车是整洁有序的高效能车子，大多数都是统一的黄色外饰，印着不同公司的商标。

这些车有圆圆胖胖的，有四四方方的，形状和尺寸各异，她看过去有些眼花缭乱。她童年记忆里隐约有些个人拥有的车子，但是即便如此，当她离开瑞典的时候，共享车公司已经占据了大部分瑞典市场，全国都是他们的黄灰色车队。

　　车子就像休眠的农场动物，排成一排排，有黑色人影过来摆弄的时候——调整一下这里的车轮，擦一擦那边的镜子——会发出嘎吱嘎吱的声音。安雅环顾四周，发现找不到阿贝尔了。但是看着眼前这么多的车子，找不到也无所谓了。她原以为会比现在要难。

　　安雅走向一个穿工装裤的男人，他靠在一辆前盖打开的蓝色小车上，车子的前灯是圆的。

　　"我要一辆车子。"她说。

　　他看了安雅一眼。"哦？"他冷冷地说。

　　安雅生气了。"这一辆多少钱？"安雅指着他的身子靠着的那辆小蓝车。

　　男人懒洋洋地看了她好一会儿。

　　"一万。"

　　"你在开玩笑吗？"这个价钱是她预算的两倍。

　　男人看着她。"像你这样的女孩要一辆车又有什么用呢？给男朋友的礼物？"

　　"这不关你的事。"她打断了他，"四千美元怎么样？"

　　男人的上嘴唇不屑地扬了扬。

　　"别耽误我的时间。"

　　"也可以换一辆车。"安雅又试探地说，"四千美元能买到什么样的？"

　　那个男人发出刺耳的笑声。他的眼神机敏，上下打量着安雅，但没看她的脸。他似乎在看着她身后的什么东西，但是安雅转过头却只看到大楼的大门。

　　"我已经说过了，我还有别的事要做。"他把帽檐拉下来，盖住眼睛，胳膊交叉到胸前，看起来好像站着睡着了。

　　安雅向前走去。或许找别人会碰上好运气。这里有那么多车，有很多卖家，肯定有她买得起的。

　　但是半小时过去了，安雅和无数个其他工装裤男人谈过都不行，就要放弃了。看起来第一个卖家的价格还算低的。其他人报价都不低于一万一，有些甚至要两万。有些甚至都不想和她有任何瓜葛，看她走近，立刻就躲到暗处。

　　安雅握着拳头，咬着嘴唇，感觉很沮丧。她不能空着手离开这里——如果警察明天来了该怎么办？想到那天回到公寓之后，晚上煎熬地等待着，辗转反侧睡不着，安雅又有了决心。

　　"劳丽，劳丽！"

　　过了几秒钟，安雅才反应过来。喊她的是阿贝尔，在房子另一侧向她招手。她小心翼翼地走过布满各种汽车零件和废品的地面，向阿贝尔站的地方走去。

　　"劳丽，这是我的朋友杰罗姆。"阿贝尔说，自豪地挥舞着一条胳膊。

　　他身旁的男人又矮又瘦，个头只到他的肩膀。他身穿一件蓝色格子衬衫，领口也系上了。他的双眼在昏暗的仓库里微微闪着光，而且安雅注意到他的脸颊上长了一些雀斑。

　　"哈喽。"杰罗姆点点头，但没有伸出手。他看着阿贝尔。"话说，总之，"他生硬地说，"你想要什么样的车？"

　　"无所谓——只要能开的就行，我要出一趟远门。"

　　"好的，嗯，这样说你就不能买年久失修的旧车。你要多大的车？长途旅行有其他乘客吗？"

　　安雅顿了顿。她还没想过如何把母亲放进车里，也没想过如何把车开回公寓，因为几乎不可能就这样开着车进曼哈顿。

　　"是的。"她轻声说，"一位乘客。不过，她——她需要坐在后座上。"

　　"啊，"杰罗姆说，"晕车？"他做出明知故问的样子，"你想花多少钱买？"他说。

　　安雅的心一沉，但是她必须试一试。

"六千。"她说。

但是杰罗姆并没有当面笑她，他没有侧过脸吹一声口哨，或者走开，反而点了点头。

"六千，"他说，"好的。我想应该能给你找一辆。"

"真的？在那边没人愿意卖给我。"她想也没想就脱口而出，后悔的时候已经有些晚了。她意识到这可不是好的砍价策略。

"哦，姑娘。"杰罗姆说。安雅皱了皱眉头，试着不去在意他的话。"劳丽，你是说你叫这个名字吧？嗯，你不可能像这样走进一个地方，希望别人能给你个公道的价钱。特别是你这样好像刚从内阁走出来的样子。"

"那么……"安雅顿了顿。

杰罗姆一侧的眉毛翘起来。"那么我为什么要帮你？"他看向身后的阿贝尔，"问问我那位朋友吧。"

阿贝尔用脚趾检查了一颗松螺栓。

"不管怎样，"杰罗姆说，"我猜你应该是付现金吧？"

安雅点点头。

杰罗姆伸出手。安雅看了他一眼。"先让我看看车子。"她说。

他很煎熬地叹了口气，又看了阿贝尔一眼。"好吧。"他说。

杰罗姆带他们来到大厅最里面。安雅看到墙上的砖已经松了，细碎的阳光照了进来。她上下打量，从铁皮顶棚，到脆弱的柱子，车子和货物堆在周围。这么多东西没有倒下来真是很令人惊奇。

"这里。"杰罗姆指了指，"最好的是……有天窗。"

这一辆更像是小货车而不是轿车。四个大轮子有安雅的腰那么高，车子是方形的，很闪亮，除此之外，它还是红色的。

"这……"安雅有些惊讶。他们都站在那里，拇指插进腰带里，假装毫不在乎，但是他们的眼睛都睁大了，放着光。"完美。"她说。

她从前面的口袋里掏出现金。他们看着她手里的一沓现金，眼睛几乎没眨一下，这时安雅想起一段城市传说，市场上做买卖的人其实是整个城市里最富有的。他们暗地里去按每次服务收费的私人诊所，延寿年龄超过内阁批准的数字，当然花费也不菲。但是当她把钱递给杰罗姆的时候，他一把抓过去，安雅从这一举动看出他并不是隐形的百万富豪。他小声数着钱，舌头咬在牙齿之间。

他数完之后，咧开嘴笑了笑。这是安雅第一次看到他笑，他这一笑，看起来突然年轻了二十岁。他从屁股口袋里掏出一大串钥匙，钥匙串有她的头那么大。他翻找着，一把又一把完全一样的钥匙，终于从里面挑出一把，递给了安雅。

"给你。"他说。安雅接过钥匙，他突然想到了什么。"你会开车吗？"他说。

安雅露出蔑视的眼神。

"好吧，好吧。"他说。

"嗯，谢谢。"安雅内心是真的感激。

"嘿，没事，劳丽。"杰罗姆说着，胳膊捅了捅阿贝尔的肋骨。

"听我说，"安雅说，"我的真名不是劳丽。是安雅。安雅·尼尔松。"

阿贝尔伸出手。"尼尔松，和那个歌剧演唱家一样的？"

安雅的胃里一紧。"是的。"她说，"你知道——听过她唱歌剧？"

"开玩笑吗？喜欢死了。"阿贝尔说。杰罗姆拼命点头，抽出了自己的平板，点了几下。

播放出来的咏叹调有杂音，断断续续。杰罗姆晃了晃平板。

"抱歉，这里信号不是太好。"他说。

虽然有杂音和回响，还是可以听出那个声音就是母亲的。他们沉默了，杰罗姆却跟着哼唱起来。安雅站在拥挤的市场，挤在杰罗姆的平板电脑前，突然清楚了自己要做的事情。

母亲不会想要加拿大的医生给她医治的。

第三十五章

随着电梯外的楼层闪过，莱亚看了看表。姜应该已经到家了，她想。他的妻子应该在加热营养餐，他会脱掉鞋子，把外套挂起来，和她分享一天里发生的无聊事情。

姜住在顶层公寓，他当然会住在这样的楼层。莱亚注意到深色的大理石墙，脚下奢华的地毯，前门外一尘不染的瓷盆里种着健康的植物。她按响了门铃。门铃似乎不响了，于是她又按了一下，这一回手指在按钮上停留了更长时间。

门咔嗒一声开了。

"什么事？"姜的妻子块头很大，比莱亚想象中还要高大。现在想来，她以前从未见过姜的妻子。她嘴显得很严肃，有些腭裂。说话的时候，眼周的皮肤有蛛网状的纹路，但是她的脖子光滑，很长，没有任何瑕疵。

"姜在家吗？"莱亚问。

姜的妻子皱着眉头。"你是谁？"

"我是他的同事。他在家吗？"

她怀疑地打量了莱亚一番，然后头缩回到门后。"姜！"她喊道，

"有——同事找你。"

没等姜来到门口，莱亚就听到了他熟悉的脚步声，听出他不耐烦的口气——什么，同事，为什么会来这儿，他们难道不知道有电话这个东西吗——当他看见是莱亚之后，语气又变了。

"莱亚。"姜说，"你在这里做什么？"他看了看走廊，好似在查看有没有人跟踪她到这里。

"我要借用一下你的船。"莱亚说。

"什么？为什么？我是说，不行。"姜有些气急败坏，"什么船？"

他迈步出了门，来到走廊，把身后的门关了上去。

"就一天。"她说，"我就用明天一天。"

姜还继续抗议，假装不知道莱亚在说什么，什么船，我怎么会有船呢。

"姜，"莱亚瞪着他，"如果你不让我用，我现在就进门，告诉你妻子为什么你会有一条船。"

姜咳嗽了一声，陷入沉默。他的额头又冒出了汗珠。莱亚注意到姜穿着一件宽大蓬松的浴袍，脚上穿着拖鞋。

"你到底在这里做什么，莱亚？这样做对——你的案子能有什么好处吗？"

"你到底让不让我用？"

他怒视着莱亚。"好吧，"他喃喃道，"稍等。"

姜回到屋里。是谁，亲爱的？这大晚上的？她听不到姜是怎么回答的，但可以听出来回答很简短。过了一会儿，门又开了。

"就明天一天。"他说着，把钥匙递给了莱亚，"在老码头。317号泊位。你可能早就知道了吧。"

她接过钥匙。"谢谢。"她说。然后转身就走。

"我不知道你在玩什么把戏，莱亚。"姜在她身后叫道，"但是现在不是做傻事的时候。世事在变，有新发展。你最好低调一些。"

　　莱亚从姜家里往垣内的住处走去，一路上很震惊。上一次她到父亲住处的时候是个艳阳天，阳光和蓝天让她没有注意到这一片公寓的不堪。莱亚在遍地是破瓶子和塑料袋的路上小心翼翼地往前走着。电梯坏了。她爬着四层的楼梯，想如果父亲不住这儿了该怎么办。她好几周都没有接他的电话。如果他搬家了呢？如果他已经离开了城市，或者有更糟的情况发生呢？

　　莱亚把这些想法从脑中赶走，专注地爬楼。终于来到垣内的门前，她敲了敲门。

　　门太薄，她从外面就能听到父亲起身的声音。她回忆着上次看到这个小房间的样子，在脑中勾画着。她现在可以看见了——床、小厨房、超大的餐桌。桌子靠着窗，上面摆了一堆信，俱乐部邀请函。她的胃里一紧。但是还好，一切都还好。她能听到父亲走到门前。他还住在这里，她及时赶到了。她可以把自己的建议抛给他，说服他帮忙实现她的计划，改变他的想法。

　　门开了，父亲站在她面前，身穿一件旧T恤衫，下面套了一件睡裤，只到他瘦骨嶙峋的脚踝。不知什么原因，她父亲的光脚像树根一样皱巴巴的，有许多斑点，令她很是感慨。她想到安布罗斯的脚，穿着闪亮的皮鞋，鞋带小心翼翼地系上。

　　"莱亚。"父亲喊了一声，声音有些倦怠，"你在这里做什么？现在几点了？"

　　她低头看了看表。已经过了十点——她也不知道用了多久才来到这里。

　　"我来看你。"她说，"我——我想我们可以谈谈。"

　　他揉了揉眼睛。"当然，"他说，"你能来这里我真是太高兴了。"

　　莱亚走进公寓，忽然意识到上一次见到父亲还是在那个派对上。她记得当时自己对父亲说的话，记得他们如何分别。她的脸羞愧得红了。

没关系。她不是已经来到这里了吗？她不是有了一个计划、建议、解决方案，可以解决他们两个人的问题吗？

"你来了。真高兴你能来。"他又说了一遍。他从门后的挂钩上拿起一件法兰绒家居服，穿了上去。衣服是绿色的，点缀了几朵粉色的小花。莱亚想起了安雅母亲床上的被子。

垣内坐到床边，指了指餐桌。"你也熟悉哪里能坐了。"他微笑着说。

莱亚的脸皱了起来，不禁感觉要哭。她哭得很厉害，重重地抽泣，不自然、尴尬，就好像不知道该怎么哭一样。

她父亲没说让她不要哭。他什么都没有说。相反，他来到她身旁，一只手搭到她的背上。他顿了顿，盯着她的脸。她好奇，不知道父亲在想什么；不知道是不是觉得她软弱，太激动，很难堪。但是正当她这样想着的时候，父亲一把紧紧搂住她，这一搂把她肺里的气都挤了出来，止住了她的啜泣。

他什么都没有说，但是她能听到他的心声。心里听到很久很久以前他说的一些话，她永远也不会忘记的话。

你哭什么呀？我的小寿星，我的小姑娘，不要哭了。

他怀抱着莱亚，胳膊黝黑结实，像木头一样。莱亚看着他小臂上的黑色汗毛，那么熟悉，距手腕挺远的地方汗毛就不见了。亮暗相间的皮肤，和母亲光滑、毛孔清透的皮肤有很大不同。胳膊内侧的皮肤还有些褶皱。

嘘——不哭啦。

她闻着父亲身上的味道。就是这样的，那个咸咸的人类的味道，这么多年过去，已经有些不同，但还是能闻出原来的感觉。她在任何地方都能辨别出他的气味。

她的呼吸更平稳了，父亲放开她。他从餐桌下面拉出一把椅子，引她坐下。然后他又坐回到床边，面对着她。

突然之间，莱亚感觉精疲力竭。想到要解释来龙去脉，她感觉有些力不能及，无法承受。于是，她拿出姜给她的钥匙。

"我老板把船借给我用一天。你——你还记得怎么驾船吗？"她害羞地说。

父亲脸上露出兴奋的神色。"我还记得吗？"他说，"我已经好多年没有驾船了。不，上一次还是在西部生活的时候。那时我有一艘自己的船，二手的，又老又破，但真是很漂亮。"

他如此热情，她不禁笑了，而且父亲提及离开她和母亲的生活时，她第一次没有任何愤怒和憎恨。她会要求父亲带她去那个地方，带她去看他去过和生活过的地方，见见他认识的人，做他以前做过的事情。她要给他一个活下去的理由。

"另外，"他继续说道，"明天的天气可是最好的。不仅天气会很完美——21℃，万里无云——而且你可能已经不记得了，明天是，嗯，我的生日。"

十月三十日。当然。她已经几十年没有想过了，但是这个日子很容易就能想起来。这个日子就像自己的名字一样熟悉。

"好极了。"莱亚说，"那么就当生日礼物了。"

明天她会把一切事情告诉他，莱亚决定。现在已经夜深了，他们都很累。毕竟明天的天气应该很好，而且还是他的生日。再难有更好的日子了。

第二天早上太阳还没有升起，莱亚就醒了。她没有惊醒，发现自己在黑暗里躺在一张不熟悉的小床上时也没有惊慌。尽管她睡了觉，但都处于半睡半醒的状态，一直没有完全失去意识，知道她在哪儿，知道和她在一起的是谁。

她父亲的呼吸安静平缓，发出微弱的呼哧呼哧声。但连那个声音也是健康的、无辜的，像个忘记擤鼻涕的孩子。他坚持要把床让给她，自己睡到一张薄薄的床垫上，摆在她旁边的地上。她要父亲盖上被子才答应睡床，父亲只能勉强答应。所以现在她只盖了一张床单。床单柔软光滑，洗过千百次，留下了很多痕迹。她想，不知道父亲周游时是不是随身带上了自己的床单，不知道这些扁平的枕头和破旧的被罩都去过哪些地方。

莱亚翻过身，把头探到床外，看向父亲。他蜷着身子侧躺着，嘴巴张开，双手贴在脸旁。这个场景看起来有些不对；她意识到自己一直想象着父亲是仰面睡觉的，四仰八叉。

她又躺回到床上，闭上双眼。父亲呼吸的声音在她的身体里移动，稳稳的，令人安心，诱她再次进入梦乡。她的灵魂忽然变得轻盈，有了回家的感觉。

天气就像垣内预测的一样，非常好。天冷，莱亚从公寓楼里刚出来就感觉到寒意渗入她指间、关节和衣服下面。但是阳光亮得刺眼，天空湛蓝。大海也闪着光，好似波动的镜子。闪闪发光的黑色波浪反射着阳光，好似某种古老生物的巨大鳞状脊背。

不过，他们往港口走的时候，莱亚想到，还有一个问题。

"没有风。"垣内说，就好像能读懂她的心思一样，"看来我们只能划桨了。"

她哈哈大笑。"或者游泳来推。"

船肯定会有引擎的，帆只是为了引人注目。姜根本不知道该如何驾船，莱亚猜他的情人也都不会。

父亲兴致很高。他戴了一顶巨大、令人尴尬的女士太阳帽，走来的路上坚持要戴上。紫外线！杀人的紫外线！他像舞台上的演员一样高声耳语，假装害怕，还装作要把莱亚拉到帽子下面护起来。她推开了父亲，大笑起来。尽管天气依然很冷，莱亚穿着外套，但是裸露在外的手和脖子沐浴着温热的阳光，感觉很好。

他指向海滩，一张布告埋在沙里。

"每年冬天都有一百多人聚集在这里，在这片海滩上。他们自称北极熊俱乐部。"他说，眼睛眯成两条缝，"你猜为什么？"

"不，"她说，"不可能吧。"

"就是。水温也就10℃出头。现在想想，离那样的日子也不远了。"

莱亚打了个寒战。"为什么会有人这样对自己？"

他耸了耸肩。

去港口的路很直，沿木板路走一小时左右。但是半路上，垣内突然离开木板路。

"你要去哪里？你走错了。"莱亚在他身后喊。

他微笑着，挥手让她过去。"我想先去另外一个地方看看。"他说，"快来，看了就知道了。"

于是莱亚跟着父亲离开了木板路，来到空旷的街道上。建筑是木头做的，矮矮的，涂着白色涂料，窗玻璃脏了，花园长满了过分茂盛的植物。他们要去哪里？他们走过第一条街，然后又走过一条街，然后转进一条小辅路。

忽然他们转进一条狭窄的小巷，里面都是商店，挤满了人。这是一个临时市场。卖家把货品摆在一张白色的大单子上——以防警察来检查，可以更方便地抓起来就跑，垣内解释说——大声招徕着路过的客人。他们卖的都是些垃圾，至少在莱亚看来是这样的。旧家用电器，相机配件，还有一样好似独木舟的桨。但是这时她的目光落在一张整齐摆放着CD的单子上，CD表面沾满了灰尘，但在阳光下还是闪闪发光，然后她明白了这是怎样的一个市场。莱亚想要停下来，翻一翻CD，看看他们有什么音乐，看看有没有自己想要的收藏品，但是她父亲已经在她前面很远了。于是她赶紧跟了上去。

"这里人太多。"父亲说,"要不你就在此地等我?"他指了指墙边的一块空地。莱亚点了点头。

父亲继续挤开淘货的人群,终于在一个摆满塑料玩具的摊位前停了下来——小飞机、汽车、长着蓝眼睛和小红唇的娃娃。他和卖家交谈着,卖家是个健壮的大块头,忍不住盯着垣内头上软塌塌的太阳帽看。卖家点点头,蹲了下去。莱亚看不见他了。然后他又站起来,把一样东西递给垣内。垣内仔细端详着男人递给他的东西,在手里翻来覆去地看着,然后露出了笑容。他给男人付了钱,又挤过人群,回到莱亚身边。

"好啦,"他说,"我们走。"

"你买了什么?"莱亚低头看向他手里问。那样东西用棕色的纸包着。

"不在这儿看,"他说,"晚些时候,到船上再看。"

莱亚点点头。他们从拥挤的街道上挤了出去,回到木板路上。经过拥挤混乱的小巷,来到这空旷的地方让人如释重负。

"为什么都没有人来这里?这里那么漂亮,那么安静。"

她父亲耸了耸肩。"你以前来过这里吗?"

她明白父亲所谓的"以前"是什么意思。在他带她来这里之前,也是在这一切发生之前。在知道俱乐部之前,认识安雅之前,认识安布罗斯之前。在知道他回来了之前。

"没有,"莱亚说,"我没来过。"

上船之后就告诉他,莱亚想。她会找到恰当的时机,不是现在,不要他们肩并肩步行的时候,这样脑中有个目标,容易分心。不,最好在船上,等引擎启动,他们在一望无际的灰色大海上时,周围没有人,也没有分神的事。

船比她想象的要小。以姜吹嘘的样子,她想应该是一条豪华游艇,有多个船舱,有甲板,有冷却机。但这不过是一艘简陋的帆船,船舱只能容下一个人。船体大部分是露天的，还有一些矮边。他们真的感觉就在水面上。

"钥匙。"父亲说。他已经站在船上了。莱亚默默地把钥匙递过去，然后拉住父亲伸过来的手，跳上了摇晃的船体。

她在船尾找到一处小凳子，坐到上面，父亲则发动了引擎。引擎发出巨大的轰鸣声，发动起来了。

尽管天光极好，又有父亲陪伴，舒心惬意，但是莱亚还是莫名地感到不安。最开始她以为是紧张，考虑到她的决定之重大，也完全可以理解。但是之后她看着父亲驾船驶出港口泊位，熟练轻盈地打着船舵，不由得为自己的童年伤心起来，但让她不安的还不是这个。到底是什么？是被别人掌控的感觉，是自动放弃控制权、信赖别人。莱亚完全不习惯。

出港之后，垣内调皮地提高了动力。

"要不要？"他扭头看着她，高喊道。

他已经脱掉了外套，穿着一件法兰绒衬衫和牛仔裤。衬衫袖子挽了起来，没有剪过的长发随风飘动，他看起来又好像一个年轻人了。他站在舵柄前，背挺直着，下巴抬起，双手自在地放在舵轮上。从背面，莱亚看不到父亲脖子和脸上的褶子，遐想着自己还是十岁。有那么一会儿她甚至以为塞缪尔也和她在一起，坐在她身旁，恰好在她的目光之外。

但是当她转头去看的时候，却只有水，别的什么都没有。慢慢流动的水，波浪起伏，黑压压的。这时距离波浪拍打的海岸已经有些距离了。波浪平稳，安静地向前推进，一如平常。

"你在看什么？"父亲问。他关上引擎，向船尾走去。

现在很安静，她的头脑和内心一片辽阔、沉寂。

"我一直在想，"她趁还能张开口，赶紧说，"我一直在想，我们可以——离开。去某个地方，离开这里。任何一个你去过的地方，这么多年你都不在。我也想去看看。"

父亲盯着她。莱亚看出来他没有听明白。

"亚洲，甚至欧洲。我们可以去那里，离开。"

"你知道那是不可能的。"父亲说，"有边境管控。你就再也回不来了，至少回不到现在的生活了。"

她沉默了。这真的是她想要的吗？他们周围的世界在摇摆，来来回回，来来回回，被月亮无形的引力牵引。

"即使我离开的时候，我离开这里的时候，我也从来没有越过国境。"他说，"我环游了全国，但是一直没有离境。从来没有远离诊所。"

"那么你不想去外面看看吗？这里之外的地方？"

他摇了摇头。"我想你可能还不理解自己在说什么，莱亚。你需要放弃一切。生活在预期寿命不足一百岁的人中间。当然，其他国家也开始了各自的延寿项目，但是你不可能有资格。另外，他们落后很多，你不可能得到想要的保养。你可能只能撑十年，最多再撑二十年。"

"就像你一样，"她看着他的双眼说，"我们可以一起生活这十年、二十年。"

父亲盯了她很长时间。莱亚凝望着他的目光，感觉内心越发坚决。她想要去，是的，但是这也无法阻止她体会自我牺牲的甜蜜痛苦。她内心有个小声音在哭喊：看到了吧？看看你都逼我做了些什么？

或许这就是他们那样做的原因，安布罗斯他们。倔强地反抗。可怜的小人物所做的重大决定。

"我想要，"她的语气变得和缓了一些，"让事情有些改变，自从——自从你回来之后。观察名单，吾康互助组，俱乐部。托德，德怀特。"

她顿了顿，搜寻着正确的词。"我想我——我已经不再相信这些了。我不知道自己到底有没有真正相信过。"

莱亚看出他没有听懂，于是继续讲了下去。

"不管怎么努力，我都还是那个女孩，打破德怀特·罗斯的脸，打碎他的膝盖……"她停了下来，深吸了一口气，"关掉他的维持生命的辅助设备。我一直都想破坏东西。"

终于父亲垂下双眼。他把双手插在一起，看着手指甲上的月牙。

"我不属于这里，"她说，"一直都不属于。"

父亲再次抬头看她的时候，莱亚以为他会反驳，说她其实不知道自己在说些什么，要她再仔细考虑。说这些都很荒谬，他不能宽恕她的计划。

"噢，莱亚，"他说，"你这样说要伤透我的心了。如果我早知道——如果我早知道，就会——可能吧，就会做些什么。我也说不清会做什么，或许会带你走，去别的什么地方。但是你母亲那么确信，确信这样是对的，这样做是对的，这样生活是对的。或许确实如她所想，或许我们一起离开会更糟糕，谁又知道呢？我也可以不顾自己的言论，不管自己的原则，不要尊严，留下来。留在这个国家，像一条狗一样躲躲藏藏，活过最后的日子。"

"还不算太晚。"莱亚说，"我们还可以离开。离开这里，一起开始一段新生活。"

"不，"他用奇怪的声音说，"确实不晚……我们可以。"

"你还剩下多少年的寿命？"她焦急地问。

他顿了顿。"一年，"他说，"或许更少。"

她的心里一紧。忽然之间周围如凝胶一般平静美丽的大海变得如此残忍。海鸥在头顶俯冲下来又骤然飞起，尖厉的叫声好似在嘲笑海浪中飘荡的小船，莱亚在这条小船上和世上唯一的亲人对坐在一起。一年，或许更短。她想到这宝贵的一年过去之后，没有了父亲之后要生活的数十年，无尽的明日蔓延至冰冷、空荡荡的未来。但是这时她想到他们浪费的八十八年。

"尽管如此，"她尽可能语气平缓地说，"一年，足够去很多地方了。上海，墨尔本，巴黎，或许瑞典。我听安雅讲过很多关于瑞典的事情，听起来是个很美的地方。"

"是的。"他若有所思地说，"瑞典，美丽的乡村，我听说过。我们可以徒步旅行。有一条被称作'众王之路'的地方。夏天有无尽的日光，太阳一天只落下一小时。"

"是啊。"她满怀期望地说，尽管"一年，或许更短"的话在脑中回荡着，"徒步旅行。我以前从来没有徒步旅行过。因为据说这样对韧带损伤很大，至少咨询师是这么说的。我想这些已经不重要了，咨询师的话。"她又尝试着大笑起来。

"还有上海。"他说，脸上显出光彩，"我一直想去看看的。"

"途中或许还可以去东京。"她说，"你的祖父母来自那里，是吧？我的曾祖父母？"

"是的，"他说，"如果你见过他们的话，就永远也忘不了他们了。他们总是抱怨着纽约。空气太干燥，每份食物量太大，人太吵，没礼貌。东京，东京就不同了。灯光之城，文明的灯塔。"他一脸挖苦的表情说。

"嗯，那么我只消去看看就知道了！"莱亚扬扬得意地笑着。

"我们会去的。"他说，"会去的。"

他们沉默了。小船微微起伏着，头顶一只海鸥叫着。

"我给你带了一样东西。"她父亲说。他站起身，从船头拿了些东西，是早先她看到父亲在市场买的那样东西。

"噢！谢谢。但是今天是你的生日，不是我的。"莱亚说着接过包裹。她摸了摸包裹。里面的东西不大，形状精巧；她好像摸到了一条尾巴，几条腿，一条长脖子。哦，不会吧，你不会是！她撕开包装纸。

"算是我错过的那么多生日的礼物。"他说着对她笑了笑。

那是一条蛇颈龙，一条海生恐龙。中生代时期邀游在大海里，之后不知是因为陨石还是在冰河世纪，它们灭绝了。据说有二十五英尺高，两辆车的高度，是海里的巨人，像小鲸鱼。而且和鲸鱼一样是温柔的生物，据推断它们只吃海草和小鱼。

她把恐龙放到腿上。她的眼圈热热的，于是咬住嘴唇，不让眼泪流下来。

"谢谢你。"她说。

"不，谢谢你。"她父亲的声音突然变得很疲惫。一年，或许更短。

她想到安雅的母亲，躺在冰冷潮湿的房间里，她的灵魂早已远去，身体却还在运转。

这时她想到父亲真的就要死了。他回来，参与俱乐部的事情，并不是为了死，他本来就要去了。现在她终于明白了他真正追寻的是什么。

整个下午剩下的时间里，他们都待在船上。天空开始变成紫色的时候，莱亚的父亲问是不是该返航了。她慢慢地点了点头，有些不情愿。

他掉转船头，两个人都陷入了沉默。莱亚意识到自己还握着恐龙，抓得太紧，手上都印出了恐龙的形状。她轻轻放下恐龙，让它站在身旁的凳子上。给我力量吧，她心中暗暗想。

有力量做什么？莱亚转头迎着风，回想起父亲在塞缪尔弥留之际握住他的双手。想起母亲看她最后一眼时的样子，入神地看着她的脸，直到最后永远地闭上了眼。

太阳西下，在天边如一颗橙色的球，染红了海边苍白的鹅卵石。他们离岸越来越近，莱亚远远地看到城市的天际线，也如一团火焰。灯光之城。

垣内泊好船。他先下了船，然后帮莱亚。莱亚没有注意到汹涌的波浪，但是当她踏上坚实的地面时，感觉世界都开始摇晃。

他把钥匙递给莱亚。

"谢谢。"他拍了拍小船白色的船体说。他转身面向莱亚："也谢谢你。很美好的一天，完美的一天。"

"我们不会去东京了，"莱亚低声问，"是吧？"

父亲看着她。莱亚看出来他在挣扎着寻找合适的词。

"没事的。"她说，她右手抓住恐龙，抓着尾巴，"我本就该知道的。"

"我不想再次让你失望。"他说。

莱亚咽了一口唾沫，低头看着双脚。

"你还有那个药丸吗？"她问。

她知道他有。曼纽尔一周前告诉她，最新一批货已经发放完了，想要的人都拿到了一粒。

垣内点点头。他伸手从牛仔裤后面的口袋掏出钱包。皮子已经破烂变软，她隐约能看见一样小东西的轮廓在本来扁平的黑色方形钱包里凸出来。

他倒出T丸，拿在手掌上。T丸是椭圆形的，乳白色，有很小的棕色斑点。放在垣内长满老茧的手上，好似遭到抛弃的小鸟蛋。

她父亲研究着手中的药丸。"我已经拿到很久了。我一直在等待。"

"等什么？"莱亚问。

虽然这样问出了口，但是她心里是知道的。她的下唇开始颤抖。为了止住颤抖的唇，她想到了安雅的母亲，想到安布罗斯，想到塞缪尔。她使劲捏着手中的塑料恐龙玩具。

他没有回答，却紧盯着她的目光。莱亚端详着他的面容。在那张脸上，她又看到父亲做过的每一个表情——每一抹笑容、每一次蹙眉和每一声轻叹——他的皮肤如同一块画布，每一个表情都争相留下一笔。它们稍纵即逝，凿刻进他的肉体，将之填满，留下印记。他的皮肤被雕刻、牵拉、扭曲，直到每一点儿地方被用尽。她看到他已饱览这个世界，心满意足了，倦了。她明白了，这一切至少不是因为自己。自始至终都不是因为她。他做了他的选择，她也做她的选择。

咆哮的海浪拍打着海滩，填满了这段空白。"你一直在等我。"莱亚说。这时她的语气很坚强，充满了善意。

他们沿着木板路慢慢地走回去。他们没有讨论垣内吞下的药丸，当时他们站在港口，周围的船轻轻地碰撞着。父亲给她讲了一个故事。他给她讲起自己的童年，祖父母家的小房子里面吱吱呀呀的木头楼梯，只有祖母会做的包着鱼片的饭团，因为他撒谎，他父亲罚他在门外跪筷子。

他告诉莱亚，成长之路一直在寻找出口，而他的出口就是她母亲幽竹，幽竹雄心勃勃，豪放激昂，和他截然相反。他说，在之前，宛如天堂。他没有说在什么之前，但是莱亚知道是在塞缪尔之前，在她之前，在世界逼他们站队之前：传统餐或营养餐，爵士乐或轻音乐，热爱生命或不洁。他告诉她生活是如何慢慢支离破碎，生活的碎片都飘远了。

他给她讲了离开的情形，讲了他从未承认是莱亚在医院触发了警铃，甚至连幽竹都没有告诉。他说那是他一直在寻找的借口，他已经筹划多年准备逃离，却一直不忍离开。他讲逃离是多么令人失望，没有她们的生活更是令人绝望。他告诉她有一天看过幽竹和别人的照片之后，意识到他的家人已经重新开始生活了。他给她讲了自己的孤独，绝望。但是也有纯粹的喜悦，在一个晴朗的日子里，伴着蓝天散步，感受着四肢的健壮有力而心生感激。他说那一天就和今天很像。

他给她讲了自己的归来。最开始并不知道要寻找什么。想着既然要来到生命尽头，就打算表达一些想法，用点儿什么给自己在地球上短暂的存在画个记号。证明自己的生命是为了某种意义，即使只是向自己证明也好。

他给她讲了今天。他描述了太阳和大海，就好似她不在场似的。他给她讲了市场上的卖家说没有海生恐龙，不，只有陆地的。讲了他是如何又翻看了一番。讲了他们驾驶的小船，是多么容易转向，那么小而轻巧，好似掠过浪尖。讲了在海中飞驰的感受。

他给她讲了自己的女儿。讲了她是多么聪明、坚强、与众不同，讲了她觉得自己有问题，因为她会追求混乱的内在生活，皮肤下面的血肉和各种破坏。讲了她内心深处感觉到永生的残酷。他告诉她说女儿没有错，没有，她是对的，她一直都是对的。

他们来到海滩上布告埋在沙子里的地方，停了下来。垣内迅速脱掉衣服，只剩下衬衫和底裤。他把公寓钥匙给了莱亚，告诉她可以随意处置。他伸出手指，触碰了她的脸颊。

"谢谢你，莱亚。"他说。

然后他转身离开她，向大海走去。

第三十六章

接下来的几周，莱亚尽力生活。她每天早上起床，像要去上班一样穿好衣服。有些日子，她还会离开公寓，挤进早高峰的步行人群，甚至会随人流来到办公室，虽然在那里她已经不受欢迎。那些日子里，她站在玻璃外壳的大厅里，看着人们到来，他们穿着闪亮的鞋子，提着蛇皮公文包，身穿剪裁考究的外套。还有一些日子她会待在家里，坐在乳白色的沙发上，父亲回到她的生活中之前很久就挑选出来了。她整天都坐在那里，晚上会站起身，换上睡衣，回到床上。

莱亚不再去吾康互助组，也不接自杀俱乐部的电话。现在给她电话的都是曼纽尔和杰克曼夫人，一直没有安雅的来电。她希望安雅能给她打电话。

或许她会这样生活更长的时间，但是她一个月没去吾康互助组之后，乔治给观察人打了电话。

出现在她公寓门口的是GK，很奇怪，莱亚见到他一时间甚至有些高兴。然后她意识到她的父亲——她瞒着观察人的那个问题——已经不再是问题了。她意识到自己不用再躲躲藏藏。于是，没等GK说话，她就把一切都告诉了他。从第一天她看见父亲在马路对面，到发现父亲在自杀俱乐部的计划，再到决定帮助内阁取缔俱乐部。但是就要说到安布罗斯的时候，她停了下来。

GK沉默了。莱亚发现他的双眼异常明亮，她尴尬地脸一红，意识到他要哭了。突然之间，她后悔自己告诉了他这些事情。能把心里话讲出来确实感觉很好，但是这种慰藉很空洞，她和对面的陌生人之间有很深的隔阂。她现在很疲惫，想要独处。

于是她站起身，走进卧室，回来时手里拿着记录了安布罗斯死亡过程的内存卡。最后一块拼图，内阁指证自杀俱乐部需要的最后一份证据。

GK急切地把内存卡放进口袋。毫无疑问，有了这个他就能迅速晋升，很可能享受到第三级福利。但是他感谢莱亚的时候，没有讲自己的事情。他说是时候了。他会建议将莱亚从名单中删除，不再需要更多观察，她不需要再向吾康互助组报到。会有人通知她，她的工作地在哪儿，她的诊所也将继续为她提供新的延寿理疗。

考虑到她的数据，以及配合内阁取缔俱乐部所做的工作，基本可以确定能够进入第三波浪潮，GK非常兴奋地讲着。

她将成为永生人。

他站起身准备离开，想要立刻开始整个过程。他一回办公室就向上级建议，她明天应该就能收到内阁的通知。他双手抓住莱亚的手，用力地握了握。"感谢你，莱亚。"他说，同时祝贺她。

他正向门外走去，忽然想起莱亚的故事还没有讲完。他断定，莱亚的父亲现在肯定已经得救了，她一定很高兴。的确，他可能会面临长时间的牢狱之灾，因为当初逃跑前的不洁行为，因为他逃跑期间为了获取理疗而假造身份。或许会有些延寿限制。但是最重要的是，他得救了，他将无法结束自己的生命。当然这是值得庆贺的。

那一刻，莱亚只想独自待一会儿。于是她一只手搭在冰冷的门框边缘，微笑着对GK说："是的，这当然是值得庆贺的。"

GK离开之后，莱亚的手扶着门把手，僵硬地站在那里很久。公寓里一片安静，但是她脑中全是海浪拍打的声音，头顶是鸟儿俯冲、点水的叫声。突然之间，她感觉到风吹拂着脸颊，闻到了刺鼻的咸腥味，看到远方闪烁的地平线。

第三十七章

安雅在马克杯基座上磨着刀片。她对准没有上釉的一圈粗糙陶瓷，听到拖拉的声音时，她知道自己对准了。很有趣的是，磨刀的声音这么尖锐。她想象着刀片上的原子各自就位，站成一排直线。

她已经走得很近了，好几次来到这里，但是每一次都没能下手。要么是手抖得太厉害，要么泪流满面看不清眼前，或许只是因为她做不到。她不自觉地退了回去，回到厨房操作台放马克杯的地方。

至少在磨刀的时候，残忍的磨刀声在房间里回荡，塞满她的耳朵和头脑，她可以假装又近了一步。

敲门声响起的时候，她又以为他们终于找到了她。要么是市场上的人，要么是警官，要么是乔治——某个人。

看到门口站的是莱亚，虽然不知道她来做什么，但是安雅还是顿时如释重负。

"嘿！"莱亚说，垂下了目光。

"莱亚，"安雅说，"进来。"

莱亚走进房里。这一次她好似没有注意到安雅的母亲。她走到房间尽头，盯着沾满灰尘的窗户。

"你最近怎么样？"安雅问。

莱亚转过身抬头看。她有些不同。安雅眯着眼看过去，想要弄清到底是什么。她抬头时脖子的感觉，她的目光，似乎都带着痛苦。

"还好。"莱亚说。如果不看她的样子，安雅可能就信了。但是她的嘴撇向了一边，鼻子下面的皮肤微微一皱。"你在做什么？"莱亚问。

"哦，"安雅拿起马克杯，翻过来，让莱亚看底边，"看到这一块瓷了吗？可以当磨刀石用。很好用，现在买不到磨刀石，没有特别许可买不到。"

莱亚点点头。这话听起来非常合理。她也没有问安雅为什么要磨刀。

安雅把刀柄握得更紧了，她抬头看向莱亚。莱亚会给她勇气，她想，或许莱亚会看着她。

但是莱亚没有看她。她穿过房间，推开窗户，扬起一阵灰尘，弹起年久老朽的木屑。城市的嘈杂和冰冷涌进了房里，在她们身边环绕，在她们耳朵里塞满了人声和冬日的思绪。莱亚还在往外推窗，推到安雅以前从未推过的高度。她意识到莱亚推断了窗子的上边框。窗框的木头已经老旧，但是安雅还是盯着莱亚的双手，惊叹她的力量。

莱亚坐到窗台上，没有扶任何东西，当她一条腿伸到外面寒冷的空气中时，安雅才意识到有点儿不对。

"你在做什么？"她说，思绪飞扬。她要不要冲到莱亚身旁，抓住她的胳膊？

莱亚转过头看向安雅。她脸有些干，但是眼睛皱了起来，好像哭过，有无形的泪水。

"你还记得来我的公寓时吗？你要打开窗户，"她说，"我告诉你不能开，训令7077A。"

安雅点点头。

　　"真可惜，你说，这么高的地方本来可以好好享受微风吹拂。"莱亚转回头又看向城市。马路对面是一栋灯光闪耀的办公楼，磨砂玻璃后面人影攒动。她闭上双眼，迎着风。"你说得对。"她说。

　　安雅也向窗户走近了些，但是她看到莱亚的身体僵硬着，手抓着窗沿，关节都发白了。她盯着莱亚的双手，对女人来说是非常大的一双手，能看到血管和关节。她盯着莱亚手指关节和手腕之间的肌肉线条，结实的大拇指扣住木头窗框。安雅抬头看了看被莱亚推上去的窗户，还有快要脱落的砖木。

　　安雅举起刀子，在灯光下轻柔地转动了几下。她看到刀片如此光洁、锋利、滑溜，刚好可以用来完成使命。她想，不知道莱亚坐在床边能不能看到那把刀。

　　"我感觉母亲应该想让我来做这件事。"安雅说。她的手开始颤抖。"不要俱乐部，不要药丸，不要农场。所以我一直——一直在尝试，不止一次，但就是下不了手。"

　　这时莱亚看向她。她的裙边随风摆动，好似一个小小的降落伞，安雅一时担心她会摔下去。

　　她把刀子反过来，刀柄向外，递给了莱亚。

　　"现在很锋利了，已经是最锋利了。但是人造皮肤很结实。我知道会一团乱，我知道要用蛮力，刺、砍、剜。我可以割断她的血管，我想应该可以。但是这个——我觉得自己没有这样的力气。"

　　莱亚的一双黑眼睛盯着她。安雅看不出来她在想什么，不知道她到底有没有在想事情。安雅看到她向后靠去，心跳差一点儿就停了，但是随后她抬起窗外的一条腿，回到屋里，又站了起来。

　　莱亚走近能够抓到刀柄的时候，安雅才看到她眼中的情绪。莱亚盯着刀柄看了一会儿，然后伸出食指试了试刀刃。她收回手指的时候，已经有一条浅浅的血痕。

　　"这件事不关乎力气。"她说，声音突然清亮饱满了，"要划出血很容易。但是要足够快，彻底割开，让皮肤来不及长好。你的刀片磨得很好。"

她迈着重重的脚步向前走了三步，来到安雅的母亲躺着的地方。莱亚站在她身边，伸手触摸着她的脖根。

"这里，"她说，"但是气管经过强化，所以需要更用力一些。"

她的口气冰冷同时又充满热忱。她似乎有些心不在焉，但是安雅能感觉到她有些入迷，好似唤醒了一点古老的欲望。

突然安雅感觉到一股冲动，要冲向莱亚，把刀子从她手中夺走。但是她好似麻痹了，胳膊沉重，双腿像长在了地上。安雅只能看着莱亚细细查看着母亲的脖子，刚才给她的刀子，在她手中闪闪发光。

不，她想要大喊。不，不能这样。但她还是张不开嘴。

莱亚转向安雅。她的双眼如炭一般黑。她刚走进房间时的听天由命的表情已经消去了，她内心的某样东西似乎在燃烧。

然后，莱亚抓住了安雅的手。安雅感觉到莱亚的手指包裹住自己的手指，好似打开了一个开关。安雅紧紧地抓住莱亚的手，然后双手抓住她的胳膊。她感觉到莱亚皮肤下面瘦长结实的肌肉，经过一百年的良好营养、保养、锻炼和科技保护才长成的。她感觉到自己不够强壮，拦不住她，一阵熟悉的挫败感和无助感涌上心头。

莱亚低头看着安雅抓住的那条胳膊，又抬头正对着安雅的目光。她的眼神依然冰冷饥渴，像火焰燃烧，透着一种安雅无法理解的暴力。但之后突然之间，那一双眼睛澄清了，变得透亮。或许是因为安雅的手指抓住莱亚的小臂时的颤抖，或许是因为她眼中涌出的泪水。不管是哪一种，莱亚似乎理解了。

"这里。"莱亚说。这时她的声音变得温柔。安雅能看出来莱亚现在想的已经不是她，也不是母亲。莱亚把刀递回给安雅。刀柄上还有莱亚的手握过的温热，这时刀柄已经在安雅手中，她感觉好像有点儿不同。

安雅绕过莱亚，坐到椅子上，她在这把椅子上坐过那么多次，无助地观察着、等待着。但是这一次当她把刀架到母亲脖子上时，她没有颤抖，也没有犹豫。这一次，冰冷的金属碰到她黏糊糊的皮肤，并没有感觉到残忍或不自然。这甚至都不是她的皮肤，安雅提醒自己。她母亲已经不在那具躯壳里面了，已经不在了。

于是她刺穿了莱亚所指的那一块肉，用另一只手迅速扯开皮肤。皮肤又湿又滑，她的双手挖进母亲的脖子里时，似乎感觉到皮肤已经开始愈合。但是这时，她看到墨水一样浓稠的血液下面的气管。她能看到气管随着母亲的呼吸起伏，紫色的，闪亮的，很陌生。

要足够快，莱亚刚才说过。安雅感觉到莱亚站在她身后，观察着，等待着。

深色的血从安雅母亲脖子的一侧向下淌。血流得很慢，好似岩浆流出火山。血流到上浆的白色床单上，并没有立刻浸染，而是像果冻一样在床单表面停留了一会儿。但是血不停地流，一会儿就染透了。床单变成了深紫色。

她母亲的面容安详平静，一如平常。但是安雅还是能看到她的气管在一摊血下动着，还能听到心脏怦怦跳的声音。

"如果她还活着怎么办？"安雅绝望地问，"如果她的心脏还继续跳下去怎么办？"

"不会的。"莱亚说。

她盯着母亲。气管，心脏，还有血。这早就已经不是她的母亲了。突然她看清了他们的真面目——陌生且残忍。他们并没有救安雅的母亲，还不如安雅杀了母亲。安雅丢掉了刀子。

她双手动起来，手指插进湿乎乎的身体里，抓住温暖、僵硬的气管。这时的血好似更稠了，似乎已经开始凝固。如果她任由血这样凝固下去，几分钟就会愈合。所以她没有等下去。她感觉手指充满了力量，就像演奏小提琴时一样的力量。气管在她手中就像小提琴的琴颈，冰冷的金属脊线切进她的手指。她捏着，越来越紧，双手往反方向旋转。

气管坚韧，强化线很硬，但是慢慢地她开始感觉到气管在她双手中变软了。她想到母亲以前的那条气管，柔软、自然，从肺和心的深处将那么美妙的声音带给世界。这条气管根本不是母亲的。这条气管只能喘气，还有裂痕，把她的音乐困在她的身体里。

她更用力地拧着，感觉手指已经渐渐没了力气。但就在这时一声轻响，一阵轻柔的空气咝咝地喷了出来。血渗进敞开的气管时发出刺耳的汩汩声。渐渐的气流声停了下来。她的母亲不再呼吸。

安雅的手垂到身旁，感觉手指上黏黏的血开始硬化。

心脏还在跳动，气阀低声地咔嗒响着，液体从安雅母亲的喉咙里喷出来。

安雅感觉恐惧一点点地占据了她的身体。永远也没有终结的恐惧。她会一次又一次地尝试，但永远也没有终结，他们永远也不会让她母亲死去的。

但就在这时，眨眼的工夫都不到，花围巾就被吸进去了，刀子也陷入她母亲胸部的肉体中。莱亚拿住刀，精度和力度都是安雅难以想象的。她把刀刃对准两条肋骨之间，熟练地蠕动着、操作着，刀尖精准地落在一个只有她能看到的点上。

她扭头看了看安雅。安雅点了点头。

莱亚用右手掌根抵住刀柄，挥起左手，重重一压，刀子很快地刺入心脏深处。

心脏跳了一下、两下，然后跳了第三下，跳动已经很弱了。然后停止了跳动，世界安静了。

第三十八章

　　这里的天空相比城里任何时候都是明暗突出。夜里色彩的旋涡盘旋，清晨到来时又变成平静苍白的颜色。

　　不仅仅天空是这样的。她们在森林和悬崖间蜿蜒而上的时候，瞥见了大海，宽广而有生机的海越发令人心生敬畏。最后她们来到了一条海滨路，绵延数百英里，遮阳篷顶在长着青苔的悬崖边上摇摇晃晃。她们感觉这条路或许会通向绿色的尽头，走进冰天雪地。她们觉得或许某一天就能到达。

　　有时莱亚开车，有时安雅开。车是辆好车，好开，车况也正常，引擎会有杂音，偶尔需要小修一下，但是大部分时候都可靠。车上甚至还有遮阳篷顶，一小块方形塑料，因为盖子坏掉了，所以一直敞开着。一天不同的时候，随着她们越来越往北，照进车里的阳光会从车前挪到车后。

　　安雅开车的时候，莱亚喜欢把乘客座椅向后放倒，仰面躺着，这样就能翘起腿，仰望天空。有时天空多变，充满戏剧性，多半是在晚上和早晨，太阳唤醒世界和安抚世界睡去的时候。但是在白天，她们开车的时候，那一小方天窗里看到的蓝天和她以前办公室里看到的没有什么不同。在这里和过去一样，她仰头看着安详的白云飘过。

有一天，一种奇怪又昂扬的感觉不期而至。莱亚一直躺着，看着天空飞驰而过。她忘记了自己在哪里，直到坐起来才想起，她们周围是滚滚绿意、汹涌的海洋和明亮的天空。

垣内会喜欢这里，她想，环视着周围不断变化的美景。突然，她感觉父亲也与她同在。

莱亚摇下车窗，风吹了进来，吞没了车里的沉默，吹动她们的发丝，遮住了脸。安雅大笑起来，莱亚也跟着笑了。